ମୁଠାଏ ଅକ୍ଷର

ମୁଠାଏ ଅକ୍ଷର

ମାନସୀ ଗୋସ୍ୱାମୀ

BLACK EAGLE BOOKS

2022

BLACK EAGLE BOOKS

USA address:
7464 Wisdom Lane
Dublin, OH 43016

India address:
E/312, Trident Galaxy, Kalinga Nagar,
Bhubaneswar-751003, Odisha, India

E-mail: info@blackeaglebooks.org
Website: www.blackeaglebooks.org

First International Edition Published by
BLACK EAGLE BOOKS, 2022

MUTHAE AKSHYARA
by **Dr. Manasi Goswami**

Copyright © **Dr. Manasi Goswami**

Cover & Interior Design: Ezy's Publication

ISBN- 978-1-64560-244-6 (Paperback)

Printed in the United States of America

ଉତ୍ସର୍ଗ

ଯେଉଁମାନେ ହାତଧରି ଜୀବନର

ପ୍ରଥମ ଅକ୍ଷର

ମୋତେ ଶିଖାଇଥିଲେ,

ସେହି ସ୍ୱର୍ଗୀୟ ପିତାମାତା,

୰ ଫନିନ୍ଦ୍ର ଗୋସ୍ୱାମୀ

୰ ପ୍ରତିମା ଗୋସ୍ୱାମୀଙ୍କୁ

ମୁଠାଏ ଅକ୍ଷର ସମର୍ପଣ...

ଭୂମିକା

କିଛି ଗଳ୍ପ ପଢ଼ିଲେ ସେ ଗଳ୍ପର କାହାଣୀ ସହ ମଣିଷ ନିଜକୁ ଯୋଡ଼ି ପାରେ। ଲାଗେ, ଗପଟି ସତେ ଯେମିତି ତା'ର ଅଙ୍ଗେ ନିଭାଇଥିବା କଥା ବଖାଣୁଛି। ଅଭିଜ୍ଞତା, ଅନୁଭୂତି ସହ ନିଜସ୍ୱ ବୌଦ୍ଧିକ ବିଚାରକୁ ଯଥୋଚିତ ସ୍ୱୀକୃତି ଦେଇ ସୃଷ୍ଟି କରାଯାଉଥିବା ଗଳ୍ପ ଖୁବ୍ ବାସ୍ତବଧର୍ମୀ ହୋଇଥାଏ। ଏଭଳି ଗପ ମନକୁ ଛୁଏଁ ଏବଂ ଗପଟି ପଢ଼ିସାରିଲା ପରେ ବି ଅନେକ ଦିନ ଧରି ଏହାର ସାରମର୍ମ ହୃଦୟକୁ ଛୁଇଁ ଚାଲିଥାଏ। ବିଦ୍ୟାଳୟ ଶବ୍ଦଟି ଏଭଳି ଏକ ଆଦର ଓ ଆବେଗର ଶବ୍ଦ ଯେ ଏଥି ସହ ସବୁ ବର୍ଗ, ବୟସ, ଜାତି, ଭାଷା ଓ ଶ୍ରେଣୀର ଲୋକେ ହୃଦୟର ସହ ଯୋଡ଼ି ହୋଇଥା'ନ୍ତି। ବିଦ୍ୟାଳୟଟିଏ ଅନେକ କାହାଣୀର ମୂକସାକ୍ଷୀ। ଗୋଟିଏ ପଟେ କୃତିତ୍ୱ, ଖ୍ୟାତି, ପ୍ରଶଂସା ଓ ସମ୍ମାନର ଜୟ ଜୟକାରରେ ଗର୍ବିତ ବିଦ୍ୟାଳୟ, ଅନ୍ୟପଟେ ଅନେକ ଅକୁହା ବେଦନା, କ୍ଷୋଭ, ଅପ୍ରାପ୍ତି, ନିନ୍ଦା ଓ ପରାଜୟର ସଜଳ ଶ୍ଲୋକକୁ ତା' ହୃଦୟରେ ନୀରବରେ ବହନ କରି ଚାଲିଥାଏ। ଏହି ଅନୁଷ୍ଠାନଟି ସହ ପୁରା ସମାଜ ସହଭାଗୀ। ତେଣୁ ବିଦ୍ୟାଳୟର ଆତ୍ମକଥା, ସାମାଜିକ ଚିନ୍ତା ଓ ଚେତନାର ସମୟୋଚିତ ପ୍ରତିଫଳନ। ନିଜକୁ ଚରିତ୍ର ହିସାବରେ ଗଳ୍ପ ଭିତରେ ରଖି କିଛି ଅଭିଜ୍ଞତା ଓ ଅନୁଭବ ସହିତ ନିଜସ୍ୱ ବୌଦ୍ଧିକ ଚିନ୍ତନ ଶକ୍ତିକୁ ଉପଯୋଗ କରି କାହାଣୀ ଗୁଡ଼ିକୁ ଗଢ଼ି ତୋଳିଛି। ଏଭଳି ଶୈଳୀଟିର ନିଆରା ସ୍ୱଚ୍ଛନ୍ଦତା ରହିଛି। ତେଣୁ ଗଳ୍ପଗୁଡ଼ିକ ପାଠକ/ ପାଠିକାମାନଙ୍କ ପାଇଁ ସୁଖପାଠ୍ୟ ହେବ ବୋଲି ଆଶା କରେ।

ସୁଦୂର ଇଉରୋପର ନେଦରଲ୍ୟାଣ୍ଡ୍ ସ୍ଥିତ ଲାଇଡେନ୍ ବିଶ୍ୱବିଦ୍ୟାଳୟର ବରିଷ୍ଠା ଗବେଷିକା ଡ. ସରଯୂ ରଥ ପଦେ ପଦେ ଏହି ବହିଟିର ପ୍ରକାଶନକୁ ଆଗେଇ ନେଇଛନ୍ତି। ବନ୍ଧୁତ୍ୱର ଏଭଳି ଅଲିଭା ସ୍ୱାକ୍ଷର ପାଇଁ ତାଙ୍କୁ ମୋର ଆନ୍ତରିକ ଧନ୍ୟବାଦ। ବହିଟିକୁ ଯଥାସାଧ ତ୍ରୁଟି ମୁକ୍ତ କରିବାରେ ସାହାଯ୍ୟ କରିଥିବା ଆମ ଅନୁଷ୍ଠାନର ଓଡ଼ିଆ ବିଭାଗର ଅଧ୍ୟାପିକା ଡ. ଇତିଶ୍ରୀ ଦାଶ ଙ୍କର ଅକୁଣ୍ଠିତ ସହଯୋଗ ପାଇଁ ତାଙ୍କ ପାଖରେ ମୁଁ କୃତଜ୍ଞ। ପ୍ରାଥମିକ ପର୍ଯ୍ୟାୟରେ ହାତଲେଖା ପାଣ୍ଡୁଲିପିକୁ ନିର୍ଭୁଲ ଭାବେ ଛପାଅକ୍ଷରକୁ ରୂପାନ୍ତରିତ କରିଥିବା ଓ.ଏସ.ଓ.ଇଉ ର ଶ୍ରୀମତୀ ଲିପିନା ସାହୁ ଅଜସ୍ର ଧନ୍ୟବାଦର ପାତ୍ରୀ। ପ୍ରତ୍ୟକ୍ଷ ଓ ପରୋକ୍ଷ ଭାବରେ ଅନେକ ଲୋକଙ୍କର ଶୁଭେଚ୍ଛା ଓ ସାହାଯ୍ୟକୁ ଆଧାର କରି ବହିଟି ଆତ୍ମପ୍ରକାଶ କରିଛି। ସମସ୍ତଙ୍କୁ ହୃଦୟରୁ ଧନ୍ୟବାଦ।

କହିବା ବାହୁଲ୍ୟ ଯେ ଆଦରଣୀୟ ପ୍ରକାଶକ ଶ୍ରୀ ସତ୍ୟ ପଟ୍ଟନାୟକ, ପ୍ରକାଶନ ସଂସ୍ଥାର ଆଞ୍ଚଳିକ ପରିଚାଳନା ଅଧିକାରୀ ଶ୍ରୀ ଅଶୋକ ପରିଡ଼ା ଓ ସଂସ୍ଥାର କଳାକୁଶଳୀ ଶିଳ୍ପୀ ଓ ସହକର୍ମୀମାନଙ୍କର ନିଷ୍ଠା ଓ ଶ୍ରଦ୍ଧା ପାଇଁ ପାଣ୍ଡୁଲିପିଟି ରୁଚିପୂର୍ଣ୍ଣ ବହିଟିର ସଂଜ୍ଞା ପାଇ ପାରିଛି। ସେମାନଙ୍କୁ ମୋର ଭାବପୂର୍ଣ୍ଣ ଧନ୍ୟବାଦ। ବହିଟି ପାଠକୀୟ ସ୍ୱୀକୃତି ପାଇଲେ ମୁଁ ଆନନ୍ଦିତ ହେବି।

- ମାନସୀ ଗୋସ୍ୱାମୀ

ସୂଚିପତ୍ର

ଭବିତବ୍ୟ

ପ୍ରାୟ ପାଞ୍ଚ ବର୍ଷ ହେବ ଶିକ୍ଷକତା ଚାକିରିରୁ ଅବସର ନେଇ ଏବେ ସ୍ୱାମୀ ସତ୍ୟବ୍ରତଙ୍କ ସହ ଭୁବନେଶ୍ୱରରେ ଘରଟିଏ ତିଆରି କରି ରହୁଛି। ଆମେ ସ୍ୱାମୀ ସ୍ତ୍ରୀ ଦୁଇଜଣ ଜବାହାର ନବୋଦୟ ବିଦ୍ୟାଳୟରେ ଶିକ୍ଷକତା କରୁଥିଲୁ। ଶେଷ କିଛି ବର୍ଷ କଟକ ଜିଲ୍ଲାର ମୁଣ୍ଡଳୀ ନବୋଦୟ ବିଦ୍ୟାଳୟରେ ଚାକିରି ଜୀବନ ସମାପ୍ତ କରି ଅବସର ନେଇଛୁ। ନବୋଦୟର ଜୀବନ ଶୈଳୀ ଖୁବ୍ ଭିନ୍ନ, ଖୁବ୍ ଶୃଙ୍ଖଳିତ। ସକାଳୁ ଉଠି ପିଲାଙ୍କ ସହ ସେମାନଙ୍କର ଡ୍ରିଲ୍, ଯୋଗ, ବ୍ୟାୟାମ ଓ ଖେଳ ଇତ୍ୟାଦିରେ ଯୋଗଦେବା ସବୁ ଶିକ୍ଷକଙ୍କ ପାଇଁ ବାଧ୍ୟତାମୂଳକ। ତେଣୁ ଅବସର ନେବା ପରେ ମଧ୍ୟ ଅଭ୍ୟାସ ମୁତାବକ ସକାଳୁ ଉଠି ଆମେ ଦୁହେଁ ପ୍ରାତଃ ଭ୍ରମଣରେ ବାହାରି ଯାଉ। ପ୍ରାତଃଭ୍ରମଣରୁ ଫେରିବା ବେଳେ ପାଦଚଲା ରାସ୍ତାକଡ଼ରେ ସକାଳୁ ସକାଳୁ ବିକ୍ରି ହେଉଥିବା ସତେଜ ଦେଶୀ ପନିପରିବାର ଆକର୍ଷଣକୁ ମୁଁ ବିଲ୍‌କୁଲ୍ ଏଡାଇ ପାରେନା। କଖାରୁ ଫୁଲ, କୋଶଳା, ଧନିଆ, ପୁଦିନା ଓ କଞ୍ଚାଲଙ୍କା ଇତ୍ୟାଦି କିଛି ନା କିଛି ମୁଁ ପ୍ରାୟ ଏଇ ରାସ୍ତାକଡ଼ର ଉଠା ପରିବା ଦୋକାନରୁ କିଣିଥାଏ। ସବୁ ଦିନ ଭଳି ସେଦିନ ମଧ୍ୟ ଦୋକାନୀର ଶାଗ ଗଦା ଭିତରୁ ନଇଁପଡ଼ି ଭଲ ଚାରି ବିଡ଼ା କୋଶଳା ଶାଗ ବାଛୁଥିଲି। ସତ୍ୟବ୍ରତ ଟିକେ ଆଗେଇ ଯାଇଥାନ୍ତି। ହଠାତ୍ ଗୋଟେ ମଟର ସାଇକେଲ ରାସ୍ତାରେ ଅଟକିବାର ଶବ୍ଦ ହେଲା। ଆଖିପିଛୁଳାକେ ଗୋଟେ କଳାସାର୍ଟ ପିନ୍ଧିଥିବା ଟୋକା ମୋ ବେକରୁ ସୁନାଚେନ୍ ଟାକୁ ଝାମ୍ପିନେଲା। ମୁଁ ବିକଳରେ କାନିଟା ଜାବୁଡ଼ି ଧରିଥିବାରୁ ଖଣ୍ଡେ ଚେନ୍ ଛିଡି ମୋ ହାତରେ ରହିଗଲା। ବାକି ତିନି ଭାଗ ଚେନ୍ ସେ ପିଲା ନେଇ ମଟର ସାଇକେଲରେ ବସି ଚମ୍ପଟ୍ ମାରିଲା। ହେଲେ ମୋର ଭାଗ୍ୟ ଭଲ ଥିଲା। ସେ ରାସ୍ତାର ଭୁଲ କଡରେ ଗାଡି ଚଲଉ ଥିବାରୁ "ଚୋର ଚୋର, ଧର ଧର", ପାଟି ଶୁଣି ଆଗରୁ ଆସୁଥିବା ସାଇକେଲ୍, ମଟର ସାଇକେଲ୍ ଓ କାର୍ ବାଲା

ତାକୁ ଘେରିଗଲେ। ଚୋରଟି ସେଇଠି ଧରାପଡ଼ିଲା। ବୁହେ ମାଡ଼ ଦେଲା ପରେ ଲୋକେ ତାକୁ ଖାରବେଳ ନଗର ଥାନାକୁ ନେଇଗଲେ। ମୋତେ ଓ ମୋ ସ୍ୱାମୀଙ୍କୁ ମଧ୍ୟ ଏଫ୍‌ଆଇଆର୍ ଦାଖଲ କରିବା ପାଇଁ ଥାନାକୁ ଯିବାକୁ ପଡ଼ିଲା। ଭାରି ଅପ୍ରସ୍ତୁତ ଲାଗୁଥାଏ ମୋତେ। ମନେ ମନେ ଖୁବ୍ ଅନୁତପ୍ତ ହେଉଥାଏ। ସବୁଦିନ ବେକରୁ ସୁନା ଚେନ୍‌ଟି ଖୋଲି ରଖି ପ୍ରାତଃଭ୍ରମଣରେ ଆସେ ହେଲେ ଆଜି ତରତରରେ ଚେନ୍‌ଟି ପିନ୍ଧି ବାହାରି ଆସିଛି। ଭାବୁଥାଏ, ଏମିତି ଗୋଟେ ଘଟଣା ଘଟି ନଥିଲେ ଭଲ ହୋଇଥାନ୍ତା।

ସ୍ୱାମୀ ସତ୍ୟବ୍ରତ ମଧ୍ୟ ପଦେ ଦୁଇ ପଦ ମୋତେ ଶୁଣାଇବାକୁ ପଛାଇଲେ ନାହିଁ। "କ'ଣ ଦରକାର ଥିଲା ସୁନାଚେନ୍ ଲଗାଇ ସକାଳୁ ସକାଳୁ ପ୍ରାତଃଭ୍ରମଣରେ ଆସିବାକୁ ? ସବୁଦିନ ଚେନ୍ ଛିଣ୍ଡାଇବାର ଖବର ପଢୁଛ। କାନିଟା ଭଲରେ ଘୋଡାଇଥିଲେ ମଧ୍ୟ ହୋଇଥା'ନ୍ତା। ପ୍ରତ୍ୟେକ ଦିନ କିଛି ପରିବା କିଣିବା ତୁମର ଗୋଟେ ବଦଭ୍ୟାସ ହୋଇଗଲାଣି।" ବାସ୍, ଏମିତି ଗେଜେ ଗେଜେ ହୋଇ ଚାଲି ଚାଲି ଖାରବେଳ ନଗର ଥାନା ପର୍ଯ୍ୟନ୍ତ ଦୁହେଁ ଆସିଲୁ। ଚୋରଟିକୁ ହାଜତ ଭିତରେ ରଖିଥାନ୍ତି। ଦେଖିଲି ମୁହଁରେ ଦାଢ଼ି ଭର୍ତ୍ତି, ଅନାବନା ମୁଣ୍ଡବାଳ, ବିଷର୍ଣ୍ଣ ଚେହେରା। ବୟସ ପ୍ରାୟ କୋଡ଼ିଏ ପାଖାପାଖି ହେବ। ଥାନାବାବୁ ଏଫ୍‌ଆଇଆର୍ ଫର୍ମଟି ପୂରଣ କରିବାକୁ ଦେଲେ। ତା'ପରେ ହାଜତ ପାଖକୁ ମୋତେ ନେଇ ପିଲାଟିକୁ ଚିହ୍ନିବାକୁ କହିଲେ। ମୁଁ ଚିହ୍ନିଲି, ହଁ ଏଇ ପିଲାଟି ଗୋଟେ ହାତରେ ମଟର ସାଇକେଲ୍‌ର ହ୍ୟାଣ୍ଡେଲ୍ ଧରି ଅନ୍ୟ ହାତରେ ମୋ ବେକରୁ ଚେନ୍ ଭିଡୁଥିଲା। ମୁଁ ପିଲାଟିକୁ ଭଲ କରି ଅନାଇଲି। ହେଲେ, ସେ ଜମା ମୁହଁ ଉପରକୁ କରି ମୋତେ ଅନାଉ ନଥାଏ। ଆଖି ଦୁଇଟା ତାର ବଡ଼ ଅନୁତପ୍ତ ଲାଗୁଥାଏ। ମୁଁ ଟିକେ ପାଖେଇ ଯିବାରୁ ଶୋଇପଡ଼ି ହାଜତ ବାଡ଼ର ଫାଙ୍କ ଦେଇ ମୋ ଗୋଡ଼ ଦୁଇଟିକୁ ଛୁଇଁବାକୁ ଚେଷ୍ଟା କରି ଭୋ ଭୋ କରି କାନ୍ଦି ପକାଇଲା। "ଦିଦି, ମୋତେ କ୍ଷମା କରି ଦିଅନ୍ତୁ।" ମୁଁ ହତବାକ୍, କ'ଣ କହୁଛି ଇଏ ? ମୁଁ ଏଥର ଖୁବ୍ ଭଲ ଭାବରେ ନିରୀକ୍ଷଣ କଲି ପିଲାଟିକୁ। ଦିଦି କହୁଛି। ତା' ମାନେ କ'ଣ ? ହଠାତ୍ ତାର ନାକ ଉପରର କଳାଜାଇ ଆଡେ ନଜର ପଡ଼ିଯିବାରୁ, ପାଟି କରି କହି ଉଠିଲି, "ଆଶୀଷ ତୁ ?" ପିଲାଟି ଆହୁରି ଜୋର୍‌ରେ କାନ୍ଦି ଉଠିଲା। ମୁଁ ମୋ ହାତରେ ଥିବା ଛିଣ୍ଡା ଚେନ୍‌କୁ ଥରେ ଅନେଇଲି ଓ ତା' ମୁହଁକୁ ଥରେ ଅନେଇ ପଚାରିଲି, "ଚିହ୍ନି ପାରୁଛୁ ତୁ ଏ ଚେନ୍ କୁ।" ଦି ହାତରେ କାନ ଧରି ହାଜତର ବାଡ଼ରେ ମୁଣ୍ଡ ବାଡେଇ କାନ୍ଦି କାନ୍ଦି ସେ କହୁଥାଏ, "ଦିଦି ମୁଁ ଚୋର, ମୁଁ ପାପୀ, ମୋତେ ଆପଣ ନିଜ ହାତରେ ମାରି ଦିଅନ୍ତୁ।" ମୁଁ ପାଖକୁ ଯାଇ ବାଡ଼ରୁ ତାର ମୁଣ୍ଡ

କାଢ଼ି ତାକୁ ତଳେ ବସେଇଦେଲି। ବ୍ୟାଗ୍‌ରେ ଥିବା ପାଣି ବୋତଲରୁ ପାଣି ଟିକେ ବାଡ଼ର ଫାଙ୍କ ଦେଇ ତା' ମୁହଁରେ ଢାଳି ତାର ମୁହଁ ପୋଛିଦେଲି। ଆଉ ଦି ଢୋକ ପାଣି ତାକୁ ପିଇବାକୁ ଦେଇ କହିଲି, "ହଉ, ଯାହା ହେଲା, ହେଲା, ଧୈର୍ଯ୍ୟ ଧର, ଦେଖେ ମୁଁ ଏବେ କ'ଣ କରି ପାରୁଛି।" ମୋ ପଛେ ପଛେ ଆସିଥିବା ଲୋକମାନେ ଏସବୁ ଦେଖି ତାଜ୍ଜୁବ। ସେମାନେ କିଛି ବୁଝିପାରୁନଥାନ୍ତି।

ସତ୍ୟବ୍ରତ ମଧ୍ୟ ଆଶୀଷକୁ ଚିହ୍ନି ପାରିଲେ। ଆମେ ଦୁହେଁ ଯାଇ ପୋଲିସ୍ ଅଧିକାରୀଙ୍କୁ ଅନୁରୋଧ କଲୁ ଯେ ଆମେ ଏଫ୍‌ଆଇଆର୍ ଫେରାଇ ନେବାକୁ ଚାହୁଁଛୁ। ପିଲାଟି ଆମର ଛାତ୍ର ତେଣୁ ପିଲାଟିକୁ ଛାଡ଼ି ଦେବାକୁ ଅନେକ ଅନୁନୟ ବିନୟ କଲୁ। ହେଲେ, ଆଶୀଷକୁ ଧରି ଆଣିଥିବା ଜନତା ପାଟିତୁଣ୍ଡ କରିବାକୁ ଲାଗିଲେ। "ଏମିତି ଛାଡି ଦେଲେ ସେ ପିଲାର ସାହସ ବଢିଯିବ। ସେ ସିନା ଆପଣଙ୍କର ପରିଚିତ ହେଲେ କେତେ ଅପରିଚିତର କ୍ଷତି କରିଥିବ ଏବଂ ଆଗକୁ କରିବ ମଧ୍ୟ।"

ଥାନାବାବୁ ମଧ୍ୟ ଅରାଜି ହେଲେ। କହିଲେ, "ଆପଣ ଏଫ୍‌ଆଇଆର୍ ନ ଦେଲେ ମଧ୍ୟ ପୋଲିସ୍ ତା' ଆଡୁ ଏଫ୍‌ଆଇଆର୍ କରି ମାମଲା ଦାୟର କରିବ। ତା' ପାଖରୁ ଚୋରି ମାଲ୍ ଜବତ୍ ହୋଇଛି ଓ ସେ ଆପଣଙ୍କର ଚେନ୍ ଝାମ୍ପିବା ସ୍ୱୀକାର ମଧ୍ୟ କରିଛି। ଉପରନ୍ତୁ ଜନତା ତା'କୁ ଧରି ଥାନାକୁ ଆଣିଛନ୍ତି। ଆମେ ମାମଲା କରିବାକୁ ବାଧ୍ୟ ମ୍ୟାଡାମ୍। ଆଜି ସେ ଏଠି ପୋଲିସ୍ ହାଜତରେ ରହିବ ଆଉ ଆସନ୍ତା କାଲି ଆମେ ତା'କୁ ଅଦାଲତକୁ ଚାଲାଣ କରିବୁ।"

ମୁଁ ଓ ସତ୍ୟବ୍ରତ ନାଚାର। ମୋତେ ଅପରାଧୀ ବୋଲି ମନେ ହେଉଥାଏ। ଆଖିରେ ପାଣି ଜକେଇ ଆସିଲା। ପୋଲିସ୍ ମୋ ଠାରୁ ଛିଣ୍ଡା ଚେନ୍‌ର ଅଂଶ ଓ ଆଶୀଷ ଛିଣ୍ଡାଇଥିବା ଚେନ୍‌ର ଅଂଶକୁ ଏକାଠି କରି ଆମ ସାମନାରେ ଜଉମୁଦ କରି ରଖିଲେ। କହିଲେ, "ଅଦାଲତରେ ମାମଲା ସରିଲେ ଆପଣଙ୍କୁ ଫେରାଇ ଦିଆଯିବ।"

ପୋଲିସ୍‌ର ଅନୁମତିରେ କିଛି ବିସ୍କୁଟ୍, ଫଳ ଓ ପାଣିବୋତଲ କିଣି ଆଶୀଷକୁ ଦେଇ ବଡ ବିଷର୍ଣ୍ଣ ଓ ଦ୍ୱିଧାଗ୍ରସ୍ତ ମନ ନେଇ ସେଦିନ ଘରକୁ ଫେରିଲି। ରନ୍ଧାବଢ଼ା, ଖିଆପିଆ କିଛିରେ ସେଦିନ ମନ ଲାଗୁନଥାଏ। ମୋ ପାଇଁ ପିଲାଟା ଏବେ ଥାନାରେ ଅଟକ ଅଛି। ନିଜକୁ ମୋତେ ଖୁବ୍ ଅପରାଧୀ ଭଳି ଲାଗୁଥାଏ।

ପ୍ରାୟ ପନ୍ଦର ଦିନ ପରେ ଥାନାରୁ ଡ଼କରା ଆସିଲା। ଫାଷ୍ଟଟ୍ରାକ୍ ଅଦାଲତରେ ଆଶୀଷର ବିଚାର ହୋଇଯାଇଛି। ସେ ସାବାଳକ ହୋଇଥିବାରୁ ତାକୁ ତିନି ମାସ ସଶ୍ରମ କାରାଦଣ୍ଡ ଆଦେଶ ହୋଇଛି। ଆଶୀଷକୁ ତିନି ମାସ ପାଇଁ ଝାରପଡ଼ା ଜେଲ୍‌କୁ ପଠାଇ ଦିଆଗଲା। ମୋତେ ଥାନାବାବୁ ମୋର ସୁନାଚେନ୍‌ଟି ଫେରାଇ ଦେଲେ। ଭାରାକ୍ରାନ୍ତ

ହୃଦୟରେ ଛିଣ୍ଡି ଯାଇଥିବା ଚେନ୍‌ଟି ନେଇ ଘରକୁ ଫେରିଲି। ଆଶୀଷକୁ ଆଉ ଭେଟିବାର ସୁଯୋଗ ମଧ୍ୟ ହେଲାନାହିଁ। ଛିଣ୍ଡା ଚେନ୍‌ଟିକୁ ଖୋଲି ଦେଖିବାକୁ ବି ମୋର ମନ ହେଲାନାହିଁ। ଚେନ୍‌ଟିକୁ ଆଣି ଆଲ୍‌ମାରିରେ ରଖିଦେଇ ଅନେକ କାନ୍ଦିଲି ସେଦିନ।

ଏହା ଭିତରେ ପ୍ରାୟ ୨ ମାସ ଅତିକ୍ରମ କରିଗଲାଣି। ମଝିରେ ମଝିରେ ମୁଁ ଥାନାବାବୁଙ୍କୁ ପଚାରେ ଆଶୀଷ ବିଷୟରେ। ସେ ଜେଲ୍‌ରଙ୍କୁ ପଚାରି କୁହନ୍ତି ଯେ ସେ ଭଲ ଅଛି। ଭଲ ବ୍ୟବହାର ଓ ପରିଶ୍ରମୀ ପିଲାଟିଏ। ତେଣୁ ଠିକ୍ ସମୟରେ ମୁକୁଳିବାରେ କିଛି ଅସୁବିଧା ହେବନାହିଁ।

ଆଜି ଜୁନ୍ ୨୬ ତାରିଖ। ଜେଲରଙ୍କ କହିବା ଅନୁସାରେ ସକାଳ ୧୧.୩୦ ସୁଦ୍ଧା ଆଶୀଷର କାଗଜପତ୍ର ପ୍ରସ୍ତୁତ କରି ତାକୁ ଛାଡି ଦିଆଯିବ। ସତ୍ୟବ୍ରତଙ୍କୁ କହି ଆଶୀଷକୁ ଦେଖା କରିବା ପାଇଁ ପରିଚିତ ଅଟୋ ଟିଏ ଭଡା କରି ଝାରପଡ଼ା ଜେଲ୍ ସାମନାକୁ ଗଲି। ଅଟୋବାଲାକୁ ଅପେକ୍ଷା କରିବାକୁ ହେବ କହି ଅଟୋରେ ବସି ଆଶୀଷକୁ ଅପେକ୍ଷା କଲି। ୧୧.୪୫ ମିନିଟ୍ ବେଳକୁ ବ୍ୟାଗ୍ ଖଣ୍ଡେ ହାତରେ ଧରି ଆଶୀଷ ଜେଲ୍ ଫାଟକରୁ ବାହାରିଲା। ଦୌଡିଗଲି ତା' ପାଖକୁ। ମୋତେ କୁଣ୍ଢାଇପକାଇ ବହୁତ କାନ୍ଦିଲା ଆଶୀଷ। ଥଣ୍ଡାପାନୀୟର ଛୋଟ ବୋତଲଟିଏ ନେଇଥିଲି। ତାକୁ ଦେଲି, ପିଇ ଟିକେ ଶାନ୍ତ ହେଲା। ତାକୁ ଭିଡ଼ି ଭିଡ଼ି ନେଇ ଆସିଲି ଅଟୋକୁ। କହିଲି, "ଆଶୀଷ ଚାଲ୍ ମୋ ଘରକୁ। କିଛି ଦିନ ରହି ତା'ପରେ ଜୁଆଡେ ଯିବୁ।" ନାହିଁ ନାହିଁ କହୁଥିଲା, ହେଲେ ମୁଁ କିଛି ଶୁଣିଲି ନାହିଁ।

ବାଟରେ ଗୋଟେ ସେଲୁନ୍ ପାଖରେ ଅଟୋ ରଖି ତା'ର ଚୁଟି ଓ ଦାଢି ସବୁ କଟା କରାଇଲି। ସେ ସେଲୁନ୍‌ରେ ଥିବା ଭିତରେ ପାଖ ପୋଷାକ ଦୋକାନରୁ ଦୁଇ ହଳ ବାନିୟନ୍ ଓ ବରମୁଡା ତା' ପାଇଁ କିଣିଲି। ତା'ପରେ ଦୁହେଁ ଅଟୋରେ ଘରକୁ ଫେରିଲୁ। ମୋ ସାଙ୍ଗରେ ଆଶୀଷକୁ ଦେଖି ସତ୍ୟବ୍ରତ ଟିକେ ଆଶ୍ଚର୍ଯ୍ୟ ହେଲେ। ମୁଁ କହିଲି "ତା'ର କେହି ନାହିଁ। ତାକୁ କିଛି ଦିନ ଆମ ଘରେ ରଖି ମାନସିକ ସ୍ତରରେ ସୁସ୍ଥ କରି ତା'ପରେ ଛାଡ଼ିବି।" ସତ୍ୟବ୍ରତ ମଧ୍ୟ ଆଶୀଷର ଶିକ୍ଷକ ଥିଲେ ତେଣୁ ସେ ମଧ୍ୟ ଆପତ୍ତି କଲେ ନାହିଁ।

ଆମର ଦୁଇଟି ଗ୍ୟାରେଜ୍ ଘର। କାଳେ ଭବିଷ୍ୟତରେ ପୁଅ ଦିଲ୍ଲୀରୁ ଭୁବନେଶ୍ୱର ବଦଳି ହୋଇ ଆସିଲେ ତା'ର ଗାଡ଼ି ରଖିବାକୁ ଗ୍ୟାରେଜ ଦରକାର ହେବ ଏଇଆ ଭାବି ସତ୍ୟବ୍ରତ ଦୁଇଟି ଗ୍ୟାରେଜ ତିଆରି କରିଥିଲେ। ଗୋଟେ ଖାଲି ପଡିଥାଏ। ସେଠି ଖଟ ଓ ଫ୍ୟାନ୍‌ଟିଏ ଯୋଗାଇଦେଇ ଆଶୀଷର ରହିବାର ବ୍ୟବସ୍ଥା କଲି। ଆଶୀଷ ଗାଧୁଆ ପାଧୁଆ କରି ନୂଆ ପୋଷାକ ପିନ୍ଧିଲା। ଟିକେ ସୁସ୍ଥ ଦେଖାଗଲା। ଖରାଦିନ,

ତେଣୁ ଦହି ପଖାଳ ଓ ଆଳୁ ବଡିଚୁରା ବାଢ଼ି ଦେବାରୁ ପେଟେ ଖାଇଦେଲା। ମୋତେ ଭାରି ଆନନ୍ଦ ଓ ଭାରି ସନ୍ତୁଷ୍ଟ ଲାଗୁଥାଏ। ତା'କୁ କହିଲି, "ତୁ ଆଗ ଯାଇ ଶୋଇପଡ଼ ତା'ପରେ କଥା ହେବା।"

ସନ୍ଧ୍ୟା ପର୍ଯ୍ୟନ୍ତ ଖୁବ୍ ଗାଢ଼ ନିଦରେ ଶୋଇଗଲା ଆଶୀଷ। ଅନେକ ଦିନ ପରେ ସତେ ଯେମିତି ଏକ ସସ୍ନେହ ମାତୃକୋଳ ପାଇଛି ସେ। ତୁଳସୀ ଚଉରା ମୂଳରେ ସଞ୍ଜ ସଳିତା ଦେଇ ସାରି, ଚା' ଟିକେ କରି ଡାକିଲି ଆଶୀଷକୁ। ଖୁବ୍ ଖୁସି ହୋଇ ଚା' ତକ ପିଇ ଦେଇ କହିଲା, "ଦିଦି ଟିକେ ମୋ ପାଖରେ ବସନ୍ତୁ। ମୋ ମୁଣ୍ଡରେ ଟିକେ ଆପଣଙ୍କ ମମତାଭରା ହାତ ବୁଲାଇ ଦିଅନ୍ତୁ। ଆଜି କେତେଦିନ ପରେ ଯେ ଆପଣଙ୍କ ବାତ୍ସଲ୍ୟ ବୋଳା 'ଆଶୀଷ' ଡାକ ଶୁଣିଲି ! ମୁଁ ପୁନର୍ଜନ୍ମ ପାଇଗଲି ଦିଦି।" ଏହା ଭିତରେ ସତ୍ୟବ୍ରତ ମଧ୍ୟ ଚା' କପ୍‌ଟି ଧରି ଆଶୀଷର ଖଟ ଉପରେ ଆସି ବସିଲେ।

ଆଶୀଷ ଆରମ୍ଭ କଲା, "ଦିଦି ଆପଣଙ୍କ ବେକରୁ ହାରଟି ଛିଡ଼ିଲା ବେଳକୁ ଆପଣ ଯେତେବେଳେ କାନିଟା ଜାବୁଡ଼ି ପଛକୁ ଅନାଇଲେ ସେତେବେଳେ ମୁଁ ଆପଣଙ୍କୁ ଚିହ୍ନି ଦେଲି। ହାତରେ ଥିବା ଛିଣ୍ଡା ଚେନ୍‌କୁ ଅନାଇଦେଇ ମୁଁ ଚେନ୍‌କୁ ମଧ୍ୟ ଚିହ୍ନିଲି। ଭୀଷଣ ବିବ୍ରତ ଓ ଦ୍ୱିଧା ଭିତରେ କ'ଣ କରିବି ନ କରିବି ଭାବୁ ଭାବୁ ମୁଁ ଅନ୍ୟମନସ୍କ ହୋଇଗଲି। ତେଣୁ ମୁଁ ମଟର ସାଇକେଲ୍‌ଟି ଠିକ୍‌ରେ ଚଳାଇ ପାରିଲି ନାହିଁ। ଲୋକେ ମୋତେ ଘେରିଗଲେ। ହେଲେ ଧରା ପଡ଼ି ମୁଁ ଖୁସି ହେଲି ଯେ ମୋର ପାପ ପାଇଁ ମୁଁ ଆପଣଙ୍କ ପାଖରେ କ୍ଷମା ମାଗି ପାରିବି। ଅନୁତାପର ଲୁହରେ ଆପଣଙ୍କ ଗୋଡ ଧୋଇ ଦେଇ ପାରିବି।"

ମୁଁ କହିଲି, "ହଁ ଆଶୀଷ ଏ ସୁନାଚେନ୍‌ଟି ସତେ ଏକ କୁହୁକ ଚେନ୍। ସେଦିନ ଭଳିଆ ମନେ ପଡୁଛି ମୁଣ୍ଡୁଳୀ ବିଦ୍ୟାଳୟର ବାର୍ଷିକ ଉତ୍ସବ କଥା। ବିଦ୍ୟାଳୟର ସଂଗୀତ ଶିକ୍ଷୟିତ୍ରୀ ହିସାବରେ ମୋ ଉପରେ ଥାଏ ସାଂସ୍କୃତିକ କାର୍ଯ୍ୟକ୍ରମର ସମସ୍ତ ଦାୟିତ୍ୱ। ଆଉ ମୋର ବାମ ହାତ ଥାଉ ତୁ। ତବଲା ବଜାଇବାରେ ଖୁବ୍ ଧୁରନ୍ଧର ଥିଲୁ ତୁ। ମୋତେ ବିଦ୍ୟାଳୟର ପ୍ରତ୍ୟେକ ଦିନ ସକାଳର ପ୍ରାର୍ଥନା ସଭା ହେଉ ବା ଯେ କୌଣସି ସାଂସ୍କୃତିକ କାର୍ଯ୍ୟକ୍ରମରେ ସାହାଯ୍ୟ କରିବା ପାଇଁ ତୁ ଆଗ ଗୋଡରେ ଛିଡ଼ା ହୋଇଥାଉ। ବାଦ୍ୟଯନ୍ତ୍ର ଗୁଡ଼ିକର ରକ୍ଷଣାବେକ୍ଷଣ ଓ ଦରକାର ବେଳେ ଏଠୁ ସେଠିକୁ ନେବାଆଣିବା ତୋର ତତ୍ତ୍ୱାବଧାନରେ ହୋଇଥାଏ। ବାର୍ଷିକ ଉତ୍ସବର ପୂର୍ବଦିନ ଶେଷ ମଞ୍ଚ ଅଭ୍ୟାସ ଚାଲିଥାଏ। ମୋର ହାର୍‌ମୋନିୟମ୍ ସହ ତାଳ ମିଳାଇ ତୁ ତବଲା ବଜାଉଥାଉ। ହଠାତ୍ ଦେଖିଲି, ମୋର ସୁନା ଚେନ୍‌ଟି ଗଳାରେ ନାହିଁ। ବଡ ବିବ୍ରତ ଓ ବିଚଳିତ ହୋଇଗଲି। ସେତେବେଳେ ଚେନ୍‌ଟି

ନୂଆଥାଏ, କଟକରୁ କିଣିଥାଏ। ଡିଜାଇନ୍ ଟିକେ ଅଲଗା, ମଟର ମାଳି ଚେନ୍ - ହାର, ଦୁଇସରି କରି ବେକରେ ପକାଇଥାଏ। ବଡ ଶରଧାରେ ଅନେକ ଦିନରୁ ସଞ୍ଚୟ କରିଥିବା କିଛି ଟଙ୍କା ନେଇ ତୋ ସାର୍‌ଙ୍କ ସାଙ୍ଗରେ ଯାଇ କଟକରୁ ହାରଟି କିଣିଥିଲି। ହାରଟି ହଜିଗଲାରୁ ମନ ଭଲ ଲାଗୁ ନଥାଏ। ତୁ, ଏପଟ ସେପଟ ହୋଇ ମଞ୍ଚଟା ତକ ତନ୍ନ ତନ୍ନ କରି ଖୋଜିଲୁ। ତୋ ସାଙ୍ଗରେ ଆଉ ଦୁଇ ଚାରିଜଣ ଛାତ୍ର ଛାତ୍ରୀ ମଧ୍ୟ ଆଖ ପାଖ ଅଞ୍ଚଳ ସବୁଠି ଖୋଜିଲେ। ମୁଁ ଯେଉଁ ଶ୍ରେଣୀଗୃହକୁ ସବୁ ଯାଇଥିଲି ସବୁଠି ଖୋଜା ହେଲା। ହେଲେ, ହାରଟି କେଉଁଠିବି ମିଳିଲାନି। ତା'ପର ଦିନ ଥାଏ ବିଦ୍ୟାଳୟର ବାର୍ଷିକ ଉତ୍ସବ। ବଡ଼ି ଭୋରରୁ ଉଠି ଆସି ମୁଁ ପୁଣି ଥରେ ମଞ୍ଚର ତଳ, ଉପର, ମଞ୍ଚ ତଳକୁ ଥିବା ଶିଢ଼ି, ବଗିଚା, ପଥର ମୂର୍ତ୍ତିର ପଛପଟ ଇତ୍ୟାଦି ସବୁ ଜାଗା ଟିକି ନିଖି କରି ଖୋଜିଲି। ହେଲେ ପାଇଲି ନାହିଁ। ମନଟା ବଡ ଦବି ଯାଇଥାଏ। ତୁମ ସାର୍ ମଧ୍ୟ ବଡ ବ୍ୟସ୍ତ ହେଲେ। କହିଲେ, "ଦୁଇ ଭରିର ହାରଟା, କେଉଁଠି ପଡ଼ିଗଲା, ତୁମେ ଜାଣି କେମିତି ପାରିଲନାହିଁ ?" ଏଣେ ଲୋକେ କୁହନ୍ତି ସୁନା ହଜିଲେ ଖରାପ ସବୁ ମିଶାଇ ମନଟା ଖୁବ୍ ଦୁର୍ବଳ ଓ ଦୁଃଖିତ ହୋଇ ଯାଇଥାଏ। ସେ ଯାହା ହେଉ ସବୁ ଦୁଃଖକୁ ଛାତିରେ ଜାକି ସେଦିନ ବାର୍ଷିକ ଉତ୍ସବର ସାଂସ୍କୃତିକ କାର୍ଯ୍ୟକ୍ରମଟିକୁ ଖୁବ୍ ସୁନ୍ଦର ଭାବରେ ପରିଚାଳନା କଲି। ସମିତିର ବରିଷ୍ଠ ଅଧିକାରୀମାନେ ଭୋପାଲରୁ ଆସିଥିଲେ। ଓଡ଼ିଶାର କଳା ସଂସ୍କୃତି ଓ ସର୍ବୋପରି ଓଡ଼ିଶୀ ନୃତ୍ୟ ସମସ୍ତଙ୍କ ମନ ମୋହି ନେଲା। ହେଲେ ଉତ୍ସବ ଶେଷରେ ମୋ ମନଟି କେବଳ ମୋ ହାର ହଜିବାର ଦୁଃଖରେ ତୁହାକୁ ତୁହା ବିଦାରି ହୋଇ ଉଠୁଥାଏ।"

"ଏଥର ଦିଦି ମୁଁ କହୁଛି", କହି ଆଶୀଷ ମୋତେ ଅଟକାଇ ଦେଇ ସତ୍ୟବ୍ରତଙ୍କୁ ଲକ୍ଷ୍ୟ କରି କହିଚାଲିଲା। "ହଁ ସାର, ଦିଦିଙ୍କ ମୁହଁଟି ଶୁଖିଯାଇଥାଏ। ତେଣୁ ମୋତେ ଭଲ ଲାଗୁନଥାଏ। ପିଲାମାନେ ବାର୍ଷିକ ଉତ୍ସବ ପରେ ଦୁଇଦିନ ଛୁଟି ପାଆନ୍ତି। ସମସ୍ତେ ଖୁସି ଥାଆନ୍ତି। ହେଲେ ମୋର ଆଖି ଖାଲି ଦିଦିଙ୍କ ହାରଟିକୁ ଖୋଜି ବୁଲୁଥାଏ। ଆଖିରେ ଆଖିରେ ହାରଟି ନାଚୁଥାଏ। ବିନା ହାରରେ ଦିଦିଙ୍କ ବେକଟି ଭାରି ଶ୍ରୀହୀନ ଦିଶୁଥାଏ। ମୁଁ ପ୍ରତିଦିନ ଦୁଇ ଘଣ୍ଟା ଲେଖାଏଁ ଖୋଜେ, ଏଇମିତି ପାଞ୍ଚଦିନ ବିତିଗଲା। ମୋର ବି ଧୀରେ ଧୀରେ ଚେନ୍‌ହାରଟି ମିଳିବାର ଆଶା ମଉଳି ଯାଇଥାଏ। ଷଷ୍ଠ ଦିନ କ'ଣ ମନେହେଲା କେଜାଣି ବାଡ଼ି ଖଣ୍ଡେ ଧରି ଆସିଲି। ମଞ୍ଚ ତଳକୁ ବିଦ୍ୟାଳୟର ମାଳି ବଡ ବଡ ସିମେଣ୍ଟ କୁଣ୍ଡରେ ବିଭିନ୍ନ ରଙ୍ଗର କାଗଜଫୁଲ ବା ବାଗାନଭିଲିଆ ସଜାଇଥାଏ, ଚିନ୍ତା କଲି ସବୁ କୁଣ୍ଡ ଗୁଡିକୁ ତନ୍ନ ତନ୍ନ କରି ଖୋଜିବି ଆଜି। ହେଲେ ଡର ଲାଗୁଥାଏ, କୁଣ୍ଡ ଭାଙ୍ଗିଲେ ମାଳି ଗାଳି ଦେବ। ତେଣୁ ମାଳି ଆସିବା ଆଗରୁ

ଛାତ୍ରାବାସରୁ ଆସି ପହଞ୍ଚିଗଲି ମଞ୍ଚ ପାଖରେ। ପ୍ରଥମ ତିନିଟି କୁଣ୍ଡରେ କିଛି ମିଳିଲାନି। ଚତୁର୍ଥ କୁଣ୍ଡଟି ହଳଦିଆ ରଙ୍ଗର ଫୁଲରେ ଭର୍ତ୍ତି ହୋଇଥାଏ। ବେଶ କଣ୍ଟା ତାଳପତ୍ର। ବଡ ପୁରୁଣା ଗଛ, ତେଣୁ ଅତି ସନ୍ତର୍ପଣରେ ସବୁ ଫୁଲ ପତ୍ର ଓ କଣ୍ଟାକୁ ବାଡ଼ିରେ ଆଡେଇଲି। ହଠାତ୍, ଚକ୍ ଚକ୍ ହୋଇ କଣ୍ଟାରେ ଓହଳି ଥିବା ହଳଦିଆ ହାରଟି ହଳଦିଆ ଫୁଲ ଉପରେ ଲୁଚକାଳି ଖେଳୁଥିବାର ଦେଖିଲି। ଖୁବ୍ ସାବଧାନ ଓ ସତର୍କତାର ସହ ଦିଦିଙ୍କ ହାରଟିକୁ କଣ୍ଟା ଭିତରୁ ଉଦ୍ଧାର କଲି। ହାରଟିକୁ ଛାତିରେ ଜାବୁଡି ଧରି ଦୌଡିଲି ଆପଣଙ୍କ କ୍ୱାଟର୍ସ ଆଡକୁ। ସେ ମୁହୂର୍ତ୍ତର ଖୁସି ଓ ଆନନ୍ଦ ଦିଦି ଆଜି ମୁଁ ବ୍ୟକ୍ତ କରିପାରୁନି। କଲିଂବେଲ୍ ପର୍ଯ୍ୟନ୍ତ ଅପେକ୍ଷା ନ କରି 'ଦିଦି, ଦିଦି', କହି ଢୋ ଢୋ କରି କବାଟ ବାଡେଇଲି। ଆପଣ ଦି'ଜଣ ହତଚକିତ ହୋଇ କବାଟ ଖୋଲି ମୋ ହାତରେ ହାରଟି ଦେଖି ଆନନ୍ଦରେ ଆତ୍ମହରା ହୋଇଗଲେ। ଦିଦି କୁଣ୍ଢାଇ ପକାଇଲେ, ଆଉ ସାର୍ ପିଠି ଥାପୁଡ଼ି ପକାଇଲେ। ଓଃ ଦିଦି, ମୋତେ ସେଦିନ ଯେମିତି ଅଲମ୍ପିକ୍ସରେ ସୁନା ପଦକ ଜିତିଲା ଭଳି ଲାଗୁଥାଏ।"

କିଛି ସମୟ ସମସ୍ତେ ଚୁପ୍ ହୋଇଗଲୁ। ତା' ପରେ ମୁଁ ଆଶୀଷକୁ ପଚାରିଲି, "ସେ ବର୍ଷ ମୁଁ ଓ ସାର୍ ଛଅ ମାସ ବ୍ୟବଧାନରେ ମୁଣ୍ଡୁଳୀ ନବୋଦୟରୁ ଅବସର ନେଲୁ। ସେତେବେଳେ ତୁ ଦଶମ ଶ୍ରେଣୀରେ ପଢୁଥିଲୁ। ତା'ପରେ କ'ଣ ଏମିତି ହେଲା ଯେ ତୁ ଏମିତି ଅବସ୍ଥାରେ ପହଞ୍ଚିଗଲୁ?" ମୁହଁକୁ ତଳକୁ ପୋତି କିଛି ସମୟ ଚୁପ୍ ହୋଇ ବସିଲା ଆଶୀଷ। କହିଲା, "ଦିଦି ଦଶମ ଶ୍ରେଣୀ ଉତ୍ତୀର୍ଣ୍ଣ ହେଲି। ତା'ପରେ ବିଜ୍ଞାନ ବିଭାଗରେ ମୋର ନାଁ ଲେଖା ହେଲା। ସେଠି କଳା ବିଭାଗ ନାହିଁ, ହେଲେ ମୋର ଟିକେ କଳା ପ୍ରେମୀ ମନ। ଆପଣ ଅବସର ନେବା ପରେ ସଂଗୀତ ଶିକ୍ଷକ ମଧ୍ୟ କେହି ବିଦ୍ୟାଳୟରେ ଯୋଗ ଦେଲେ ନାହିଁ। ତେଣୁ ଗୀତ ସଂଗୀତ ବି ଆଉ ଆଗ ଭଳି ଜମିଲା ନାହିଁ। ମୁଁ ବିଜ୍ଞାନ ବିଷୟ ଗୁଡିକ ଠିକ୍ ଭାବରେ ବୁଝି ପାରିଲି ନାହିଁ। +୨ ବିଭାଗରେ ପିଲାମାନେ ଓ ଶିକ୍ଷକମାନେ କେବଳ ପାଠ, ପ୍ରବେଶିକା ପରୀକ୍ଷା, ବୋର୍ଡ ପରୀକ୍ଷା, ଏଇ ସବୁକୁ ଗୁରୁତ୍ୱ ଦେଇଥାଆନ୍ତି। ହେଲେ, ମୋତେ ମୋଟେ ବିଜ୍ଞାନ ବିଷୟ ଗୁଡ଼ିକ ଭଲ ଲାଗୁନଥାଏ। ଯା ଭିତରେ ଆଉ ଗୋଟେ ଘଟଣା ଘଟିଲା। ମୁଣ୍ଡୁଳୀ ଗାଁର ଗୋଟେ ପିଲା ସହ ଦିନେ ରାତିରେ ଖଣ୍ଡଗିରି ଯାତ୍ରା ଦେଖିବାକୁ ଯିବା ଲାଗି ଯୋଜନା କରିଥାଏ। ରାତିରେ ପାଚେରୀ ଡେଇଁବା ବେଳେ ପ୍ରଧାନ ଶିକ୍ଷକଙ୍କ ହାବୁଡ଼ରେ ପଡ଼ିଗଲି। ଖୁବ୍ ହିନସ୍ତା କଲେ, ବାପାଙ୍କୁ ଡକାଇ ସପ୍ତାହେ ପାଇଁ ଘରକୁ ପଠେଇ ଦେଲେ। ଯେ, ଘରକୁ ଗଲି ଆଉ ବିଦ୍ୟାଳୟକୁ ଫେରିଲି ନାହିଁ। ବାପା, ଦାଦା ଯେତେ ବୁଝେଇଲେ ମୋଟେ ମାନିଲି ନାହିଁ। ସବୁଦିନ ଘରେ ଅଶାନ୍ତି,

ବାପାଙ୍କ କଟୁକଥା ଶୁଣି ଶୁଣି ବିରକ୍ତ ହୋଇ ଦିନେ ଭୁବନେଶ୍ୱର ପଳାଇ ଆସିଲି। ମୁଣ୍ଡୁଳୀ ଗାଁର ସେଇ ପିଲାଟି ଏଇ କାମ ଧରେଇ ଦେଲା। ପ୍ରାୟ ୨ ବର୍ଷ ହେବ ତାଙ୍କ ଦଳରେ ରହି ଏଭଳି କୁକର୍ମ କରୁଛି।"

କିଛି ସମୟ ପାଇଁ ସମସ୍ତେ ନୀରବ। ନୀରବତାକୁ ଭଙ୍ଗ କରି ମୁଁ କହିଲି, "ହେଉ ଯାହା ହେବାର ହୋଇଗଲା। ସେ ସବୁ ଏବେ ଅତୀତ, ଭବିଷ୍ୟତର କର୍ମପନ୍ଥା ନିର୍ଦ୍ଧାରଣର ବେଳ ଆସିଛି। ଆଉ ସେ ପାପ ଜଗତକୁ ଫେରିବାର ନାହିଁ। ସୁକର୍ମ କରି ଯତ୍‌କିଞ୍ଚିତ୍ ଉପାର୍ଜନ କରିହେବ ତା' ପାଇଁ ଚିନ୍ତା କରିବାକୁ ହେବ।" ମୁଁ ଟିକେ ସ୍ଥିର ଓ ପ୍ରକୃତିସ୍ଥ ହୋଇ ଗୋଟିଏ ପ୍ରସ୍ତାବ ଦେଲି। କହିଲି, "ଆମେ ଦୁହେଁ ସ୍ୱାମୀ ସ୍ତ୍ରୀ ଅବସର ନେଲାପରେ ଖୁବ୍ ଏକୁଟିଆ ଓ ଅସହାୟ ହୋଇଯାଇଛୁ। ପୁଅ ବୋହୂ ଦିଲ୍ଲୀରେ, ଏଠି ଆମକୁ ଘରଟା ଖୁବ୍ ଶୁନ୍‌ଶାନ୍ ଓ ନିଃସଙ୍ଗ ଲାଗୁଛି। ନବୋଦୟ ବିଦ୍ୟାଳୟର ଚଳଚଞ୍ଚଳ ଓ କର୍ମମୁଖର ହତା ଭିତରୁ ଆସି ଏଠି ଚଳିବା ବେଶ ଦୂରହ। ଅଖଣ୍ଡ ଅବସର ବେଳେ ବେଳେ ଖୁବ୍ ଯନ୍ତ୍ରଣା ଦେଉଛି। ମୋର ସଂଗୀତ ମଧ୍ୟ ନୀରବି ଯାଇଛି। ବାଦ୍ୟ ଯନ୍ତ୍ର ଗୁଡିକ ଅଯତ୍ନରେ ଧୂଳି, ଧୂସର ହୋଇ ପଡ଼ିରହିଛି। ଆଶୀଷ ଯଦି ମୋ ସହ ମିଶି ଏଇ ଗ୍ୟାରେଜ୍ ଘରେ କଲୋନୀର ଛୋଟ ଛୋଟ ପିଲାଙ୍କ ପାଇଁ ଗୋଟେ ସଂଗୀତ ବିଦ୍ୟାଳୟ ଖୋଲେ ତା' ହେଲେ ଅସୁବିଧା କ'ଣ ? ପୁଣି ଘରଟା ପିଲାଙ୍କ ଭଜନ, ଜଣାଣ, ଅଳଙ୍କାରରେ ଭରି ଉଠନ୍ତା। ହଁ, ଆୟ ହୁଏତ କମ୍ ହୋଇପାରେ, ତେବେ ଆଶୀଷ ଆମ ସହ ରହି ସ୍ୱଚ୍ଛନ୍ଦରେ ଚଳିଯିବ।" ପ୍ରସ୍ତାବଟି ଶୁଣି ସତ୍ୟବ୍ରତ ଖୁବ୍ ଉତ୍‌ଫୁଲ୍ଲ ହୋଇ କହିଲେ, "ଖୁବ୍ ଭଲ ପରିକଳ୍ପନା, ପୁଣି ଏକ ନୂଆ କୋଳାହଳରେ ସମସ୍ତଙ୍କର ଦୈନନ୍ଦିନ ଜୀବନ ମୁଖରିତ ହୋଇ ଉଠିବ। କ'ଣ ଆଶୀଷ, ଦିଦିଙ୍କୁ ନେଇ ପୁଣି ହାରମୋନିୟମ୍, ତବଲାରେ ଛନ୍ଦତାଳ ତୋଳି ନୂଆ ଜୀବନ ଆରମ୍ଭ କରି ପାରିବ ?"

ଖଟରୁ ଓହ୍ଲାଇ ଆଶୀଷ ମୋର ଓ ସତ୍ୟବ୍ରତଙ୍କର, ଦୁଇ ଜଣଙ୍କ ଗୋଡକୁ ଏକାଠି ଜାବୁଡ଼ି ଧରି କୁଣ୍ଢାଇ ପକାଇଲା। "ଆପଣମାନେ ମୋତେ ଜୀବନର ନୂଆ ରାସ୍ତା ବତାଇ ଦେଲେ। ମୋ ଆତ୍ମା ଗୀତ ସଂଗୀତ ଓ ବାଦ୍ୟରେ ପୁଣି ନୂଆ ରାହା ଖୋଜି ପାଇବ।" ସମସ୍ତେ ଖୁସି ହୋଇ କୁଣ୍ଢା କୁଣ୍ଢି ହୋଇଗଲୁ।

ତା' ପରଦିନ ସକାଳେ ଆଶୀଷ ବଣିଆ ଦୋକାନକୁ ଯାଇ ମୋର ଛିଣ୍ଡା ସୁନାଚେନ୍‌ଟିକୁ ସଜାଡି ଆଣି ମୋ ବେକରେ ନିଜେ ପିନ୍ଧାଇ ଦେଲା। ସପ୍ତାହେ ପରେ ମୋ ଗ୍ୟାରେଜ୍ ଘରେ ଖୋଲିଲା "ସାଇ-ଆଶୀଷ ସଂଗୀତ ଶିକ୍ଷା କେନ୍ଦ୍ର"।

■

ଚିତ୍ରିତ ଆକାଂକ୍ଷା

'ଜ୍ଞାନୋଦୟ ଇଂଲିଶ୍ ମିଡିୟମ୍ ସ୍କୁଲ୍' ଭିଏସ୍‌ଏସ୍ ନଗର ଭୁବନେଶ୍ୱରର ଏକ ଜଣାଶୁଣା ବିଦ୍ୟାଳୟ। ମଧ୍ୟମ ଆୟର ଲୋକଙ୍କ ପାଇଁ ଏହା ଖୁବ୍ ଜନପ୍ରିୟ ଇଂରାଜୀ ମାଧ୍ୟମ ବିଦ୍ୟାଳୟ। ଅଳ୍ପ ଖର୍ଚ୍ଚରେ ଇଂରାଜୀ ମାଧ୍ୟମରେ ପିଲାଙ୍କୁ ପଢ଼ାଇବାର ଇଚ୍ଛା କରୁଥିବା ଲୋକଙ୍କ ଭିତରେ ଏଇ ବିଦ୍ୟାଳୟଟି ଖୁବ୍ ଆଦୃତ। ଏପରିକି ଆର୍ଥିକ ସ୍ୱଚ୍ଛଳତା ନଥିବା ଛୋଟ ବ୍ୟବସାୟୀ ଓ ବସ୍ତିର ଲୋକେ ମଧ୍ୟ ସେମାନଙ୍କର ପିଲାଙ୍କୁ ଏଇ ବିଦ୍ୟାଳୟରେ ପାଠ ପଢ଼େଇ ଥାଆନ୍ତି। ଏହାଛଡ଼ା ବିଦ୍ୟାଳୟ ଆଖପାଖ ସମ୍ଭ୍ରାନ୍ତ କଲୋନୀର ଲୋକେ ମଧ୍ୟ ପିଲାଙ୍କୁ ନବା ଆଣିବାର ଜଞ୍ଜାଳକୁ ଏଡାଇବାପାଇଁ ପିଲାଙ୍କୁ ଏଠି ପଢ଼ାନ୍ତି। ଏଇ ପରିପ୍ରେକ୍ଷୀରେ ମୋ ଭଡ଼ାଘର ଭିଏସ୍‌ଏସ୍ ନଗରରେ ହୋଇଥିବାରୁ, ମୋର ଝିଅକୁ ଯେତେବେଳେ ପ୍ରଥମ ଶ୍ରେଣୀରେ ନାମ ଲେଖାଇବାର ବେଳ ଆସିଲା ସେତେବେଳେ ମୋ ସହିତ ମୋ ସ୍ୱାମୀଙ୍କର ବେଶ୍ କିଛିଦିନ ତର୍କ ବିତର୍କ ଚାଲିଲା। ମୁଁ ଆର୍.ଆଇ.ଇ ଭୁବନେଶ୍ୱରରୁ ବି.ଏଡ୍ କରିଥିବାରୁ ବିଦ୍ୟାଳୟ ଅଭିଜ୍ଞତା ତାଲିମ୍ ପ୍ରୋଗ୍ରାମ୍ ମାଧ୍ୟମରେ ଭୁବନେଶ୍ୱରର ଭଲ ଭଲ ବିଦ୍ୟାଳୟରେ ତାଲିମ୍ ଶିକ୍ଷକ ହିସାବରେ ପାଠ ପଢେଇବାର ସୁଯୋଗ ପାଇ ସାରିଥାଏ। ତେଣୁ ସ୍ୱାଭାବିକ ଭାବରେ ମୋ ମନରେ ମଧ୍ୟ ସ୍ୱପ୍ନ ଥିଲା ଯେ ଝିଅକୁ ଭୁବନେଶ୍ୱରର ନାମୀଦାମୀ ବିଦ୍ୟାଳୟରେ ପାଠ ପଢ଼ାଇବି। ହେଲେ ସ୍ୱାମୀ ଶ୍ରୀ ଅମୂଲ୍ୟ ଜେନା, ସଚିବାଳୟରେ ଏ.ଏସ୍.ଓ। ଦରମା ଏତେ ବି ଭଲ ନୁହେଁ ଯେ ଡି.ଏ.ଭି., ସାଇ ଇଣ୍ଟରନ୍ୟାସନାଲ୍ ଭଳି ବିଦ୍ୟାଳୟରେ ପଢାଇବାର ସାହସ କରିବି। ବାହାଘରର ଦୁଇ ବର୍ଷ ଭିତରେ ଝିଅ ହୋଇଗଲା। ତେଣୁ ମୁଁ ବି କେଉଁଠି ଚାକିରି କରିବାର ଅବସର ପାଇଲି ନାହିଁ। ଅମୂଲ୍ୟ ହସି ହସି କହିଥିଲେ, "ଦେଖ ଛାତ୍ରୀଟିଏ ତୁମ ପାଖକୁ ସ୍ୱୟଂ ଆସିଗଲାଣି। ତାକୁ କିଛି ବାଟ ଆଗେଇନେଇ ତା'ପରେ ଚାକିରି ଖୋଜିବ।" ଏବେ କୁନି ଛାତ୍ରୀଟିକୁ କେଉଁଠି

ପଢ଼େଇବାର ଦ୍ୱନ୍ଦ୍ୱର ମଧ୍ୟ ସେ ଉପଯୁକ୍ତ ସମାଧାନ କରିଦେଲେ। କହିଲେ, "ଘର ପାଖ ବିଦ୍ୟାଳୟ ଛାଡ଼ି କାହିଁକି ଦୂର ବିଦ୍ୟାଳୟକୁ ବସ୍‌ରେ ପଠେଇବା। ଝିଅଟିଏ, ତାକୁ ଏବେ ପ୍ରାୟ ଦ୍ୱାଦଶ ଶ୍ରେଣୀ ପର୍ଯ୍ୟନ୍ତ ସୁରକ୍ଷା ଦେବା ଆମର ଦାୟିତ୍ୱ। ଆମ ଘର ପାଖ ବିଦ୍ୟାଳୟ ଜ୍ଞାନୋଦୟ। ତୁମେ ଆରାମରେ ପାଦରେ ଚାଲି ଚାଲି ତାକୁ ବିଦ୍ୟାଳୟ ନେଇଯିବ, ନଚେତ୍ ସ୍କୁଟିରେ ବି ନେଇ ଯାଇ ପାରିବ। ବିଦ୍ୟାଳୟଟି ସକାଳ ୧୦.୩୦ ରେ ଆରମ୍ଭ ହେଉଛି। ତେଣୁ ବଡି ଭୋରରୁ ଉଠିବା ମଧ୍ୟ ଦରକାର ନାହିଁ। ସକାଳେ ଉଠି ଆରାମରେ ୨/୩ ଘଣ୍ଟା ପଢାପଢି କରି ଝିଅ ବିଦ୍ୟାଳୟ ଯିବ।" ଏତେ ସୁନ୍ଦର ସବୁ ଯୁକ୍ତି ଆଗରେ ଆଉ କିଛି ତର୍କ କରିବାର ଅବକାଶ ହିଁ ନଥିଲା। ତେଣୁ ମନକୁ ବୁଝେଇ ଦେଇ ଖୁସି ଖୁସି ଝିଅର ନାଁ ଜ୍ଞାନୋଦୟ ବିଦ୍ୟାଳୟରେ ଲେଖାଇଦେଲୁ।

ସତେ ଖୁବ୍ ଆରାମ ମିଳିଲା। ବିଦ୍ୟାଳୟ ଆରମ୍ଭ ହେବାର ୧୦ ମିନିଟ୍ ଆଗରୁ ସ୍କୁଟିରେ ଝିଅକୁ ନେଇଯାଏ। ତା'ର ବିଦ୍ୟାଳୟ ବ୍ୟାଗ୍, ପିଇବା ପାଣି ବୋତଲ, ପରିଚୟ ପତ୍ର କାନ୍ଧରେ ଓହଳାଇ ସେ ବିଦ୍ୟାଳୟ ହତାରେ ପଶେ ଆଉ ମୁଁ ହାତ ହଲାଇ ହଲାଇ ସେ ଅଦୃଶ୍ୟ ହେବା ପର୍ଯ୍ୟନ୍ତ ଚାହିଁଥାଏ। ଠିକ୍ ସେମିତି ଛୁଟି ହେଲେ ତାର ବ୍ୟାଗ୍, ପାଣି ବୋତଲ ଓ ତାକୁ ଧରି ଘରକୁ ଫେରେ। ସେ ଟିକେ ଖାଇଦେଇ ଖେଳାଖେଳି ମଧ୍ୟ କରେ। ସଂଗୀତ ଶିକ୍ଷକଟିଏ ସପ୍ତାହକୁ ୩ ଦିନ ଅପରାହ୍ଣରେ ଆସନ୍ତି। ତେଣୁ ଏହି ବିଦ୍ୟାଳୟର ସମୟ ପରିଧିଟି ଆମ ସମସ୍ତଙ୍କୁ ଖୁବ୍ ସୁହାଇଲା। ଖାଇବା, ଶୋଇବା, ପଢିବା ଇତ୍ୟାଦି ସବୁ କାମ ପାଇଁ ସମସ୍ତଙ୍କୁ ପର୍ଯ୍ୟାପ୍ତ ସମୟ ମିଳିଲା।

ରାତିରେ ମୁଁ ଝିଅ ବିଥିକାର ଘରପାଠକାମ ବା ହୋମ୍‌ୱାର୍କ ଗୁଡିକୁ ଖାତା ଖୋଲି ଦେଖେ। ଯାହା ତାକୁ ଆସିବ ତାକୁ କୁହେ କରିବାକୁ। ଅନ୍ୟ ଗୁଡ଼ିକ କେବଳ ତା'କୁ ବୁଝାଇଦିଏ ଏବଂ ତାକୁ ନିଜେ କରିବାକୁ ଛାଡ଼ି ଦିଏ। ସିଏ କରି ମୋତେ ଦେଖାଏ। ମୁଁ ତାକୁ ସାହାଯ୍ୟ କରେ, ଥରକୁ ଦି'ଥର ବୁଝାଇଦିଏ ଯେପରି ସେ ନିଜେ କରିପାରିବ। ସକାଳକୁ ପୁଣି ଥରେ ତା' ଖାତାରେ ଆଖିବୁଲାଇ ଦିଏ। ହେଲେ, କେବେ ବି ନିଜେ ତାକୁ ପ୍ରତ୍ୟକ୍ଷ ଭାବରେ ଉତ୍ତର ଡାକି ଦିଏନି, ଏଇ ଥିଲା ମୋ ଝିଅର ହୋମ୍‌ୱାର୍କର ପ୍ରଣାଳୀ।

ଥରେ ବିଦ୍ୟାଳୟ ପାଇଁ ପ୍ରସ୍ତୁତ ହୋଇ ମୁଁ ସ୍କୁଟିରେ ବସିଲାପରେ ମୋତେ ବିଥିକା କହିଲା ସେ ଇଂରାଜୀର ଘର ପାଠକାମ କରିନି। ପାଟି କଲି ତାକୁ, ଯେ ସକାଳୁ କାହିଁକି ପଚାରିଲୁ ନାହିଁ। ସେ ଯାହା ହେଉ ବିଦ୍ୟାଳୟ ଫାଟକ ପାଖରେ ସ୍କୁଟି ରଖି ଝିଅର ବ୍ୟାଗରୁ ଖାତା ବାହାର କଲି। ତାକୁ ଦୁଇଟି ଇଂରାଜୀ ଶବ୍ଦର ପ୍ରତିଶବ୍ଦ

ଲେଖିବାକୁ ଦିଆଯାଇଥିଲା। ସ୍କୁଟିର ସିଟ୍ ଉପରେ ଖାତା ରଖି ବିଥିକା ଲେଖିଲା। ଶବ୍ଦ ଦୁଇଟି କ୍ଲାସ୍ ୱାନ୍ ପାଇଁ ଥିଲା 'ଡାର୍କ୍ ଓ ର'। ବିଥିକାକୁ ଲେଖିବାର ଦେଖି ଆଉ ଦୁଇଜଣ ପ୍ରଥମ ଶ୍ରେଣୀର ଛାତ୍ର ମୋ ଆଡକୁ ଦୌଡି ଆସି ଗୋଟେ ଗଣିତ ଓ ଇଂରାଜୀ ହୋମ୍‌ୱାର୍କର ଉତ୍ତର ପଚାରିଲେ। ବେଲ୍ ବାଜିବାକୁ ସମୟ ଥିଲା। ବିଥିକାକୁ ବିଦ୍ୟାଳୟ ଫାଟକ ଭିତରେ ଛାଡ଼ି ଦେଇ ଏଇ ଛାତ୍ର ଦୁଇଟିଙ୍କୁ ପାଖରେ ଥିବା ବସ୍‌ଷ୍ଟାଣ୍ଡର ସିମେଣ୍ଟ ବେଞ୍ଚ ଉପରେ ବସାଇ ବୁଝାଇ ବୁଝାଇ ଘରୋଇ ପାଠ ଗୁଡ଼ିକୁ କରାଇଲି। ପିଲା ଦି' ଜଣଙ୍କୁ ଆଖିବନ୍ଦ କରିବାକୁ କହି ପଚାରିଲି କ'ଣ ଦେଖୁଛ ? ପିଲାଟି କହିଲା ଅନ୍ଧାର। ଏହା ହେଲା ଇଂରାଜୀରେ ଡାର୍କ୍, ପୁଣି ଆଖି ଖୋଲିବା ପରେ ପଚାରିଲି କ'ଣ ଦେଖୁଛ ? ଆଲୁଅ। ମୁଁ ସୁଧାରିଲି, କହିଲି ଶୁଦ୍ଧ ଓଡିଆରେ କୁହ ଆଲୋକ ବା ଉଜ୍ଜ୍ୱଳ। ଏହାକୁ ଇଂରାଜୀରେ ବ୍ରାଇଟ୍ କୁହାଯାଏ। ପିଲାଟି ବୁଝିଗଲା, ପେନ୍‌ସିଲ୍ ବାହାର କରି ଲେଖିଲା। ଗଣିତଟି ଭଲ କରି ବୁଝାଇ ଦେଇ ମୁହେଁ ମୁହେଁ ତାଙ୍କ ଦି ଜଣଙ୍କ ଠୁଁ ଉତ୍ତର ମଧ୍ୟ ଆଦାୟ କଲି। କହିଲି ଖେଳଛୁଟିରେ ଗଣିତ ଖାତାରେ ନିର୍ଭୁଲ ଭାବରେ କରିବାକୁ। ଯାହା ଜାଣିଲି ଏମାନଙ୍କର ଘରେ ଆଗରୁ କେହି ପାଠ ପଢିନାହାନ୍ତି। ତେଣୁ ସାହାଯ୍ୟ କରିବାକୁ କେହି ନାହାନ୍ତି। ଘରେ ଭଲ ଓଡ଼ିଆରେ ମଧ୍ୟ ଏମାନେ କଥାବାର୍ତ୍ତା କରନ୍ତି ନାହିଁ। ତେଣୁ ଓଡ଼ିଆ ମଧ୍ୟ ଠିକ୍‌ରେ ଏମାନେ ବନାନ ଶୁଦ୍ଧ କରି ଲେଖି ଜାଣନ୍ତି ନାହିଁ।

ତହିଁ ଆରଦିନ ଯଥା ସମୟରେ ପହଞ୍ଚିଲା ବେଳକୁ ସେଇ ଦୁଇଜଣ ପିଲା, ମୋତେ ଆଗରୁ ଆସି ଜଗିଥାଆନ୍ତି। ପୁଣି ସେଇ ବାକିଆ ଘରୋଇ ପାଠ। ଜାଣିଲି, ଏମାନେ ମୋତେ ଖୁବ୍ ଭରସା କରୁଛନ୍ତି ଓ ମୋର ସାହାଯ୍ୟକୁ ଅପେକ୍ଷା କରୁଛନ୍ତି। ତା' ପର ଦିନ ଆଉ ୫ ମିନିଟ୍ ଆଗରୁ ପହଞ୍ଚିଲି। ବିଥିକା ଟିକେ ବିରକ୍ତ ହେଉଥାଏ ଏତେ ସଅଳ ଯିବାକୁ। ଦିନକୁ ଦିନ ମୋତେ ଅପେକ୍ଷା କରୁଥିବା ଛାତ୍ରଛାତ୍ରୀଙ୍କ ସଂଖ୍ୟା ବଢିଲା। ମୋତେ ବି କାହିଁକି କେଜାଣି ଭାରି ମନେ ମନେ ଖୁସି ଲାଗୁଥାଏ ଯେ ମୁଁ ଏମାନଙ୍କୁ ସାହାଯ୍ୟ କରିପାରୁଛି। ଯାହାହେଲେ ଅନ୍ତର ଭିତରେ ତ ମୁଁ ଜଣେ ଶିକ୍ଷିକା। ପଢେଇବାର ସୁଖ କ'ଣ, ସ୍ୱାଦ କ'ଣ, ଆଉ ପିଲାଙ୍କ ମମତା କ'ଣ ତାହା ମୋତେ ଆର ଆଇ ଇ ର ଅଭିଜ୍ଞତାରୁ ବେଶ୍ ମିଳିସାରିଥାଏ। ଏଇମିତି ଆଗୁଆ ଯାଇ ଯାଇ ପ୍ରାୟ ପନ୍ଦର ମିନିଟ୍ ଆଗରୁ ମୁଁ ବିଥିକାକୁ ନେଇ ବିଦ୍ୟାଳୟ ଯିବା ଅଭ୍ୟାସ କରି ସାରିଥାଏ। ସେଠି ପନ୍ଦର ମିନିଟ୍‌ର ଠିଆ ଠିଆ କ୍ଲାସ୍ ମଧ୍ୟ ପ୍ରତ୍ୟେକ ଦିନ ନିଏ। କେବଳ ପାଠରେ ଦୁର୍ବଳ ପିଲା ନୁହନ୍ତି ଅନେକ ମେଧାବୀ ପିଲାମାନେ ମଧ୍ୟ ଆସି ମୋତେ କ୍ରମଶଃ ଅନେକ ପ୍ରଶ୍ନ ପଚାରନ୍ତି। ପିଲାଙ୍କର ପାଠ ପାଇଁ କୌତୁହଳ ଓ ଜିଜ୍ଞାସା ବଢିବାରେ ଲାଗିଲା। ଯେଉଁ ପିଲାମାନେ ପାଠରେ ଦୁର୍ବଳ ଥିଲେ ସେମାନେ

ବି ଧୀରେ ଧୀରେ ଉନ୍ନତି କଲେ। ଟିକେ ପ୍ରଶଂସା ଟିକେ ଆଦର ଯେ କି ଚମତ୍କାର କରିପାରେ ତାହା କେବଳ ଜଣେ ଶିକ୍ଷକ/ଶିକ୍ଷିକାର ଆତ୍ମା ହିଁ ଜାଣେ।

ଏଇମିତି ପ୍ରାୟ ୫ବର୍ଷ ବିତିଗଲାଣି। ଏବେ ବିଥିକା ପଞ୍ଚମ ଶ୍ରେଣୀର ଛାତ୍ରୀ। କେବଳ ବିଥିକାର ଶ୍ରେଣୀ ସାଥୀମାନେ ନୁହନ୍ତି, ବିଥିକାକୁ ବିଦ୍ୟାଳୟରୁ ଆଣିବାକୁ ଗଲାବେଳେ ଏବେ ବହୁତ ଅନ୍ୟ ଉଚ୍ଚ ଶ୍ରେଣୀର ପିଲାମାନେ ମଧ୍ୟ ଅନେକ ପ୍ରଶ୍ନ ନେଇ ମୋ ପାଖକୁ ଦୌଡି ଆସୁଛନ୍ତି। ମୁଁ ବି ବେଳେ ବେଳେ ବ୍ୟାଗ୍ ଭିତରେ ଛୋଟ ଚୁମ୍ବକ୍, ଜୋତାର ଫିତା, ପେଣ୍ଡୁଲମ୍, ସ୍ପ୍ରିଙ୍ଗ୍ ଇତ୍ୟାଦି ନେଇଯାଇଥାଏ। ମୋର ସ୍କୁଟି ଉପରେ ବସି ବସି ମୁଁ କେତେ କେତେ ଆକ୍ଟିଭିଟି ପିଲାଙ୍କୁ ଦେଖାଇଛି। ସାମାନ୍ୟ ଜୋତାର ଫିତାରେ ସୃଷ୍ଟି ହେଉଥିବା ତରଙ୍ଗ ଦେଖି ପିଲାମାନେ ଅବାକ୍। ପିଲାଙ୍କ ମନରେ ଜିଜ୍ଞାସା, କୌତୂହଳ ଓ ପାଠ ପ୍ରତି ଆଗ୍ରହ ସୃଷ୍ଟି କରିବା ହିଁ ସେତେବେଳେ ମୋର ମୁଖ୍ୟ ଉଦ୍ଦେଶ୍ୟ ଥିଲା। ହଁ, ମଝିରେ ମଝିରେ ପିଲାମାନେ ପଚାରନ୍ତି "ଆଣ୍ଟି ଆପଣ ଘରେ ଟିଉସନ୍ କରନ୍ତି ? ଆମେ ଆସି ପାରନ୍ତୁ।" ମୁଁ ପାଟିକରି କହେ, "ଟିଉସନ୍ ମୁଁ କରେନା, ଏବଂ ଟିଉସନ୍‌ର ଏତେ ପ୍ରୟୋଜନ ବା କ'ଣ ? ଶିକ୍ଷକ/ଶିକ୍ଷିକାମାନଙ୍କ ସହିତ ୬ ଘଣ୍ଟା ବିତାଉଛ ଆଉ ୨୪ଘଣ୍ଟା ପାଇଁ ବହି ପାଖରେ ରହିଲା, ତେଣୁ ଧୈର୍ଯ୍ୟ ଧରି ପଢିଲେ ଓ ବୁଝିବାକୁ ଚେଷ୍ଟା କଲେ ସବୁ ସହଜ ଲାଗିବ।"

ଥରେ ସକାଳେ ଏଇମିତି ପିଲାମାନେ ମୋତେ ଘେରିଥାଆନ୍ତି। ବିଦ୍ୟାଳୟର ଅଧ୍ୟକ୍ଷ ବିଦ୍ୟାଳୟ ହତା ବାହାରକୁ କାର୍‌ରେ କୁଆଡେ ଯାଉଥାନ୍ତି। ହଠାତ୍ ତାଙ୍କର ନଜର ପଡ଼ିଗଲା ମୋତେ ଘେରିଥିବା ପିଲାଙ୍କ ଉପରେ। ମୁଁ ସେତେବେଳେ ସ୍କୁଟି ଉପରେ ବସି କ'ଣ ଗୋଟେ ବୁଝାଉଥାଏ। ସେ କିଛି ସମୟ ପାଇଁ କାର୍ ଅଟକାଇ ପିଲାଙ୍କୁ ତାଗିଦ୍ କଲେ ବିଦ୍ୟାଳୟ ହତା ଭିତରେ ପଶିବା ପାଇଁ। ମୋତେ ବି ଟିକେ ଅନାଇଲେ। ମୁଁ ବେଶ୍ ଟିକେ ଡରିଗଲି। ଭାବୁଥାଏ, କି ଭାବରେ ଅଧ୍ୟକ୍ଷ ମୋର ଏ ପିଲାଙ୍କୁ ପଢେଇବା ଘଟଣାଟି ନେଲେ କେଜାଣି ?

ଯାହା ଆଶଙ୍କା କରିଥିଲି ସେଇଆହିଁ ହେଲା। ତା'ପର ଦିନ ବିଥିକା ହାତରେ ମୋତେ ତାଙ୍କର ଅଧ୍ୟକ୍ଷ ଡକାଇ ପଠାଇଲେ। ଦିନ ଏଗାରଟାରେ ତାଙ୍କୁ ଦେଖା କରିବାକୁ ହେବ। ମୁଁ ଖୁବ୍ ଡରିଗଲି। ବିଥିକା ଏଇ ବିଦ୍ୟାଳୟର ଛାତ୍ରୀ, ମୋ ପାଇଁ ଶିକ୍ଷକ ମାନେ ତାକୁ କିଛି ନ କୁହନ୍ତୁ। ତା'ର କିଛି ଅନିଷ୍ଟ ନ ହେଉ। ଠାକୁରଙ୍କୁ ଜୁହାର ହେଲି।

ଯା'ହେଉ ବିଥିକାକୁ ବିଦ୍ୟାଳୟରେ ଛାଡ଼ି ଦେଇ ଘରକୁ ଫେରିଲି। ଶାଢ଼ିଟିଏ ପିନ୍ଧି, ପୁରା ଘରୋଇ ସ୍ତ୍ରୀଲୋକର ବେଶଭୂଷାରେ ଠିକ୍ ଏଗାରଟା ବେଳେ ଯାଇ

ଅଧ୍ୟକ୍ଷଙ୍କ କୋଠରୀ ସାମନାରେ ହାଜିର୍ ହେଲି। ଭିତରେ ବେଶ୍ କିଛିଜଣ ଶିକ୍ଷକ/ ଶିକ୍ଷିକା ବସି ଥିବା ଏବଂ କଥା ହେଉଥିବାର ଜଣାପଡୁଥାଏ। ଠିକ୍ ୧୧ଟା ବାଜି ୧୦ ମିନିଟ୍‌ରେ ପିଅନ ଆସି ଭିତରକୁ ଡାକି ନେଲା। ସମସ୍ତଙ୍କୁ ନମସ୍କାର ହେଲି। ଅଧ୍ୟକ୍ଷ ବସିବାକୁ କହିଲେ। ଭାବିଲି ବେଶ୍ ଦି'ପଦ ଶୁଣାଇବେ ତେଣୁ ବସିବାକୁ କହୁଛନ୍ତି।

ଅଧ୍ୟକ୍ଷ ଆରମ୍ଭ କଲେ, "ଆପଣ ଶ୍ରୀମତୀ ସସ୍ମିତା ଜେନା, ପଞ୍ଚମ ଶ୍ରେଣୀର ବିଥିକା ଜେନାର ମା' ?" ହଁ ଭରିଲି।

- ଆପଣ ପ୍ରତ୍ୟେକ ଦିନ ସକାଳୁ ଆସି ବିଦ୍ୟାଳୟ ଗେଟ୍ ସାମନାରେ ପିଲାମାନଙ୍କର ହୋମୱାର୍କ ଚେକ୍ କରନ୍ତି ?

- ହଁ ସାର୍। ସେମାନେ ମୋତେ ଜଗିଥାଆନ୍ତି।

- କେବେଠାରୁ ଏଭଳି କରୁଛନ୍ତି ?

- ପ୍ରାୟ ୫ ବର୍ଷ ହେବ ସାର୍।

- ଏଥିରେ କ'ଣ ଲାଭ ହେଉଛି ?

- ଆଗରୁ ଯେଉଁ ପିଲାମାନେ ମୋଟେ ହୋମ୍‌ୱାର୍କ ବା ଘରୋଇ ପାଠ କରୁ ନଥିଲେ ସେମାନେ ଧୀରେ ଧୀରେ କରିବାକୁ ଚେଷ୍ଟା ଓ ସାହସ କରିଛନ୍ତି। ପିଲାମାନଙ୍କୁ ମୁଁ କେବଳ ତାଙ୍କର ଭୁଲର ଉତ୍ସଟି ଧରାଇଦିଏ। ସଠିକ୍ ଉତ୍ତର ଖୋଜିବାକୁ ସେମାନଙ୍କୁ ବାଟ ଦେଖାଏ।

- ଏଥିରୁ ଆପଣ କ'ଣ ପାଆନ୍ତି ?

- ମୋତେ ଖୁସି ଲାଗେ, ବହୁତ ପିଲାଙ୍କ ଘରେ ତାଙ୍କ ବାପା, ମା' ଶିକ୍ଷିତ ନୁହନ୍ତି। ତେଣୁ ସେମାନେ ଘରେ କୌଣସି ଶୈକ୍ଷିକ ସାହାଯ୍ୟ ପାଆନ୍ତି ନାହିଁ।

- ଆପଣ ବଡ ବଡ ପିଲାଙ୍କୁ ମଧ୍ୟ କ'ଣ ସବୁ ବିଜ୍ଞାନ କ୍ରିୟାକଳାପ ଦେଖାନ୍ତି ବୋଲି ଶୁଣିଲି।

- ହଁ, ସେମାନଙ୍କ ମନରେ ଛୋଟ ଅଦରକାରୀ ଉପକରଣ ମାଧ୍ୟମରେ ବିଜ୍ଞାନ ପ୍ରତି କୌତୁହଳ ସୃଷ୍ଟି କରିବାକୁ ଚେଷ୍ଟା କରେ। ଛୋଟ ଛୋଟ କେତୋଟି ଜିନିଷ ଯେପରି ସ୍ପ୍ରିଙ୍ଗ୍, ବଲ୍‌ପେନ୍ ର ଖାଲି ରିଫିଲ୍, ଜୋତାର ଫିତା, ବ୍ୟାଟେରିଟିଏ, ତାର ଖଣ୍ଡେ, ପୁରୁଣା ସ୍ୱିଚ୍, ଚୁମ୍ବକ ଇତ୍ୟାଦି ସଂଗ୍ରହ କରି ସେଗୁଡିକ ଦ୍ୱାରା ବିଜ୍ଞାନକୁ ବୁଝିବାକୁ ତାଙ୍କୁ ମୁଁ ଉସ୍କାଏ। ମୋର ଆର୍.ଆଇ.ଇ ର ଜଣେ ମ୍ୟାଡାମ୍ ଏଇ ସଂଗ୍ରହ ଜରିଆରେ ବିଜ୍ଞାନର ଅନେକ ଅନେକ ଅବୁଝା ତଥ୍ୟକୁ ଅତି ସରଳ ଭାବରେ ଆମକୁ ବ୍ୟାଖ୍ୟା କରୁଥିଲେ।

- ଆପଣ କ'ଣ ଆଗରୁ ଶିକ୍ଷକତା ଚାକିରି କରିଥିଲେ ?

- ନାଁ, ମୁଁ ଆର୍.ଆଇ.ଇ, ଭୁବନେଶ୍ୱରରୁ ପି.ସି.ଏମ୍ ଧାରାରେ ବି.ଏସ୍‌ସି ବିଏଡ୍ କରିଛି। ଝିଅଟି ଛୋଟ ତେଣୁ ଚାକିରି କରିନି।

ଏତେ ସମୟ ପରେ ଟିକେ ବିରାମ ନେଲେ ଅଧ୍ୟକ୍ଷ ମହୋଦୟ।

କଥା ଶେଷରେ ପଞ୍ଚମ ଶ୍ରେଣୀର ଶିକ୍ଷିକା ପ୍ରତିମା ମ୍ୟାଡାମ୍ କହିଲେ, "ମୁଁ ସାର୍ ଆଶ୍ଚର୍ଯ୍ୟ ହୁଏ ଯେ ଏଇ ପଞ୍ଚମ ଶ୍ରେଣୀର ପିଲାମାନେ ପ୍ରଥମ ଶ୍ରେଣୀରୁ ହିଁ ଘରୋଇ ପାଠ ଗୁଡ଼ିକ ଖୁବ୍ ଆଗ୍ରହରେ ଓ ନିର୍ଭୁଲ୍ ଭାବରେ କିପରି କରିଆଣନ୍ତି। ଏବେ ଏହାର ରହସ୍ୟ ବୁଝିଲି ସାର୍।"

ମୋତେ କିଛି ସମୟ ବାହାରେ ଅପେକ୍ଷା କରିବାକୁ କହି, ଅଧ୍ୟକ୍ଷ କିଛି ଅନ୍ୟ ବରିଷ୍ଠ ଶିକ୍ଷକ ଓ ଆଉ କେତେ ଜଣ ଶିକ୍ଷକଙ୍କୁ ପିଅନ ହାତରେ ଡ଼କାଇ ପଠାଇଲେ।

ବାହାରେ ଚୁପ୍‌ଚାପ୍ ବସିଥାଏ ମନକୁ ବୁଝାଉଥାଏ। ମୁଁ ନିର୍ଭୟରେ ମୋର ଅଭିପ୍ରାୟ ବ୍ୟକ୍ତ କରିଛି। ସେମିତି କିଛି ତ ପାପ କରିନି। ...

ଝିଅକୁ କେହି ଯେମିତି କିଛି ନ କୁହନ୍ତୁ। ସ୍ୱାମୀ ଅମୂଲ୍ୟ ଏ ସବୁ ଜାଣିଲେ ଖୁବ୍ ରାଗିବେ। ତେଣୁ ଡର ମଧ୍ୟ ଲାଗୁଥାଏ।

ଯାହା ହେଉ ଅଧଘଣ୍ଟା ପରେ ପୁଣି ପିଅନ ଆସି ଅଧ୍ୟକ୍ଷଙ୍କ କୋଠରୀକୁ ଡାକି ନେଲା। ସେତେବେଳେ ଆଉ କେତେଜଣ ବରିଷ୍ଠ ବ୍ୟକ୍ତି ଓ ଶିକ୍ଷକ ମଧ୍ୟ ଆସି ଯାଇଥାନ୍ତି। ଏଥର କୋଠରୀ ଭିତରର ପାଣିପାଗ ଟିକେ ଅଲଗା ଲାଗିଲା। ସମସ୍ତଙ୍କ ମୁହଁରେ ଚେନାଏ ଚେନାଏ ହସ। ଅଧ୍ୟକ୍ଷ ମହୋଦୟ କହିଲେ, ସସ୍ମିତା ମ୍ୟାଡାମ୍, ଆମେ ଏବେ ଆପଣଙ୍କର ଆର୍.ଆଇ.ଇ ଅଧ୍ୟକ୍ଷଙ୍କ ସାଙ୍ଗରେ ଫୋନ୍‌ରେ କଥା ହେଉଥିଲୁ। ଜାଣିଲୁ ଆପଣ ସେଠାକାର ଜଣେ ମେଧାବୀ ଓ ଖୁବ୍ ଶୃଙ୍ଖଳିତ ଛାତ୍ରୀ ଥିଲେ। ଖୁବ୍ ଉଚ୍ଚକୋଟୀର ଡିବେଟର୍ ହୋଇଥିବାରୁ ଆପଣ ୨୧ ଦିନ ପାଇଁ ମାନବ ସମ୍ବଳ ବିକାଶ ମନ୍ତ୍ରଣାଳୟ ତରଫରୁ ଛାତ୍ରଛାତ୍ରୀ ବିନିମୟ ପ୍ରୋଗ୍ରାମ ମାଧ୍ୟମରେ ନରୱେ ମଧ୍ୟ ଯାଇଥିଲେ। ଆପଣ ମୋ ପ୍ରଶ୍ନର ଉତ୍ତର ଯେପରି ନିର୍ଭୀକ ଓ ସାବଲୀଳ ବାକ୍ୟରେ ଦେଲେ ସେଥିରୁ ଆପଣଙ୍କ ମେଧାଶକ୍ତିର ପରିଚୟ ମିଳୁଥିଲା। ଆପଣଙ୍କର ପରୀକ୍ଷା ବିଭାଗକୁ ଅନୁରୋଧ କରିବାରୁ ସେମାନେ ମେଲ୍‌ରେ ଆପଣଙ୍କର ସବୁ ମାର୍କସିଟ୍ ର ପ୍ରତିକପି ପଠାଇଲେ। ମୁଁ ସେଗୁଡିକର ପ୍ରିଣ୍ଟ୍ ବାହାର କରି ଆମର ବରିଷ୍ଠ ଶିକ୍ଷକ ଓ ମ୍ୟାନେଜିଂ କମିଟିର ସଦସ୍ୟ ମାନଙ୍କୁ ଡାକି ଦେଖାଇଲି, ସମସ୍ତେ ଖୁବ୍ ସନ୍ତୁଷ୍ଟ। କଥା କ'ଣ କି ଆମର ଏବେ ବିଜ୍ଞାନ ଓ ଗଣିତରେ ଶିକ୍ଷକ ପଦବୀଟିଏ ଖାଲି ଅଛି। ସେକେଣ୍ଡାରି ପିଲାମାନଙ୍କର କ୍ଲାସ୍‌ଗୁଡିକ ହୋଇପାରୁନି। ଆମେ ଆପଣଙ୍କୁ ସହକାରୀ

ଶିକ୍ଷକ ପଦରେ କାଲିଠୁ ନିଯୁକ୍ତି ଦେବାକୁ ସ୍ଥିର କରିଛୁ। ଆପଣଙ୍କର ମତାମତ କ'ଣ ?" – ମୋତେ ତ ପ୍ରଥମେ ଆକାଶରୁ ଖସିଲା ଭଳି ଲାଗିଲା। ଏମାନେ ମୋତେ ପ୍ରହସନ କରୁନାହାନ୍ତି ତ ?

ମୁଁ କହିଲି ସାର୍ ଏତେ ଶୀଘ୍ର କ'ଣ କହିବି। ମୋର ସ୍ୱାମୀଙ୍କ ସହ କଥା ହୋଇନି। ଆଉଗୋଟେ କଥା ସାର୍ ସେକେଣ୍ଡାରୀ ବିଭାଗରେ ନିଯୁକ୍ତ ହେଲେ ପ୍ରାଥମିକ ଶ୍ରେଣୀର ଏହି ପିଲାମାନଙ୍କୁ ଆଉ ମୁଁ ସାହାଯ୍ୟ କରିପାରିବି ନାହିଁ। ମୁଁ ସେମାନଙ୍କୁ ନିରାଶ କରିବାକୁ ଚାହେଁନା ସାର୍।" ଜଣେ ବରିଷ୍ଠ ଶିକ୍ଷକ କହିଲେ, "ହଉ ଝିଅ ଆଗ ଫୋନ୍‌ରେ ସ୍ୱାମୀଙ୍କ ସହ କଥା ହୋଇ ହଁ କି ନାହିଁ କୁହ। ପରେ ଏ ଦିଗରେ ଚିନ୍ତା କରିବା।" ପାଞ୍ଚମିନିଟ୍ ପାଇଁ ଅନୁମତି ନେଇ ବାହାରକୁ ଆସି ଅମୂଲ୍ୟଙ୍କୁ ଫୋନ୍ କଲି। ଅମୂଲ୍ୟ କହିଲେ, "ଭଲ ହେଲା। ଝିଅ ସାଙ୍ଗରେ ଏକାଠି ବିଦ୍ୟାଳୟରେ ରହିବ। ପରନ୍ତୁ! ବେଶି ଡେରି ହେଲେ ବିନା ଅଭିଜ୍ଞତାରେ ଆଉ କେଉଁ ବିଦ୍ୟାଳୟ ତୁମକୁ ଭବିଷ୍ୟତରେ ଚାକିରି ଦେବେନି। ଏଇଟା ଉପଯୁକ୍ତ ସମୟ, ନିଯୁକ୍ତି ପତ୍ର ଗ୍ରହଣ କରି ନିଅ।" ପୁଣି ରୁମ୍‌କୁ ଆସି ଅଧ୍ୟକ୍ଷଙ୍କୁ ହଁ କହିଲି। ଅଧ୍ୟକ୍ଷ କହିଲେ, "ହଁ ଶୁଣନ୍ତୁ, ସେକେଣ୍ଡାରି ବିଭାଗରେ କ୍ଲାସ୍ ନେବା ସହ ପ୍ରାଇମେରି ବିଭାଗରେ ଆପଣ ଇଚ୍ଛା ଅନୁସାରେ ଗଣିତ ଓ ବିଜ୍ଞାନ କ୍ଲାସ୍ ମଧ୍ୟ ନେଇ ପାରିବେ। ପାରିବେ ତ ଦୁଇଟି ବିଭାଗକୁ ସମ୍ଭାଳିବାକୁ ?"

ଖୁସିରେ ଆତ୍ମହରା ହୋଇ କହିଲି, "ହଁ ସାର୍, ହଁ ସାର୍ ଖୁବ୍ ପାରିବି।"

ଆଉ ଅଳ୍ପ କିଛି କଥାବାର୍ତ୍ତା ପରେ ଅଧ୍ୟକ୍ଷଙ୍କର ବ୍ୟକ୍ତିଗତ ସହାୟିକା ମୋତେ ନିଯୁକ୍ତି ପତ୍ର ଦେଇ ଅଭିନନ୍ଦନ ଜଣାଇଲେ। ଆହୁରି କହିଲେ ଯେ, "କାଲିଠୁ ଆପଣଙ୍କୁ ଇଉନିଫର୍ମ ଶାଢୀରେ ଶିକ୍ଷିକା ଭଳି ଆସିବାକୁ ପଡ଼ିବ।"

ମୁଁ କହିଲି, "ହଁ, ମୁଁ ଜାଣିଛି।"

ସ୍କୁଟି ଧରି ବଜାର ଯାଇ ଇଉନିଫର୍ମ ଶାଢ଼ୀ ଇତ୍ୟାଦି କିଣି ଘରକୁ ଫେରିଲି। ଯଥାରୀତି ରାତିରେ ଘରେ ଗୋଟେ ଦୀର୍ଘ ଆଲୋଚନା ହେଲା। ତା' ପର ଦିନ ସକାଳେ ଆମେ ସମସ୍ତେ ଏକା ସାଙ୍ଗରେ ଘରୁ ବାହାରିବୁ ବୋଲି ସ୍ଥିର ହେଲା। ମୋର ଚାକିରିର ପ୍ରଥମ ଦିନ। ସକାଳ ୧୦ ଟା ଭିତରେ କାମଦାମ ସାରି ପାଖରେ ଥିବା ଶିବ ମନ୍ଦିରକୁ ଯାଇ ଟିକେ ପୂଜାପାଠ କରି ଆସିଲି। ଶାଢୀ ପିନ୍ଧିବାକୁ ପଡ଼ିବ, ଟିକେ ସମୟ ଲାଗିପାରେ। ତେଣୁ ଅମୂଲ୍ୟ ବିଥିକାକୁ ନେଇ ବିଦ୍ୟାଳୟରେ ଛାଡିଦେଲେ। ମୁଁ ମୋର ସାର୍ଟିଫିକେଟ୍, କାଗଜପତ୍ର, ପାଠ ଖସଡ଼ା ଇତ୍ୟାଦି ନେଇ ପଛରେ ଗଲି। ଆଜି ଆଉ ମୋର ସ୍କୁଟି ଫାଟକରେ ଅଟକିଲା ନାହିଁ। ଇଉନିଫର୍ମ ଶାଢୀରେ ଥିବାରୁ

ସୁରକ୍ଷାକର୍ମୀ ସ୍ୟାଲୁଟ୍ କରି ଫାଟକ ଖୋଲିଦେଲା। ମଜା ଲାଗୁଥାଏ। ବିଥିକାକୁ ମନା କରିଥାଏ ଏ ପ୍ରସଙ୍ଗରେ ସାଙ୍ଗମାନଙ୍କୁ କିଛି ନ କହିବା ପାଇଁ।

ପ୍ରଥମେ ବିଦ୍ୟାଳୟର କାର୍ଯ୍ୟାଳୟକୁ ଯାଇ କାର୍ଯ୍ୟରେ ଯୋଗଦେବା ପତ୍ର ଇତ୍ୟାଦି ଜମା ଦେଲି। ମୋର ସାର୍ଟିଫିକେଟ୍‌ଗୁଡିକୁ ବଡବାବୁ ଯାଞ୍ଚ୍ କଲେ। ତା'ପରେ ସେକେଣ୍ଡାରି ବିଭାଗର ଭାରପ୍ରାପ୍ତ ଶିକ୍ଷିକା ମୋତେ ନେଇ ଯାଇ ସମୟ - ସାରଣୀ ଦେଲେ। ଦିନରେ ୨ଟି ଗଣିତ ପିରିୟଡ୍ ପ୍ରାଇମେରି ବିଭାଗରେ ନେବି ବୋଲି ସ୍ଥିର କରିଦେଲେ। କହୁଥିଲେ 'କାଲିଠୁ କ୍ଲାସ୍ ନେବେ,' ହେଲେ ମୁଁ କହିଲି, 'ମୁଁ ଆଜିଠୁ କ୍ଲାସ୍ ନେଇ ପାରିବି।' ପ୍ରଥମ କ୍ଲାସ୍‌ଟି ବିଜ୍ଞାନ ଥିଲା। ଏ କ୍ଲାସ୍‌ର ବି କିଛି ପିଲା ଆଗରୁ ମୋତେ ଚିହ୍ନିଥିଲେ। ତେଣୁ ଖୁବ୍ ଖୁସି ଓ ଆଗ୍ରହରେ ସେମାନେ ଅନେକ ପ୍ରଶ୍ନ ପଚାରିଲେ। ଶିକ୍ଷାଦାନ ଓ ଗ୍ରହଣ ଖୁବ୍ ସନ୍ତୋଷ ଜନକ ଥିଲା।

ତା' ପର ପିରିୟଡ୍‌ଟି ଥିଲା ପ୍ରାଇମେରି ବିଭାଗରେ। ସେଦିନ ଫାଟକ ପାଖରେ ପ୍ରାଇମେରି ବିଭାଗର ପିଲାମାନେ ମୋତେ ଅପେକ୍ଷା କରିବା ସତ୍ତ୍ୱେ, ଅମୂଲ୍ୟଙ୍କ ସାଙ୍ଗରେ ବିଥିକାକୁ ଦେଖି ଖୁବ୍ ନିରାଶ ହୋଇଥିଲେ। ପ୍ରାଇମେରି ବିଭାଗର ଭାରପ୍ରାପ୍ତ ଶିକ୍ଷିକା ପ୍ରମିଳା ମ୍ୟାଡାମ୍ ମୋତେ ନେଇ ପଞ୍ଚମ ଶ୍ରେଣୀକୁ ଗଲେ। ପିଲାମାନେ ମୋତେ ଶିକ୍ଷିକା ଶାଢ଼ୀରେ ଦେଖି ହତବାକ୍। ଯେତେବେଳେ ପ୍ରମିଳା ମ୍ୟାଡାମ୍ କହିଲେ "ପିଲାମାନେ ଆଜିଠାରୁ ସସ୍ମିତା ମ୍ୟାଡାମ୍ ତୁମର ନୂଆ ଗଣିତ ଶିକ୍ଷିକା" ପିଲାମାନଙ୍କର ଖୁସି କହିଲେ ନ ସରେ। ଶ୍ରେଣୀଟା ଜାକର ୩୬ ଜଣ ପିଲା ବସିବା ଜାଗାରୁ ଉଠିଆସି 'ହୋମ୍‌ୱାର୍କ ଆଣ୍ଟି' କହି ମୋତେ କୁଣ୍ଢାଇ ପକାଇଲେ। କେବଳ ଦୂରରେ ରହି ବିଥିକା ମିଚି ମିଚି ହୋଇ ହସୁଥିଲା। ପ୍ରମିଳା ମ୍ୟାଡାମ୍ ଯାଇ ତାକୁ ଭିଡିଆଣି ମୋତେ କୁଣ୍ଢାଇ ଦେଲେ। ମୋ ଆଖି ସେତେବେଳେ ଲୁହରେ ଛଳଛଳ। ଏ କି ଦିବ୍ୟ ମୁହୂର୍ତ୍ତ! ମୋର ଶିକ୍ଷକ ଜୀବନକୁ ପ୍ରଭୁ ସଫଳ କର, କହି ନୀରବରେ ଜଗନ୍ନାଥଙ୍କୁ ମୁଣ୍ଡିଆ ମାରିଲି।

ତା'ପରେ ପିଲାମାନଙ୍କୁ ଯେ ଯାହା ବସିବା ଜାଗାକୁ ଯିବାକୁ ତାଗିଦ୍ କରି କହିଲି, 'ଆଣ ସବୁ ହୋମ୍‌ୱାର୍କ ଖାତା'।

■

ଶେଷ କଲମ

କାଲିଠାରୁ ବିଦ୍ୟାଳୟରେ ଚହଳ ପଡିଯାଇଛି । ପ୍ରଧାନ ଶିକ୍ଷକଙ୍କର ସମସ୍ତଙ୍କୁ ତାଗିଦା । ଭୁବନେଶ୍ୱରରୁ ପଦସ୍ଥ ଅଧିକାରୀଙ୍କୁ ନେଇ ସର୍କଲ ଇନିସ୍‌ପେକ୍ଟର ଆସିବେ । ଚାରିଆଡ ପହଁରା ହୋଇ ପୁରା ବିଦ୍ୟାଳୟଟି ସଫା ହେଉଛି । ହତା ଭିତରେ ଥିବା ଅନାବନା ଘାସ ସବୁ ପିଲାମାନେ ବାଛି ସାରିଲେଣି । ବିଦ୍ୟାଳୟଟିରେ ହଠାତ୍ ଯେମିତି କର୍ମ ଚଞ୍ଚଳତା ବଢ଼ିଯାଇଛି । ହେଲେ ସପ୍ତମ ଶ୍ରେଣୀର ସୁଧୀର ପାଇଁ କିଛି ଯେମିତି ଫରକ୍ ପଡୁନି । ହତା ପରିଷ୍କାର ତ ସେମାନଙ୍କର ଦୈନନ୍ଦିନ କାମ ଥିଲା । ହେଲେ ଅରୁଣ ସାର୍ ଗଲାପରେ ଆଉ ଯେମିତି କାହାର ସେ ସବୁ ପ୍ରତି ଏତେ ଆଗ୍ରହ ନାହିଁ । ବିଦ୍ୟାଳୟକୁ ସଫା ସୁତୁରା ରଖିବା ପାଇଁ ଅରୁଣ ସାର୍ କେତେ ଯତ୍ନ ନେଉଥିଲେ । ନିଜେ ପିଲାଙ୍କ ସାଙ୍ଗରେ ମିଶି ଘାସ ଓପାଡୁଥିଲେ, କଖାରୁ ଗଛରେ ପାଣି ଦେଉଥିଲେ, ଫୁଲ ଚାରା ସବୁ ବିଦ୍ୟାଳୟର ଫାଟକ ପାଖରେ ଧାଡ଼ି ଧାଡ଼ି କରି ଲାଗାଉଥିଲେ । ଆଜି ଏହି ସବୁ କାମ ଦେଖିଲେ ସୁଧୀରର ପୁଣି ତୁହାକୁ ତୁହା ମନେ ପଡ଼ିଯାଉଛି ଅରୁଣ ସାର୍‌ଙ୍କ କଥା । ମନଟା ଉଦାସ ହୋଇଯାଉଛି । ଆଖିପତା ଡେଇଁ ତାର ଗଡି ଆସିଲା ଦି'ଟୋପା ଲୁହ । ଅରୁଣ ସାର୍ ଲଗାଇଥିବା ବଉଳ ଗଛଟିକୁ ଆଉଜି ପଡ଼ି ଭାବୁଥାଏ ସୁଧୀର । ସାର୍ ତିନି ବର୍ଷ ହେଲା ବିଦ୍ୟାଳୟ ଛାଡ଼ି ଗଲେଣି ଯେ ହେଲେ ଥରଟିଏ ବି ଆଉ ବିଦ୍ୟାଳୟ ଆଡ଼େ ଆସିଲେ ନାହିଁ ।

ଅରୁଣ ସାର୍ ପ୍ରାୟ ତିନି ବର୍ଷ ପୂର୍ବେ ଇଚ୍ଛାପୁର ଗାଁର ଏହି ପ୍ରାଥମିକ ବିଦ୍ୟାଳୟରେ ସହକାରୀ ଶିକ୍ଷକ ହିସାବରେ ଯୋଗ ଦେଇଥିଲେ । ନୂଆ ନୂଆ ଉତ୍ତୀର୍ଣ୍ଣ ହୋଇ ଆସିଥିବା ସାର୍‌ଙ୍କ ମନଟି ଥିଲା ପିଲାଙ୍କ ପରି ନରମ ଓ ନିର୍ମଳ । ହେଲେ ତାଙ୍କର ବୁଦ୍ଧି, ବିବେକ ଓ ଚିନ୍ତା କ୍ଷମତା ଥିଲା ଖୁବ୍ ପ୍ରଖର । ଥରେ ପଞ୍ଚମ ଶ୍ରେଣୀର ସପନ ଅଭିମାନ କରି ସାର୍‌ଙ୍କୁ କହିଲା, ''ସାର୍ ପାଖ ଗାଁର ବିଦ୍ୟାଳୟ ଘରଟି ଭାରି

ସୁନ୍ଦର, ପକ୍କା ଘର, ଶ୍ରେଣୀ ଗୃହରେ ପଙ୍ଖା ଲାଗିଛି, ପିଲାଙ୍କୁ ମାଗଣାରେ ବହି ପତ୍ର ବଣ୍ଟା ହେଉଛି ହେଲେ ସାର୍‌ ଆମ ବିଦ୍ୟାଳୟରେ!” ସାର୍‌ ସପନ ପିଠିରେ ହାତ ବୁଲାଇ ଦେଇ କହିଲେ, “ଆରେ ସପନ ସେ ସବୁରେ କିଛି ଯାଏ ଆସେ ନାହିଁ, କେବଳ ମନବଳ ହିଁ ଦରକାର। ମଳି ମୁଣ୍ଡିଆ ଚାଳ ଛପରର ବିଦ୍ୟାଳୟ ଘର ହେଉ, ଯେତେ ଛିଣ୍ଡା ବହିପତ୍ର ହେଉ ଯଦି ଶିକ୍ଷକ ଓ ଛାତ୍ରଛାତ୍ରୀଙ୍କର ମନବଳ ଦୃଢ ଥିବ ତେବେ ସବୁ ଅସଜଡ଼ା ଜିନିଷକୁ ସଜାଡ଼ି ନେଇ ସେମାନେ ପାଠରେ ଆଗେଇ ଯିବେ। ହେଲେ ଯେତେ ସୁନ୍ଦର ପକ୍କା ଘର, ପଙ୍ଖା, ବିଜୁଳି ବତି, ବହିପତ୍ର ଥାଉନା କାହିଁକି ଯଦି ଶିକ୍ଷକ ଓ ପିଲାମାନଙ୍କର ପାଠ ପ୍ରତି ନିଷ୍ଠା ନ ଥିବ ତେବେ ସେ ସବୁ ବିଦ୍ୟାଳୟ ପାଇଁ ମୂଲ୍ୟହୀନ, ଅସାର୍‌। ଶିକ୍ଷକ ନିଜେ ହିଁ ଗୋଟେ ବିଦ୍ୟାଳୟ, ନିଜେ ବହିପତ୍ର, ନିଜେ ପାଠ୍ୟକ୍ରମ। ଶିକ୍ଷକ ଭିତରେ ହିଁ ସବୁ ସମସ୍ୟାର ସମାଧାନ ରହିଛି କାରଣ ଶିକ୍ଷକ ନିଜେ ହିଁ ଏକ ଶିକ୍ଷା ଅନୁଷ୍ଠାନ।”

ସୁଧୀର ଗୋଟେ ଦୀର୍ଘଶ୍ୱାସ ମାରିଲା। ହଁ ସାର୍‌ ଠିକ୍‌ କଥା କହିଥିଲେ। ତା’ ଜୀବନର ତ ସବୁ ଜଟିଳ ସମସ୍ୟାର ସମାଧାନ ଖୋଜି ଦେଇଛନ୍ତି ଏଇ ଅରୁଣ ସାର୍‌।

ବିଦ୍ୟାଳୟ ଆର ମୁଣ୍ଡ କେନାଲ୍‌ ବନ୍ଧକୁ ଲାଗି ସୁଧୀରର ଘର। ସ୍କୁଲ୍‌କୁ ଲାଗି ବିଲ କେଇ ଗୁଣ୍ଠରେ ତା ବାପା ଭାଗ ଚାଷ କରନ୍ତି। ତେଣୁ ସୁଧୀରକୁ ହିଁ ରୁଆ, ବଛା, ହଳ କରିବା ଆଦି କାମ କରିବାକୁ ପଡେ। ସକାଳୁ ବାପାଙ୍କ ସହିତ ବିଲକୁ ବାହାରି ପଡେ ସେ। ହେଲେ ଦଶଟା ବାଜିଲା ମାତ୍ରେ ବିଦ୍ୟାଳୟରେ ଯେତେବେଳେ ପ୍ରାର୍ଥନା ଘଣ୍ଟା ବାଜେ, ସେ ଶବ୍ଦରେ ସେ ଯେମିତି ଆଉ ସ୍ଥିର ହୋଇ ରହିପାରେ ନାହିଁ । ଅଣ୍ଟାରେ ଭିଡ଼ିଥିବା ଗାମୁଛାକୁ ଖୋଲି କାନ୍ଧରେ ଗୁଡ଼ାଇ ଦିଏ। ଗୋଳିଆ ପାଣିରେ ହାତଟାକୁ ଧୋଇ ଦେଇ ଧଇଁସଇଁ ହୋଇ ବିଲ ହୁଡ଼ାରେ ଦୌଡି ଦୌଡି ପହଞ୍ଚିଯାଏ ବିଦ୍ୟାଳୟ ହତାରେ। ପିଲାଙ୍କ ଧାଡ଼ିର ଗୋଟିଏ ମୁଣ୍ଡରେ ଛିଡ଼ା ହୋଇ ଆଖିବୁଜି ହାତଯୋଡି ପ୍ରାର୍ଥନା ଗାଇଉଠେ : ନମ ନିରଞ୍ଜନ ନିଖିଳ ନିଦାନ...। ପ୍ରାର୍ଥନା ସରିଲେ ପିଲାମାନେ ଯେ ଯାହାର ଶ୍ରେଣୀ ଗୃହକୁ ଯାଆନ୍ତି ହେଲେ ସୁଧୀର ପୁଣି ଫେରିଯାଏ ତା’ର ବିଲକୁ।

ଗତ କିଛି ଦିନ ହେଲା ଅରୁଣ ସାର୍‌ ଲକ୍ଷ୍ୟ କରୁଥିଲେ ପିଲାଟିକୁ। ପ୍ରଧାନ ଶିକ୍ଷକଙ୍କୁ ପଚାରିବାରୁ ସେ କହିଲେ, “ହଁ, ତା’ ନାଁ ସୁଧୀର। ଏହି ଗାଁର ପହଲି ନାୟକର ପୁଅ। ପିଲାଟି ଦିନରୁ ସେ ପ୍ରତିଦିନ ପ୍ରାର୍ଥନା ବେଳକୁ ଆସି ପିଲାଙ୍କ ସାଙ୍ଗରେ ଧାଡ଼ିରେ ଛିଡ଼ା ହୁଏ। ଖେଳ ଛୁଟିରେ ପିଲାଙ୍କ ସହ ଖେଳେ। ସେମାନଙ୍କର ବହିପତ୍ର ପଢ଼େ। ଭଲ ଗଛଟିଏ ପାଇଲେ ବିଦ୍ୟାଳୟ ହତାରେ ଆଣି ପୋତି ଦେଇଯାଏ”।

ଅରୁଣ ସାର୍ ସ୍ତବ୍ଧ ହୋଇଗଲେ। ଭାବିଲେ ପିଲାଟିର ନିଶ୍ଚୟ ବିଦ୍ୟାଳୟ ପ୍ରତି ଏକ ନୀରବ ମମତା ରହିଛି। ପାଠ ପଢ଼ିବାର ସ୍ୱପ୍ନ ବୋଧେ ତାକୁ ଅଥୟ କରୁଛି।

ଦିନେ ସକାଳୁ ଅରୁଣ ସାର୍ ସୁଧୀର ଘରେ ଯାଇ ପହଞ୍ଚିଲେ। ସୁଧୀରର ବାପା କହିଲେ, "ସାର୍ ସୁଧୀରର ପାଠ ପଢାରେ ବହୁତ ଇଚ୍ଛା। ପିଲାଙ୍କୁ ଆମ୍ବ, ପିଜୁଳି ଦେଇ ତାଙ୍କର ପୁରୁଣା ବହି ଖାତା ସବୁ ଆଣି ପଢ଼େ। ହେଲେ ସାର୍ ଆମେ ହେଲୁ ଦିନ ମଜୁରିଆ ଲୋକ। ମୂଲ ନ ଲାଗିଲେ ଖାଇବୁ କ'ଣ ? ବିଦ୍ୟାଳୟକୁ ଲାଗି ଜମି କେଇଗୁଣ୍ଠ ଭାଗ ଧରିଛି। ସୁଧୀର ମା' ବେମାର ପଡ଼ିବା ଦିନରୁ ଆଉ ବିଲ କାମ କରିପାରୁନି, ତେଣୁ ସୁଧୀର ହିଁ ମୋ'ର ଭରସା, ତାକୁ ସାର୍ ବିଦ୍ୟାଳୟକୁ ଛାଡ଼ି ପାରିବି ନାହିଁ।"

ଅରୁଣ ସାର୍ କହିଲେ, "ଶୁଣ ପହଲି, ସୁଧୀରର ଯେତେବେଳେ ପାଠ ପଢ଼ାରେ ଏତେ ଆଗ୍ରହ ଅଛି ସେ ବିଲ କାମ କରିବା ସହିତ ବିଦ୍ୟାଳୟ ଯାଇ ପାଠ ମଧ୍ୟ ପଢିପାରିବ। ସକାଳୁ ୨/୩ ଘଣ୍ଟା ବିଲ କାମ କରି ତାପରେ ବିଦ୍ୟାଳୟକୁ ଆସିବ। ପୁଣି ଛୁଟି ପରେ ବି ବିଲ କାମ କରିବ। ମୁଁ ତାକୁ ରାତିରେ ଘଣ୍ଟେ ଘଣ୍ଟେ ପଢ଼ାଇ ମଧ୍ୟ ଦେବି। ପିଲାଟାର ବୁଦ୍ଧି ଭଲ, ପଢ଼ିଲେ ଖୁବ୍ ଉନ୍ନତି କରିବ।" ସାର୍ ସୁଧୀର ଆଡ଼କୁ ଅନାଇ କହିଲେ, "କ'ଣ ସୁଧୀର ଦୁଇଟି ଦାୟିତ୍ୱ ତୁଲାଇ ପାରିବୁ ?" ସୁଧୀର ତ ମଉକା ଖୋଜୁଥିଲା, ହଁ ସାର୍, ହଁ ସାର୍, କହି ଅତି ଆଗ୍ରହରେ ଦୌଡି ଆସି ସାର୍‌ଙ୍କ ଗୋଡ଼ ତଳେ ପଡ଼ିଗଲା। ପୁଅର ପାଠ ପଢ଼ିବାର ଏତେ ଇଚ୍ଛା ଦେଖି ପହଲି ଚୁପ୍ ରହିଲା। ତହିଁ ଆରଦିନ ସୁଧୀରର ଚତୁର୍ଥ ଶ୍ରେଣୀରେ ନାମ ଲେଖା ହେଲା। ଅରୁଣ ସାର୍ ଘର ଘର ବୁଲି ତା' ପରି ଅନେକ ପୁଅ ଝିଅଙ୍କ ବାପ ମା'ଙ୍କୁ ପ୍ରବର୍ତ୍ତାଇ ସେମାନଙ୍କୁ ବିଦ୍ୟାଳୟରେ ଭର୍ତ୍ତି କରିଛନ୍ତି। ପୁରୁଣା ଖାତା ବହି, ଖବର କାଗଜ ଇତ୍ୟାଦିକୁ ଉପଯୋଗ କରି ଛୋଟ ବଡ଼ ଠୁଙ୍ଗା ତିଆରି କରିବା ପିଲାମାନଙ୍କୁ ଶିଖାଉଥିଲେ ଅରୁଣ ସାର୍। ଗାଁ'ର ବଜାରରେ ଦୋକାନୀଙ୍କୁ ପଲିଥିନ ବ୍ୟାଗ୍ ବ୍ୟବହାର ନ କରି ବିଦ୍ୟାଳୟ ପିଲାଙ୍କ ଦ୍ୱାରା ବନାଯାଇଥିବା ଛୋଟ ବଡ଼ ଠୁଙ୍ଗା ଓ ପ୍ୟାକେଟ୍ ସବୁ ବ୍ୟବହାର କରିବାକୁ ପ୍ରବର୍ତ୍ତାଉଥିଲେ ସେ।

ଅରୁଣ ସାର୍ ସତରେ ଜଣେ କର୍ମଯୋଗୀ ଥିଲେ। ବିଦ୍ୟାଳୟକୁ ଲାଗି ବଖରାଏ ଝାଟିମାଟି ଘରେ ରହୁଥିଲେ ସେ। ତାଙ୍କର ମଧ୍ୟ ଆହୁରି ଅଧିକ ପାଠ ପଢିବାପାଇଁ ବହୁତ ଆଗ୍ରହ ଥିଲା। ଓଏଏସ୍ ପରୀକ୍ଷା ଦେଇ ଅଫିସର ଚାକିରିଟିଏ କରିବାର ଆଶା ଥାଏ ତାଙ୍କର। ଘରର ଅବସ୍ଥା ଏତେ ସ୍ୱଚ୍ଛଳ ନୁହେଁ, ଛୋଟ ଭାଇ ଭଉଣୀର ପଢ଼ିବା ଦାୟିତ୍ୱ ତାଙ୍କ ଉପରେ। ତେଣୁ ଆଉଟିକେ ବେଶୀ ଦରମାର ଅଫିସର ଚାକିରିଟିଏ ପାଇଁ ମନ ଥାଏ ତାଙ୍କର। ରାତି ଅଧ ଯାଏ ଅଳ୍ପ ଆଲୁଅର ବଲବ୍‌ଟିଏ ଜାଳି ଖୁବ୍

ପଢ଼ନ୍ତି ସେ। ଦେଖୁ ଦେଖୁ ଓଏଏସ୍‌ର ଲିଖିତ ପରୀକ୍ଷାରେ ଉତ୍ତୀର୍ଣ୍ଣ ହୋଇଗଲେ ଅରୁଣ ସାର୍। କିଛି ଦିନ ପରେ ହେଲା ମୌଖିକ ପରୀକ୍ଷା। ସେଥିରେ ମଧ୍ୟ କୃତିତ୍ୱର ସହ ଉତ୍ତୀର୍ଣ୍ଣ ହୋଇଗଲେ ସେ। ଏଥର ଭୁବନେଶ୍ୱରରୁ ତାଲିମ ପାଇଁ ଡ଼ାକରା ଆସିଲା।

ବିଦ୍ୟାଳୟଟା ଯାକର ପିଲା ହଠାତ୍ ଯେମିତି ଚୁପ୍‌ଚାପ୍ ହୋଇଗଲେ। ତାଙ୍କ ପ୍ରିୟ ଅରୁଣ ସାର୍ ବିଦ୍ୟାଳୟର ଚାକିରି ଛାଡ଼ିଦେବେ। ଭୁବନେଶ୍ୱରରେ ଅଫିସର ଚାକିରି କରିବେ। ଖବରଟା ଶୁଣି ସୁଧୀର ତ ଖାଇବା ପିଇବା ଛାଡ଼ି ଦେଇଥିଲା। ଅରୁଣ ସାର୍ ତ ତା ଜୀବନ ବହିର ଗୋଟେ ମୂଲ୍ୟବାନ ପୃଷ୍ଠା। ତାଙ୍କ ବିନା ସେ ବିଦ୍ୟାଳୟରେ ପାଠ କିପରି ପଢିବ? ସାର୍‌ଙ୍କର ଲୁଗାପଟା, ବହିପତ୍ର ଓ ବିଛଣା ଆଦି ବନ୍ଧାବନ୍ଧି କରୁଥାଏ ସୁଧୀର। ହେଲେ ମୁହଁଟା କୋହକୁ ଚାପି ଚାପି ଲାଲ୍ ପଡ଼ିଯାଇଥାଏ। ଅରୁଣ ସାର୍ ପଚାଶ ଟଙ୍କିଆ ନୋଟ୍‌ଟିଏ ଦେଲେ ସୁଧୀରକୁ, ହେଲେ ସୁଧୀର ନେବାକୁ ନାରାଜ। ସାର୍‌ଙ୍କୁ କୁଣ୍ଢାଇ କାନ୍ଦି ପକାଇଲା ସେ। ସାର୍‌ଙ୍କ ଆଖିରେ ମଧ୍ୟ ଲୁହ। ଅତି ବାଧ୍ୟ କରିବାରୁ ସୁଧୀର ରଖିଲା ନୋଟ୍‌ଟି। କହିଲା ସାର୍ ଏଥିରେ ଆପଣଙ୍କର ନାଁ ଲେଖି ଦିଅନ୍ତୁ। ହସି ପକାଇ ଅରୁଣ ସାର୍ ଛୋଟ ଦସ୍ତଖତଟିଏ କଲେ ନୋଟ୍ ଉପରେ। ଆଜି ଯାଏ ବି ସୁଧୀର ଅତି ଯତ୍ନରେ ରଖିଛି ସେ ନୋଟ୍‌କୁ। ଅନେକ ଅଭାବ ଅନାଟନରେ ମଧ୍ୟ ଅରୁଣ ସାର୍‌ଙ୍କର ସ୍ମୃତି ବହନ କରୁଥିବା ଏହି ନୋଟ୍‌ଟିକୁ ଖର୍ଚ୍ଚ କରିବାକୁ ହାତ ଯାଇନି ତାର।

ହଠାତ୍ ଗୋଟେ ଗାଡ଼ିର ହର୍ଣ୍ଣ ଶବ୍ଦରେ ଚମକି ପଡ଼ିଲା ସୁଧୀର। ଆରେ ହଁ ତ, ସରକାରୀ ଗାଡ଼ିଟିଏ ଆସି ଫାଟକ ପାଖରେ ଛିଡ଼ା ହେଲା। ପ୍ରଧାନ ଶିକ୍ଷକ ଅଖିଳ ସାର୍‌ଙ୍କ ସହ ସହକାରୀ ଶିକ୍ଷକ ସାମଲ୍ ସାର୍, ମୂର୍ମୁ ସାର୍ ଆଦି ଅନ୍ୟ ଶିକ୍ଷକମାନେ ଫାଟକ ଆଡ଼କୁ ଦୌଡ଼ି ଗଲେ। ପିଲାମାନେ ଶ୍ରେଣୀ ଗୃହର ଝରକାରୁ ଉଣ୍ଟୁ ଥାଆନ୍ତି। ସୁଧୀର ବି ଅନେଇ ଥାଏ। ଆରେ ଏ କ'ଣ? କାର୍‌ରୁ ଓହ୍ଲାଉଛନ୍ତି ଅରୁଣ ସାର୍। ତାଙ୍କ ପଛେ ପଛେ ନଥିପତ୍ର ଧରି କିରାଣୀ ବାବୁଟିଏ ଚାଲିଥାନ୍ତି। ସବୁଠୁ ପଛରେ ବିଦ୍ୟାଳୟ ଇନିସ୍‌ପେକ୍ଟର ଆସୁଥାନ୍ତି। ଓହ୍ଲାଇ ପଡ଼ି ପ୍ରଥମେ ପ୍ରଧାନ ଶିକ୍ଷକଙ୍କୁ ମୁଣ୍ଡିଆ ମାରିଲେ ଅରୁଣ ସାର୍। କୁଣ୍ଢେଇ ପକାଇଲେ ଅଖିଳ ସାର୍। କହିଲେ, "ଆରେ ଅରୁଣ ତୁମେ?"

"ହଁ ସାର୍, ଟ୍ରେନିଂ ପରେ ପ୍ରାଥମିକ ଶିକ୍ଷା ପ୍ରକଳ୍ପର ଅଧିକାରୀ ଭାବେ ଏବେ ଭୁବନେଶ୍ୱରରେ ନିଯୁକ୍ତି ପାଇଛି। ଇଚ୍ଛାପୁର ବିଦ୍ୟାଳୟକୁ ଆସିବାର ଅନେକ ଇଚ୍ଛା ଥିଲା। ତେଣୁ ଏ ସୁଯୋଗ ହାତଛଡ଼ା ନକରି ଚାଲି ଆସିଲି। ପ୍ରଧାନ ଶିକ୍ଷକ କହିଲେ, ହଁ, ହଁ ବହୁତ ଭଲ କଲ। ଆମ୍ଭେମାନେ ଓ ପିଲାମାନେ ତୁମକୁ ବହୁତ ମନେ ପକାଉଥିଲୁ।"

ଅରୁଣ ସାର୍ ସତେ ଯେମିତି ନିଜ ଘରେ ପହଞ୍ଚି ଯାଇଛନ୍ତି। ସମସ୍ତଙ୍କୁ ଆଡେଇ

ଧାଇଁ ଆସିଲେ ଶ୍ରେଣୀ ଗୃହଗୁଡ଼ିକ ଆଡ଼କୁ। ପିଲାମାନେ ଆସି ମୁଣ୍ଡିଆ ମାରିଲେ। ଏ ବିଦ୍ୟାଳୟ ତ ତାଙ୍କର ପୁରୁଣା ସ୍ମୃତି ପୀଠ। ପିଲାଙ୍କର ପାଟିତୁଣ୍ଡ, କଳାପଟା, ଚକ୍, ଡଷ୍ଟର କିଛି ତ ନୂଆ ନୁହେଁ ତାଙ୍କ ପାଇଁ। ସପ୍ତମ ଶ୍ରେଣୀରୁ ଧାଇଁ ଆସିଲା ସୁଧୀର। ଭୋ ଭୋ କରି କାନ୍ଦି ପକାଇ କୁଣ୍ଢାଇ ଧରିଲା ସାର୍‌ଙ୍କୁ।

ଅଫିସିଆଲ୍ କାମ ସବୁ ସରୁ ସରୁ ଦିନ ଦି'ଟା ବାଜିଗଲା। ଖିଆ ପିଆ ମଧ୍ୟ ସରିଲା। ଏଥର ବିଦାୟ ବେଳ। ସୁଧୀର ତୋଳି ଆଣି କିଛି ପାଚିଲା ପିଜୁଳି ଦେଲା ଅରୁଣ ସାର୍‌ଙ୍କୁ। "ସାର୍, ଆପଣ ଲଗାଇଥିବା ପିଜୁଳି ଗଛଟିରେ ନୂଆ କରି ଫଳ ଆସିଛି ଏ ବର୍ଷ।" କହିଲା ସୁଧୀର। ସବୁ ପିଲାଙ୍କୁ ରୁଣ୍ଡ କରି କିଛି ହିତ ଉପଦେଶ ଦେଲେ ଅରୁଣ ସାର୍। ତା'ପରେ ଶିକ୍ଷକଙ୍କ ଗହଣରେ ବାହାରିଲେ ଫାଟକ ଆଡ଼କୁ। ଡ୍ରାଇଭର ତରତର ହେଉଛି, ଭୁବନେଶ୍ୱରରେ ପହଞ୍ଚୁ ପହଞ୍ଚୁ ପାଞ୍ଚଟା ବାଜିଯିବ। ଫାଟକ ପାଖରେ ପହଞ୍ଚି ଶେଷ ଥର ପାଇଁ ବିଦ୍ୟାଳୟ ହତା ଭିତରକୁ ଅନାଇଲେ ଅରୁଣ ସାର୍,। ବିଦ୍ୟାଳୟ ବାରଣ୍ଡାରେ ଛିଡ଼ା ହୋଇ ସବୁ ପିଲାମାନେ କାନ୍ଦୁଛନ୍ତି, ଆଖି ପୋଛୁଛନ୍ତି। ସୁଧୀର ବାରଣ୍ଡାରେ ବସି ଦୁଇ ଆଣ୍ଠୁ ଭିତରେ ମୁହଁକୁ ଗୁଞ୍ଜି କାନ୍ଦୁଛି ଯେ ଆଉ ମୁହଁ ଉଠାଇ ଦେଖୁ ବି ନାହିଁ। ସାର୍‌ଙ୍କର ନଜର ପଡ଼ିଗଲା ପତାକା ସ୍ତମ୍ଭ ପାଖରେ ଥିବା ଗୋପବନ୍ଧୁଙ୍କ ଆବକ୍ଷ ମାର୍ବଲ ମୂର୍ତ୍ତିଟି ଉପରେ। ପ୍ରତିଦିନ ପ୍ରାର୍ଥନା ସଭା ପୂର୍ବରୁ ଓଦା କନାରେ ମାର୍ବଲର ଏହି ମୂର୍ତ୍ତିଟିକୁ ପୋଛୁଥିଲେ ସେ। ବର୍ଷକୁ ୩/୪ ଥର ପିଲାଙ୍କୁ ଲଗାଇ ମୂର୍ତ୍ତିଟିର ମୁଣ୍ଡ ଉପରେ ନଡ଼ିଆ ପତରର ଛାମୁଡିଆ କରାଉଥିଲେ। ଏବେ ଜରାଜୀର୍ଣ୍ଣ ଛପର ତଳେ ମୂର୍ତ୍ତିଟି ବଡ ବିଷର୍ଣ୍ଣ ଦେଖାଯାଉଛି। ସତେ ଯେମିତି କହୁଛନ୍ତି, "ନିଜ ସ୍ୱାର୍ଥ ପାଇଁ ଜାତ ନୁହେଁ ହିନ୍ଦୁ, ବିଶ୍ୱ ହିତେ ହିନ୍ଦୁ ପ୍ରତି ରକ୍ତ ବିନ୍ଦୁ।'' ପକେଟରେ ହାତ ଦୁଇଟିକୁ ପୁରାଇ ତଳକୁ ମୁହଁ ପୋତି କିଛି ସମୟ ଛିଡା ହେଲେ ଅରୁଣ ସାର୍। ବିଦ୍ୟାଳୟ ହତାକୁ ଅନାଇ ଦେଇ ପିଅନକୁ ଗୋଟେ ଧଳା କାଗଜ ମାଗିଲେ। ନଥିପତ୍ର ଉପରେ କାଗଜଟି ରଖି ତା' ଉପରେ କ'ଣ ପୃଷ୍ଠାଏ ଲେଖିଲେ, ସେ। ତା'ପରେ କାଗଜଟିକୁ କିରାଣୀବାବୁଙ୍କ ହାତକୁ ବଢାଇ ଦେଇ କହିଲେ, "ପ୍ରଶାନ୍ତ ବାବୁ, ମୋର ଏହି ଇସ୍ତଫା ପତ୍ରଟି ନେଇ ଭୁବନେଶ୍ୱର ସଚିବାଳୟର ଶିକ୍ଷା ସଚିବଙ୍କୁ ଦେଇ ଦେବେ। ଏହି ବିଦ୍ୟାଳୟରୁ ଦେଇଥିବା ଇସ୍ତଫା ପତ୍ରଟି କେତୋଟି କାରଣରୁ ଆଜି ଯାଏ ଗୃହୀତ ହୋଇନି। ମୁଁ ସେ ଇସ୍ତଫା ପତ୍ରଟି ଫେରାଇନେଇ ପୁଣି ଏହି ବିଦ୍ୟାଳୟରେ ସହକାରୀ ଶିକ୍ଷକ ଭାବରେ ଯୋଗ ଦେବି ବୋଲି ଏହି ପତ୍ରରେ ଲେଖିଦେଇଛି। ପିଲାଙ୍କୁ ଛାଡ଼ି, ବିଦ୍ୟାଳୟକୁ ଛାଡ଼ି ମୁଁ ରହି ପାରିବି ନାହିଁ ପ୍ରଶାନ୍ତ ବାବୁ।"

ଉପସ୍ଥିତ ସମସ୍ତେ ହତବାକ୍। ଏ କ'ଣ କରୁଛନ୍ତି ଅରୁଣ ସାର୍ ? ଭୁବନେଶ୍ୱରର ଏତେ ବଡ଼ ଚାକିରି, ଏତେ ଭଲ ଦରମା, ସରକାରୀ ବାସଭବନ, ଚାକର ବାକର, ଗାଡି, ଜାକଜମକ ସବୁ ଛାଡି ପୁଣି ଏହି ଗ୍ରାମ୍ୟ ବିଦ୍ୟାଳୟକୁ ଫେରି ଆସିବେ ସେ ? ହେଲେ ଅରୁଣ ଆଜି ଅରୁଣ ଭଳି ସ୍ଥିର ଓ ଦୀପ୍ତିମାନ।

ଗୋଟିଏ ପ୍ରାଣଖୋଲା ହସ ହସି ବିଦ୍ୟାଳୟ ଆଡ଼କୁ ମୁହଁ ଫେରାଇଲେ ଅରୁଣ ସାର୍। ଆଜି ଯେମିତି ସେ ତାଙ୍କର ସ୍ଥାୟୀ ଠିକଣା ଫେରି ପାଇଛନ୍ତି। ବାରଣ୍ଡା ଉପରକୁ ଉଠିଆସି ପିଲାମାନଙ୍କୁ ଶିକ୍ଷକ ସୁଲଭ କଣ୍ଠରେ ପାଟିକରି କହିଲେ "ଆରେ ପିଲେ କ'ଣ ହେଉଛି ଏଠି, ଯାଅ ଯେ ଯାହାର ଶ୍ରେଣୀକୁ ଧାଡି କରି ଯାଅ। ଆରେ ସୁଧୀର କ'ଣ ପଢ଼ିବାକୁ ଇଚ୍ଛା ନାହିଁ। ସପ୍ତମ ପିରିୟଡ୍ ହେଲାଣି ପରା। ଚାଲ ଚାଲ ବିଜ୍ଞାନର ଭଲ ପରୀକ୍ଷାଟିଏ ଆଜି ତୁମ୍ଭମାନଙ୍କୁ ଦେଖାଇବି।"

ଅଣ ଓସାରିଆ କେନାଲ ବନ୍ଧରେ ଧୂଳି ଉଡ଼ାଇ ସେତେବେଳେ ଧଳା ସରକାରୀ ଗାଡ଼ିଟି ଅରୁଣ ସାର୍‌ଙ୍କ ଇସ୍ତଫା ପତ୍ର ନେଇ ଭୁବନେଶ୍ୱର ଆଡ଼େ ଚାଲିଯାଉଥିଲା।

■

ସମୟର ଇଶାରା

୧୯୮୦ ମସିହା, ସେ ବର୍ଷ ମୁଁ ମେଟ୍ରିକ୍ ପରୀକ୍ଷା ଦେଉଥାଏ। ଆମ କଶରଦା ଉଚ୍ଚବିଦ୍ୟାଳୟର ପରୀକ୍ଷା କେନ୍ଦ୍ର ପଡ଼ିଥାଏ ଅଡ଼ସପୁର ଉଚ୍ଚବିଦ୍ୟାଳୟରେ। ଦୁଇ ଜଣ ଶିକ୍ଷକଙ୍କ ପ୍ରତ୍ୟକ୍ଷ ତତ୍ତ୍ୱାବଧାନରେ ଆମ ବିଦ୍ୟାଳୟର ମେଟ୍ରିକ୍ ପରୀକ୍ଷା ଦେଉଥିବା ସବୁ ଛାତ୍ରଛାତ୍ରୀ ଅଡସପୁରରେ ଗୋଟେ ଭଡାଘରେ ରହି ପରୀକ୍ଷା ଦେବାକୁ ସ୍ଥିର ହୋଇଥାଏ। ହେଲେ ମୋର ସେମାନଙ୍କର ସାଙ୍ଗରେ ରହି ପରୀକ୍ଷା ଦେବାକୁ ବାପା ବିଲକୁଲ୍ ରାଜି ନ ଥାନ୍ତି। ମୋର ପିଉସୀ ଘର ଅଡସପୁରଠାରୁ ଦୁଇ କିଲୋମିଟର ଦୂର ହରିରାଜପୁର ଗାଁରେ। ତେଣୁ ବାପା ପରୀକ୍ଷା ଆଗରୁ ପିଉସୀ ଘରକୁ ଯାଇ, ସେଠୁ ପରୀକ୍ଷା କେନ୍ଦ୍ରର ଦୂରତ୍ୱ ଇତ୍ୟାଦି ପରଖି କରି ଫେରିଲେ। ଶେଷରେ ମୁଁ ପିଉସୀ ଘରେ ରହି ପରୀକ୍ଷା କେନ୍ଦ୍ରକୁ ନିତି ସାଇକେଲ୍‌ରେ ଯାଇ ପରୀକ୍ଷା ଦେବା କଥା ସ୍ଥିର ହେଲା। ମୁଁ ପାଠରେ ଭଲ ଥିଲି, ଶ୍ରେଣୀରେ ପ୍ରଥମ ହେଉଥିଲି, ତେଣୁ ବାପାଙ୍କ ମତରେ ପରୀକ୍ଷା ସମୟରେ ପିଲାଙ୍କ ଗହଳି ଭିତରେ ମୋର ପାଠ ପଢ଼ାରେ ବ୍ୟାଘାତ ହେବ ଏବଂ ପ୍ରସ୍ତୁତି ଠିକ୍ ଭାବରେ ହୋଇପାରିବ ନାହିଁ। ପିଉସୀ ଘରେ ଯତ୍ନରେ ରହି ଖୁବ୍ ସ୍ୱଚ୍ଛନ୍ଦରେ ମୁଁ ପରୀକ୍ଷା ଦେଇ ପାରିବି। ତେଣୁ ପରୀକ୍ଷାର ଦୁଇ ତିନି ଦିନ ପୂର୍ବରୁ ନିଜ ସାଇକେଲ୍, ବହିପତ୍ର ଓ ଅନ୍ୟାନ୍ୟ ଜିନିଷ ସହ ବାପାଙ୍କ ସହ ପିଉସୀ ଘରକୁ ଆସିଲି। ପିଉସୀଙ୍କର ଘରଟି ଭାରି ନିରୋଳା, ତାଙ୍କ ପିଲାମାନେ ବାହାରେ ଚାକିରି କରନ୍ତି, ଘରେ କେବଳ ପିଉସା ଓ ପିଉସୀ ଦୁଇଜଣ। ମୋ ପାଇଁ ଗୋଟେ କୋଠରୀ ସଫା ସଫି କରି ରଖିଥିଲେ ପିଉସୀ ନାନୀ। ଗାଁ ଘର ହେଲେ ବି ଘରଟି ପକ୍କାଘର, ଖୋଲା ବଡ ବଡ ଝରକା। ଶୌଚାଳୟର ବ୍ୟବସ୍ଥା ମଧ୍ୟ ଥିଲା। ପିଉସା ଜଣେ ଅବସରପ୍ରାପ୍ତ ଅଡିଟର୍। ବାପାଙ୍କ ସହ ସାଇକେଲ୍ ଚଲେଇ ପିଉସୀ ଘରୁ ବିଦ୍ୟାଳୟକୁ ଯାଇ ରାସ୍ତା ସହ ଅଭ୍ୟସ୍ତ ହୋଇଆସିଲି। ବାପା, ମୋର ସାଇକେଲଟିକୁ ସାଇକେଲ୍ ମରାମତି ଦୋକାନରେ ଭଲ ଭାବରେ ଯାଞ୍ଚ କରାଇଦେଲେ,

ଯେପରି ପରୀକ୍ଷା ଦିନ ଗୁଡ଼ିକରେ ସାଇକେଲ୍ ପାଇଁ କୌଣସି ସମସ୍ୟା ନହୁଏ। ତା'ପରେ ଗୋଟିଏ ଦିନ, ପିଉସୀଘରେ ରହି ବାପା ଆମ ଗାଁକୁ ଫେରି ଗଲେ। ପିଉସା ଖୁବ୍ ବ୍ୟବସ୍ଥିତ ଲୋକ। ମୋର ପେନ୍, ପେନ୍‌ସିଲ୍, ରବର, ଆଡମିଟ୍ କାର୍ଡ ଇତ୍ୟାଦି ଟିକିନିଖି ତଦାରଖ କରି ମୋତେ ପରୀକ୍ଷା ଦେବା ପାଇଁ ଛାଡନ୍ତି। ଠିକ୍ ସେମିତି ପରୀକ୍ଷା ଦେଇ ଫେରିଲେ, ଦାଣ୍ଡଘରେ ଅପେକ୍ଷା କରିଥିବା ଅଡିଟର୍ ପିଉସା ପ୍ରଶ୍ନପତ୍ର ଅଡିଟ୍ କରନ୍ତି। କେତୋଟି ପ୍ରଶ୍ନର ସଠିକ୍ ଉତ୍ତର ଦେଲି, କୋତୋଟି ଛାଡିଲି, କେତୋଟି ଭୁଲ୍ କଲି, ସବୁ ଯାଞ୍ଚ ପରେ ମୋତେ ଘର ଭିତରକୁ ଛାଡନ୍ତି। ସେତେବେଳେ ଗୋଟିଏ ଦିନରେ ୨ଟି ସିଟିଂରେ ପରୀକ୍ଷା ହେଉଥିଲା।

ପ୍ରଥମ ତିନି ଦିନର ପରୀକ୍ଷା ଖୁବ୍ ଭଲ ଓ ସନ୍ତୋଷଜନକ ହେଲା। ବିଶେଷ କରି ଗଣିତ ପରୀକ୍ଷାରେ ସବୁ ପ୍ରଶ୍ନ ଗୁଡିକର ଉତ୍ତର ଠିକ୍ ଠିକ୍ କରିଥିବାରୁ ପିଉସା ଖୁବ୍ ଉତ୍ସାହିତ ଥିଲେ। ଗଣିତ ପରୀକ୍ଷା ଦିନ ବାପା ମଧ୍ୟ ଆସି ବୁଲିଗଲେ ଓ ମୁଁ ପରୀକ୍ଷାରେ ଭଲ କରୁଥିବାରୁ ଭାରି ଖୁସି ହୋଇ ଘରକୁ ଫେରିଲେ। ମଝିରେ ଗୋଟିଏ ରବିବାର ଥାଏ। ତା'ପରେ ଶେଷ ଦିନ ପରୀକ୍ଷା, ବିଜ୍ଞାନ ଓ ସାମାଜିକ ପାଠ। ଦଶଟାରେ ପରୀକ୍ଷା କକ୍ଷରେ ପଶିବାକୁ ହୁଏ ତେଣୁ ମୁଁ ସାଢେ ଆଠଟା ସୁଦ୍ଧା ଭାତ ଗଣ୍ଡେ ଖାଇ ବାହାରିଯାଏ। ପିଉସା, ବିଜ୍ଞାନରେ ବହୁତ ଡ୍ରଇଂ ଇତ୍ୟାଦି କରିବାକୁ ପଡିବ ବୋଲି ଦୁଇ ତିନୋଟି ପେନ୍‌ସିଲ୍‌ର ମୁନ ବାହାର କରି, ରବରକୁ ସଫା କରି ସଜାଡି କରି ମୋର ଜ୍ୟାମିତି ବାକ୍ସରେ ରଖିଦେଇଥାନ୍ତି। ସବୁଦିନ ପରୀକ୍ଷାକୁ ଯିବା ଆଗରୁ ପିଉସା ସାଇକେଲ୍‌ଟିକୁ ପୋଛି ଦେଇ, ଚେନ୍‌ରେ ତେଲ ମଧ୍ୟ ଟିକେ ଦେଇଦିଅନ୍ତି। ସେଦିନ ମଧ୍ୟ ସାଇକେଲ୍‌ଟିକୁ ସଜାଡି ମୋ ପାଇଁ ପ୍ରସ୍ତୁତ ରଖିଥାନ୍ତି। ଘର ଠାକୁର, ପିଇସୀ ନାନୀ, ପିଉସା, ସମସ୍ତଙ୍କୁ ମୁଣ୍ଡିଆ ମାରି ବାହାରିଲି ପରୀକ୍ଷା କେନ୍ଦ୍ରକୁ।

କିଛି ବାଟ ଗହୀର ଭିତରେ ମାଟି ରାସ୍ତାରେ ଆସିଲା ପରେ ହାଇୱେ କୁ ଉଠିବାକୁ ହୁଏ, ତା'ପରେ ପିଚୁ ରାସ୍ତା ଅଡସପୁର ବଜାର ପର୍ଯ୍ୟନ୍ତ। କାକଟପୁରରୁ ଫୁଲନଖରାକୁ ସଂଯୋଗ କରିଥିବା ଏହା ମୁଖ୍ୟ ରାସ୍ତା। ତେଣୁ ବସ୍, ଟ୍ରକ୍ ଇତ୍ୟାଦିର ଚଳାଚଳ ବେଶି। ମୁଁ ଯାନବାହନ ଗହଳି ହେବା ଆଗରୁ ବାହାରି ଆସି ନଅଟାରୁ ନଅଟା ପନ୍ଦର ଭିତରେ ବିଦ୍ୟାଳୟରେ ପହଞ୍ଚିଯାଏ। ସେଦିନ ମଧ୍ୟ ଠିକ୍ ସମୟରେ ବାହାରି ଗହୀରରୁ ଉଠି ମୁଖ୍ୟ ରାସ୍ତା ଧରିଲି। ମୁଖ୍ୟ ରାସ୍ତାରେ କିଛି ବାଟ ଗଲାପରେ ହଠାତ୍ ରାସ୍ତା କଡର ଗୋଟେ ଟଗର ଗଛ ମୂଳରୁ ଗୋଟେ ଅସ୍ପଷ୍ଟ ଶବ୍ଦ, କିଛିଟା ଯନ୍ତ୍ରଣାରେ କାତର ହେଉଥିବା ଝିଅ ପିଲାର ସ୍ୱର ଭଳି କରୁଣ ସ୍ୱରଟିଏ ମୋର କାନରେ ବାଜିଲା। ପ୍ରଥମେ ପରୀକ୍ଷା ଦେବାକୁ ଯାଉଛି ଅନ୍ୟ କୁଆଡକୁ ଧ୍ୟାନ ଦେବି ନାହିଁ

ବୋଲି ଭାବି ଆଗେଇଗଲି। ସାଇକେଲରେ କିଛିଟା ପେଡେଲ୍ ମାରିବା ପରେ ପୁଣି ମନଟା ପଛକୁ ଟାଣିଲା। କିଏ ଜଣେ ଅସହାୟ ହୋଇ ପଡିନାହିଁତ ? ବୋଉ ମୁହଁଟା ମନେପଡିଲା, ତା' ସ୍ୱରରେ କେତୋଟି ଶବ୍ଦ କାନରେ ବାଜିଲା, ପୁଣି ପଛକୁ ଫେରିଲି। ଟଗର ଗଛକୁ ଆଉଜି ସାଇକେଲ୍ ରଖି ଅନାବନା ଗଛ ଆଡେଇ ଯାହା ଦେଖିଲି ସେଥିରେ ମୁଁ ସ୍ତବ୍ଧ ହୋଇଗଲି। ୯/୧୦ ବର୍ଷର ଝିଅଟିଏ ରକ୍ତାକ୍ତ ହୋଇ ପଡ଼ିଛି। ମୁଣ୍ଡଟା ଫାଟି ରକ୍ତ ବାହାରୁଛି, ପାଟିରୁ ଯନ୍ତ୍ରଣା କାତର ଶବ୍ଦ। ପାଖରେ ଫୁଲ ପାଚିଆଟି ଓଲଟି ହୋଇ ପଡିଛି। ହୁଏତ ଫୁଲ ତୋଳିବା ପାଇଁ ରାସ୍ତା ପାରି ହେବାବେଳେ ଦ୍ରୁତଗାମୀ ଟ୍ରକ୍‌ଟିଏ ପିଟି ଦେଇଥିବାରୁ ଛିଟିକି କରି ପଡିଛି। କ'ଣ କରିବି କିଛି ଭାବିପାରିଲି ନାହିଁ। ଏମିତି ମୁମୂର୍ଷ ଅବସ୍ଥାରେ ଝିଅଟିକୁ ଛାଡି ଦେଲେ ହୁଏତ ସିଏ ମରିଯିବ। ମୋର ଟିକେ ସାହାସ ଓ ସାହାଯ୍ୟରେ ଏହାର ଜୀବନ ହୁଏତ ବଞ୍ଚିଯିବ। ମନ ଓ ବିବେକର ଏମିତି ଦ୍ୱନ୍ଦ ଭିତରେ ଝିଅଟିକୁ ଟେକି ରାସ୍ତା ଉପରକୁ ଆଣିଲି। ଅପେକ୍ଷା କଲି କୌଣସି ଲୋକ ଯିଏ ଝିଅଟିକୁ ଚିହ୍ନିଥିବ ତା'ର ସାହାଯ୍ୟ ନେଇ ତାକୁ ହୁଏତ ତାର ଘରକୁ ନଚେତ୍ ଡାକ୍ତରଖାନା ପଠାଇ ଦେଇ ମୁଁ ପରୀକ୍ଷା ଦେବାକୁ ଯିବି। ସେତେବେଳେ ଘଣ୍ଟା ପିନ୍ଧିବାର ପ୍ରଚଳନ ନଥିଲା। ତେଣୁ ସମୟ ମଧ୍ୟ ଜାଣି ହେଉ ନଥାଏ, ବଡ ବିବ୍ରତ ଲାଗୁଥାଏ। ରାସ୍ତାର ଏହି ଜାଗାଟି ବଡ ନିକାଞ୍ଚନ। କେବଳ ଦ୍ରୁତଗାମୀ ବସ୍‌ଗୁଡ଼ିକ ଲମ୍ବା ହର୍ଣ୍ଣ ମାରି ଚାଲି ଯାଉଥାନ୍ତି। ହାତ ଦେଖେଇଲେ ବି ରହୁ ନଥାନ୍ତି। ଏମିତି କିଛି ସମୟ ଅପେକ୍ଷା କଲା ପରେ ଝିଅଟିକୁ ଟେକି ମୋ ସାଇକେଲ୍‌ର କ୍ୟାରିୟରରେ ବସେଇଲି, ତା'ର ଜ୍ଞାନ ଥାଏ ହେଲେ ବହୁତ ରକ୍ତ ବୋହି ଯାଇଥିବାରୁ କଥା କହିବାର ବି ଶକ୍ତି ନଥାଏ। ବିଦ୍ୟାଳୟ ଇଉନିଫର୍ମର ବେଲ୍ଟଟିରେ ତାର ଅଣ୍ଟାକୁ ସାଇକେଲ୍ ସିଟ୍‌ରେ ବାନ୍ଧି ଗଡେଇ ଗଡେଇ ସାଇକେଲ୍ ଆଣୁଥାଏ। ରାସ୍ତାରେ ଯାହାକୁ ବି ଝିଅଟିର ପରିଚୟ ଓ ସାହାଯ୍ୟ ପାଇଁ କହୁଥାଏ ସେମାନେ ଝିଅକୁ ଡାକ୍ତରଖାନା ନେବାର ପରାମର୍ଶ ଦେଇ ଆଗେଇ ଯାଉଥାନ୍ତି। ସେଦିନ ବାପାଙ୍କ ସାଙ୍ଗରେ ପରୀକ୍ଷା କେନ୍ଦ୍ର ଦେଖି ଯିବା ବେଳେ ଗୋଷ୍ଠୀ ସ୍ୱାସ୍ଥ୍ୟ କେନ୍ଦ୍ରଟି ଆଖିରେ ପଡିଥିଲା। ତେଣୁ ଜୋର୍ ଜୋର୍‌ରେ ସାଇକେଲ୍ ଗଡେଇ ଗୋଷ୍ଠୀସ୍ୱାସ୍ଥ୍ୟ କେନ୍ଦ୍ରକୁ ଆସିଲି। ଡାକ୍ତରଖାନାର ବେଞ୍ଚରେ ଝିଅଟିକୁ ଶୁଆଇ ଦେଲି। ପାଖରେ ଥିବା ଗୋଟିଏ ନଳ କୂଅରୁ ଆଞ୍ଜୁଳାରେ ପାଣି ଆଣି ତା ମୁହଁକୁ ଛାଟିଲି। ଜ୍ୟାମିତି ବାକ୍ସରେ ଯେତେକି ସମ୍ଭବ ପାଣି ଆଣି ତାକୁ ପିଆଇଲି। ସେତେବେଳେ ସ୍ୱାସ୍ଥ୍ୟ କେନ୍ଦ୍ରକୁ କେହି ଆସି ନଥାନ୍ତି। କିଛି ସମୟପରେ ପହଁରା ଧରି ଗୋଟେ ସ୍ତ୍ରୀଲୋକ ଓଳେଇବାକୁ ଆସିଲା। ତାକୁ ଝିଅଟିକୁ ଦେଖେଇ ପଚାରିଲି, "ଝିଅଟିକୁ ଚିହ୍ନିଛ ?" ସେ ମନାକଲା। ତାକୁ ପଚାରିବାରୁ ସେ କହିଲା

ଏଠି ଡାକ୍ତର କେହି ନାହାନ୍ତି । କମ୍ପାଉଣ୍ଡରର ଘରଟି ଦୂରରୁ ସେ ମୋତେ ଦେଖେଇଦେଲା । ସ୍ତ୍ରୀଲୋକଟିକୁ କିଛି ସମୟ ଝିଅଟି ପାଖରେ ରହିବାକୁ କହି ସାଇକେଲ୍ ଛୁଟାଇଲି କମ୍ପାଉଣ୍ଡର ଘରକୁ । କମ୍ପାଉଣ୍ଡରକୁ ସବୁ ଖୋଲି କହିବାରୁ ସେ ସାଙ୍ଗେ ସାଙ୍ଗେ ବାହାରିଲେ । ତାଙ୍କୁ ମୋ ସାଇକେଲର କ୍ୟାରିୟରରେ ବସେଇ ଗୋଷ୍ଠୀ ସ୍ୱାସ୍ଥ୍ୟ କେନ୍ଦ୍ରକୁ ଆଣିଲି । ତାଙ୍କୁ ମୋର ମେଟ୍ରିକ୍ ପରୀକ୍ଷା କଥା କହିବାରୁ ସେ ମୋତେ ଶୀଘ୍ର ପରୀକ୍ଷା କେନ୍ଦ୍ର ଯିବାକୁ କହି ଝିଅଟିର ଚିକିତ୍ସା ଆରମ୍ଭ କଲେ । ଯାହା ହେଉ ଆଶ୍ୱସ୍ତ ହୋଇ ଅଣନିଶ୍ୱାସୀ ହୋଇ ସାଇକେଲ ଛୁଟାଇଲି ଅଡସପୁର ଉଚ୍ଚବିଦ୍ୟାଳୟ ଆଡକୁ । ବାଟରେ କେହି ପରୀକ୍ଷାର୍ଥୀ ଆଖିରେ ପଡୁନଥାନ୍ତି । ତେଣୁ ଜାଣିଲି ବେଶ୍ ଡେରି ହୋଇ ଗଲାଣି । କାନ୍ଦ କାନ୍ଦ ହୋଇ ବିଦ୍ୟାଳୟରେ ପହଞ୍ଚିଲା ବେଳକୁ ବିଦ୍ୟାଳୟ ଫାଟକରେ ତାଲା ପଡିଗଲାଣି । ହେଲେ, ମୋ ବିଦ୍ୟାଳୟରୁ ଆସିଥିବା ଶିକ୍ଷକ କିଶୋର ସାର୍ ଓ ପ୍ରଫୁଲ୍ଲ ସାର୍ ମୁଁ ପହଞ୍ଚି ନଥିବାର ଦେଖି ବିବ୍ରତ ହୋଇ ଫାଟକ ପାଖରେ ଛିଡା ହୋଇଥା'ନ୍ତି । ସେମାନେ ପିଅନକୁ କହି ଫାଟକ ଖୋଲା କରେଇ ମୋତେ ନେଇ ପରୀକ୍ଷା କେନ୍ଦ୍ରର ଉଦ୍ଦିଷ୍ଟ ପରୀକ୍ଷା କୋଠରୀକୁ ଧାଇଁଲେ । ସେତେବେଳକୁ ପ୍ରଶ୍ନ ପତ୍ର ବଣ୍ଟା ହେବା ପନ୍ଦର ମିନିଟରୁ ଉର୍ଦ୍ଧ୍ୱ ହୋଇ ଗଲାଣି । ମୋ ସାଙ୍ଗମାନେ ସବୁ ତଳ ମୁହାଁ ହୋଇ ଉତ୍ତର ଲେଖୁଥାନ୍ତି । ସେଠି ନିଯୁକ୍ତ ପରୀକ୍ଷକ କହିଲେ ଯେ ପନ୍ଦର ମିନିଟ୍‌ରୁ ଉର୍ଦ୍ଧ୍ୱ ସମୟ ଡେରି ହୋଇଥିବାରୁ ସେ ମୋତେ ପରୀକ୍ଷା ହଲ୍‌କୁ ପ୍ରବେଶର ଅନୁମତି ଦେଇ ପାରିବେ ନାହିଁ । ମୋତେ ପରୀକ୍ଷା ନିୟନ୍ତ୍ରକ ଅର୍ଥାତ୍ ସେ ବିଦ୍ୟାଳୟର ପ୍ରଧାନ ଶିକ୍ଷକ ଶ୍ରୀ ବୀରକିଶୋର ମିଶ୍ରଙ୍କର ବିଶେଷ ଅନୁମତି ନେବାକୁ ପଠାଇଲେ । ଆମ ବିଦ୍ୟାଳୟର ପ୍ରଫୁଲ୍ଲ ସାର୍‌ଙ୍କ ସହ ଦୌଡିଲି ନିୟନ୍ତ୍ରକଙ୍କ ପାଖକୁ । ସେ ଚାହିଁଲେ ଅନୁମତି ଦେଇପାରିବେ । ତାଙ୍କୁ ଦେଖା କରିବାରୁ ସେ ମଧ୍ୟ ମୋର ଏତେ ଡେରି ପାଇଁ ଅନୁମତି ଦେବାକୁ ମନାକଲେ । ମୁଁ ମୋର ରକ୍ତଛିଟା ପଡିଥିବା ସାର୍ଟକୁ ଦେଖାଇ ସବୁକଥା କହିବା ପରେ ମଧ୍ୟ ମୋତେ ଏ ବୟସରେ ଏତେ ସମାଜସେବା ନ କରି ସମୟର ଗୁରୁତ୍ୱ ବୁଝିବାକୁ ଉପଦେଶ ଦେଲେ । ଯେତେ ଗୁହାରି କରି ଗୋଡତଳେ ପଡି କହିଲି, "ସାର୍, ମୋର ବର୍ଷଟିଏ ନଷ୍ଟ ହୋଇଯିବ", କିଛି ଶୁଣିଲେ ନାହିଁ । ଆମ କସରଦା ବିଦ୍ୟାଳୟର ସାର୍ ମଧ୍ୟ କହିଲେ "ସାର୍ ଇଏ ଆମ ବିଦ୍ୟାଳୟର ପ୍ରଥମ ହେଉଥିବା ପିଲା, ତା'ର ଭବିଷ୍ୟତ ଖରାପ ହୋଇଯିବ ।" ହେଲେ ପ୍ରଧାନ ଶିକ୍ଷକ ତାଙ୍କ ଜିଦ୍‌ରେ ଅଟଳ ରହିଲେ । ସବୁ ଅନୁନୟ ବିନୟକୁ ଅଗ୍ରାହ୍ୟ କରି ମୋତେ ପରୀକ୍ଷା ଦେବା ପାଇଁ ଅନୁମତି ଦେବାକୁ ସିଧା ସିଧା ମନା କରିଦେଲେ ।

ଦୁନିଆଟା ଅନ୍ଧାର ଦେଖାଗଲା । ପ୍ରଫୁଲ୍ଲ ସାର୍ ମୋତେ କୁଣ୍ଢାଇ ଧରି ବିଦ୍ୟାଳୟ

ହତା ବାହାରକୁ ଆଣିଲେ । ହତା ବାହାରେ ଗୋଟିଏ ଜଳଖିଆ ଦୋକାନକୁ ନେଇ ପାଣି ଗ୍ଲାସେ ଦେଲେ । ଦ୍ୱିତୟ ସିଟିଂ ପରୀକ୍ଷା ଦେବି କି ନାହିଁ, ତାହା ବିଚାର କରାଗଲା । ମୁଁ ପିଉସାଙ୍କର ପରାମର୍ଶ ନେବା କଥା ପ୍ରଫୁଲ୍ଲ ସାର୍‌ଙ୍କୁ କହିଲି । ହେଲେ, ସାର୍ କହିଲେ, "ଏବେ ସମୟ ନଷ୍ଟ ନ କରି ତୁ ଦ୍ୱିତୀୟ ସିଟିଂ ପାଇଁ ପଢ, ଗୋଟିଏ ବିଷୟରେ ପରୀକ୍ଷା ତୁ ସପ୍ଲିମେଣ୍ଟାରି ପରୀକ୍ଷା ବେଳେ ଦେଇଦେବୁ । ଆଗ ସବୁ ପରୀକ୍ଷା ସରୁ ତା'ପରେ ବିଚାର କରିବା ।" ବାପାଙ୍କ ମୁହଁ ମନେ ପଡ଼ିଗଲା । ଭୟ ଓ ଦୁଃଖରେ କାନ୍ଦି ପକାଇଲି । ସେତେବେଳେ ଆଜି ଭଳି ମୋବାଇଲ୍ ଫୋନ ନ ଥିଲା । ତେଣୁ ଖବର ଦେବା ନେବା ସମ୍ଭବ ନଥିଲା । ସାର୍‌ମାନେ ବୁଝାଇଲେ । କିଶୋର ସାର୍ ଟିକେ ରାଗି ଲୋକ । ସେ କହିଲେ, "ମୁଁ ତୋର ବାପାଙ୍କୁ କହିଥିଲି ଯେ ଅଖିଳକୁ ଆମ ସହିତ ଭଡା ଘରେ ରଖିବାକୁ ଅନୁମତି ଦିଅନ୍ତୁ । ସେତେବେଳେ ଶୁଣିଥିଲେ, ଏହି ଘଟଣା ଘଟି ନଥାନ୍ତା ।" ହେଲେ ପ୍ରଫୁଲ୍ଲ ସାର୍ ଭାରି ଧୀର ଚିତ୍ତର ଲୋକ । ପ୍ରଫୁଲ୍ଲ ସାର୍ ମୋତେ ସାନ୍ତ୍ୱନା ଦେଇ କହିଲେ, "ଯାହା ଘଟିବାର ଘଟିଗଲା । ତେଣୁ ଆଗକୁ ମନସ୍ଥିର କରି ସ୍ଥିତିକୁ ସମ୍ଭାଳିବାକୁ ହେବ । ତୁ ମନ ସଂଯୋଗ କରି ସାମାଜିକ ପାଠ ବିଷୟଟି ପରୀକ୍ଷା ଦେ । ତା'ପରେ ଆମେ ବିଚାର କରିବା ।" ମୁଁ ବ୍ୟାଗରୁ ସାମାଜିକ ପାଠ ବହିଟି ବାହାର କରି ପଢିବାରେ ଲାଗିଲି । ମନ ଲାଗୁ ନଥାଏ ହେଲେ କ'ଣ କରାଯିବ । ଦ୍ୱିତୀୟ ସିଟିଂରେ ପରୀକ୍ଷା କକ୍ଷକୁ ଗଲି । ସବୁ ସାଙ୍ଗମାନେ ମୋତେ ଘେରିଗଲେ, ପ୍ରଫୁଲ୍ଲ ସାର୍ ସମସ୍ତଙ୍କୁ ଗାଳି କରି କହିଲେ, "ଏବେ ତାକୁ କେହି କିଛି ପଚାରି ବିବ୍ରତ କର ନାହିଁ ।" ମୁଁ ପରୀକ୍ଷା କକ୍ଷର ନିଜ ସିଟ୍‌କୁ ଗଲି । ପରୀକ୍ଷା ଆରମ୍ଭର କିଛି ସମୟପରେ ସେ ବିଦ୍ୟାଳୟର ପ୍ରଧାନ ଶିକ୍ଷକ ଧଇଁ ସଇଁ ହୋଇ ଆସି ମୋତେ ଖୋଜିଲେ । ମୋ ପାଖକୁ ଆସି ମୋ ମୁଣ୍ଡ ଆଉଁସି ଦେଇ କହିଲେ ଭଲରେ ପରୀକ୍ଷା ଦେବାକୁ । ତାଙ୍କ ବ୍ୟବହାରର ଏପରି ପରିବର୍ତ୍ତନରେ ମୁଁ ଆଶ୍ଚର୍ଯ୍ୟ ହେଲି । ଯା'ହେଉ ପରୀକ୍ଷା ସରିଲା, ପ୍ରଧାନ ଶିକ୍ଷକ ପୁଣି ଆସି ମୋତେ ତାଙ୍କ କୋଠରୀକୁ ଡାକିନେଲେ । ମୋର କସରଦା ବିଦ୍ୟାଳୟର ସାର୍ ଦି'ଜଣଙ୍କୁ ମଧ୍ୟ ତାଙ୍କ କୋଠରୀକୁ ଡକାଇ ପଠାଇଲେ । ମୁଁ ଭାବିଲି ପୁଣି କ'ଣ ଗାଳି ଦେବେ ବା ପରୀକ୍ଷାଟି ଦେଇନି ବୋଲି କିଛି କାଗଜ ପତ୍ରରେ ଦସ୍ତଖତ କରାଇବେ । ହେଲେ, ପିଅନକୁ ଚା' ଜଳଖିଆ ଆଣିବାକୁ କହି ମୋତେ ପ୍ରଧାନ ଶିକ୍ଷକ କୁଣ୍ଢାଇ ପକାଇଲେ । ପ୍ରଫୁଲ୍ଲ ସାର୍ ଓ କିଶୋର ସାର୍ ମଧ୍ୟ ଆଶ୍ଚର୍ଯ୍ୟ ହେଉଥାନ୍ତି । ପ୍ରଧାନ ଶିକ୍ଷକ ସାର୍ ମୋତେ କହିଲେ "ତୁମେ ଆଜି ମୋର ଝିଅର ଜୀବନ ବଞ୍ଚେଇଛ । ତାକୁ ଯଦି ତୁମେ ଗୋଷ୍ଠୀ ସ୍ୱାସ୍ଥ୍ୟ କେନ୍ଦ୍ରକୁ ଠିକ୍ ସମୟରେ ନେଇ ନ ଥାଆନ୍ତ ତେବେ ସେ ସେଇଠି ପଡିରହିଥାନ୍ତ ଏବଂ ତା'ର

ଜୀବନ ଚାଲି ଯାଇଥାନ୍ତା । ଗୋଷ୍ଠୀ ସ୍ୱାସ୍ଥ୍ୟ କେନ୍ଦ୍ରର କମ୍ପାଉଣ୍ଡର ମୋତେ ଖବର ଦେଇ ଝିଅକୁ ଆମ୍ବୁଲାନ୍ସରେ ଧରି କଟକ ମେଡ଼ିକାଲ୍‌କୁ ଯାଇଛନ୍ତି । ତା'ର ମୁଣ୍ଡରେ ଛଅଟି ଷ୍ଟିଚ୍ ହୋଇଛି ଓ ଆଜି ତାକୁ ସାଲାଇନ୍ ଦେଇ ସେଠି ପର୍ଯ୍ୟବେକ୍ଷଣରେ ରଖା ଯାଇଛି । ମୁଁ ଏବେ କଟକ ମେଡ଼ିକାଲ୍ ଯିବି । ମୁଁ ତୁମକୁ ପରୀକ୍ଷା ଦେବାକୁ ଅନୁମତି ଦେଇ ନଥିବାରୁ ଖୁବ୍ ଅନୁତପ୍ତ । ମୁଁ ଭାବି ନଥିଲି ତୁମେ ପରୀକ୍ଷାକୁ ପଛରେ ପକାଇ ଗୋଟିଏ ଅଜଣା ଅଚିହ୍ନା ଝିଅର ଜୀବନ ରକ୍ଷା ପାଇଁ ଏତେ ବଡ ତ୍ୟାଗ କରିଛ । ମୋତେ କ୍ଷମା କରିଦିଅ ।" ମୁଁ ବିସ୍ମୟ ଚକିତ ହୋଇ ଅନେଇଥାଏ । ପ୍ରଫୁଲ୍ଲ ସାର୍ ଆସି ମୋ ମୁଣ୍ଡକୁ ଆଉଁସି ଦେଲେ । କହିଲେ ସକାଳେ ଅଖିଳର ଧଳା ସାର୍ଟରେ ଏଭଳି ରକ୍ତ ଦାଗ, ମାଟି ଦାଗ ଦେଖି ମୁଁ ପ୍ରଥମେ ଭାବିଥିଲି ଯେ ଯା'ର ନିଜର ବୋଧେ କେଉଁଠି ଦୁର୍ଘଟଣା ଘଟିଛି । ହେଲେ ପରେ ଯେତେବେଳେ ଅଖିଳ ସବୁ କଥା କହିଲା ମୁଁ ସ୍ତବ୍ଧ ହୋଇଗଲି । ତାକୁ ଆଉ କିଛି କହିପାରିଲି ନାହିଁ । ଗୋଟିଏ ଜୀବନର ପ୍ରଶ୍ନ ଓ ଗୋଟିଏ ପରୀକ୍ଷା ଦେବାର ପ୍ରଶ୍ନ ଭିତରେ କେଉଁ ପ୍ରଶ୍ନର ଉତ୍ତର ଆଗ ଦିଆ ହେବ ତା' ମଧ୍ୟ ଗୋଟେ ପରୀକ୍ଷାରୁ କିଛି କମ୍ ନୁହେଁ । ଅଖିଳ ଏହାପାଇଁ ପ୍ରଶଂସାର୍ ପାତ୍ର ।" ପ୍ରଫୁଲ୍ଲ ସାର୍‌ଙ୍କ କଥାରେ ଟିକେ ଖୁସି ଲାଗିଲା, ଯା'ହେଉ ମୋର ପରିସ୍ଥିତିର ଦ୍ୱନ୍ଦକୁ ବୁଝିପାରିଛନ୍ତି ସାର୍ । ପ୍ରଧାନ ଶିକ୍ଷକ ସାର୍ ମୋ ମୁହଁରେ ପ୍ଲେଟ୍‌ରୁ ରସଗୋଲାଟିଏ ପୁରାଇ ଦେଲେ । ପ୍ରଫୁଲ୍ଲ ସାର୍‌ଙ୍କୁ କହିଲେ, "ଚାଲନ୍ତୁ ହରିରାଜପୁର ଯାଇ ଅଖିଳର ଅଭିଭାବକ ତଥା ପିଉସାଙ୍କୁ ଭେଟି ସବୁ କଥା କହିବା ।"

ପ୍ରଧାନ ଶିକ୍ଷକ ଓ ପ୍ରଫୁଲ୍ଲ ସାର୍ ଆସି ପିଉସାଙ୍କୁ ଭେଟି ସବୁ କଥା କହିଲେ । ପିଉସା ଓ ପିଉସୀ ଖୁବ୍ ବିବ୍ରତ ଓ ବିଚଳିତ ହୋଇ ଉଠିଲେ । ତାଙ୍କ ଘରେ ରହି ପରୀକ୍ଷା ଦେଉଥିବାରୁ ସେମାନେ ନିଜକୁ ଏଭଳି ଅଘଟଣ ପାଇଁ ଅପରାଧୀ ବୋଲି ଭାବୁଥାନ୍ତି । ମୋ ବାପାଙ୍କୁ କିଭଳି ଖବର ଦେବେ ତା ପାଇଁ ବ୍ୟସ୍ତ ଓ ଅଥୟ ହେଉଥାନ୍ତି । ଯା ହେଉ ସେଇଟି ଶେଷ ପରୀକ୍ଷା ଥିଲା । ତେଣୁ ତା'ପର ଦିନ ବାପା ଆସିଲେ ମୋତେ ଘରକୁ ନେବା ପାଇଁ । ମୋର ପରୀକ୍ଷା ନ ଦେବା କଥା ଶୁଣି ଘଡ଼ିଏ ଚୁପ୍ ହୋଇ ମୁଣ୍ଡରେ ହାତ ଦେଇ ବସିଗଲେ ବାପା । ମୁଁ ଖୁବ୍ ଡରି ଯାଇଥାଏ । ବାପାଙ୍କ ସାମ୍ନାକୁ ଯାଇ ତାଙ୍କୁ ମୁଣ୍ଡିଆ ମାରିବାର ସାହାସ ମୋର ନ ଥାଏ । ପିଉସୀ ନାନୀ ବାପାଙ୍କୁ ବୁଝାଉଥାନ୍ତି । ତା'ପର ଦିନ ମୁହଁକୁ ତଳକୁ ପୋତି ବାପାଙ୍କ ସହ ଚୁପ୍ ହୋଇ ଘରକୁ ଆସିଲି । ବୋଉ ସବୁ ଶୁଣି ଆଗ କାନ୍ଦି ପକାଇଲା । ହେଲେ, ମୋତେ ଧୈର୍ଯ୍ୟ ଧରିବାକୁ କହି କହିଲା, "ନିଃସ୍ୱାର୍ଥପର ଭାବରେ କରିଥିବା ଉପକାର ବ୍ୟର୍ଥ ଯାଏନାହିଁ । ତୋ ବିପଦ ବେଳେ ହୁଏତ ଏମିତି କିଏ ଦେବଦୂତ ଭଳି ଆସି ଉଭା ହେବ ।"

କିଛିଦିନ ପରେ ଅଡସପୁର ବିଦ୍ୟାଳୟର ପ୍ରଧାନ ଶିକ୍ଷକ ପିଉସାଙ୍କୁ ଧରି ଆମ ଘରକୁ ଆସିଲେ। ସ୍ଥିର ହେଲା ଯେ ସପ୍ଲିମେଣ୍ଟାରି ପରୀକ୍ଷା ବେଳେ ବିଜ୍ଞାନ ପତ୍ରଟିର ପରୀକ୍ଷା ଦେଇ ମୁଁ ମେଟ୍ରିକ୍ ପରୀକ୍ଷାରେ ଉତ୍ତୀର୍ଣ୍ଣ ହୋଇଯିବା ଉଚିତ୍ ହେବ। ଗୋଟିଏ ବର୍ଷ ନଷ୍ଟ ନ କରି କଲେଜରେ ନାମ ଲେଖାଇ ଆଗକୁ ବଢିବା ଠିକ୍ ହେବ। ପ୍ରକୃତରେ ତାହାହିଁ ହେଲା।

ଏହା ଭିତରେ ବେଶ୍ କିଛି ବର୍ଷ ବିତିଗଲାଣି। ମୁଁ ଏବେ ଷ୍ଟେଟ୍ ବ୍ୟାଙ୍କ୍ ଅଫ୍ ଇଣ୍ଡିଆର ଉଚ୍ଚପଦସ୍ଥ ଅଧିକାରୀ। ପିଲାମାନେ ପଢୁଛନ୍ତି, ବଡ ଝିଅଟି ଡାକ୍ତରି ପଢୁଛି ଏବଂ ପୁଅଟି ନିଟ୍ ରାଉରକେଲାରୁ ଏମ୍.ଟେକ୍. ଶେଷ କରିଛି। ଭାବା ଏଟୋମିକ୍ ରିସର୍ଚ୍ଚ ସେଣ୍ଟର, ମୁମ୍ବାଇର ବିଜ୍ଞାପନ ଜରିଆରେ ଗୋଟେ ବୈଜ୍ଞାନିକ ଚାକରି ପାଇଁ ପୁଅ ସମ୍ବିତ୍ ଆବେଦନ କରିଥିଲା। ତା'ର ଲିଖିତ ପରୀକ୍ଷାରେ ସେ ଉତ୍ତୀର୍ଣ୍ଣ ହୋଇଛି। ଏବେ ମୁମ୍ବାଇ ଯାଇ ମୌଖିକ ପରୀକ୍ଷା ଦେବାକୁ ଚିଠି ଓ ମେଲ୍ ଆସିଛି। ସମ୍ବିତ୍ ଏଯାବତ୍ ଏହି ଓଡ଼ିଶାରେ ହିଁ ପାଠ ପଢିଛି। କେବେ ଓଡ଼ିଶା ବାହାରକୁ ଯାଇନି। ତେଣୁ ତାକୁ ଏକା ମୁମ୍ବାଇ ପରୀକ୍ଷା ଦେବାପାଇଁ ଛାଡ଼ିବାକୁ ସାହସ ହେଲାନାହିଁ। କେଉଁଠି ରହିବ, କେମିତି ସେଠାକୁ ଯିବ ଏଥିପାଇଁ ଚିନ୍ତା ଲାଗିଲା। ବି.ଏ.ଆର.ସି ଶୁଣିଛି ମୁମ୍ବାଇ ସହରର ଉପାନ୍ତ ଟ୍ରମ୍ବେରେ ଅବସ୍ଥିତ। ଅଗଷ୍ଟ ମାସରେ ମୌଖିକ ପରୀକ୍ଷା। ଏଇ ସମୟରେ ମୁମ୍ବାଇରେ ପ୍ରବଳ ବର୍ଷା ହୋଇ ଜନଜୀବନ ବିପର୍ଯ୍ୟସ୍ତ ହୋଇଥାଏ। ତେଣୁ ଏ ସବୁ ସମସ୍ୟାକୁ ବିଚାର କରି ତା' ସାଙ୍ଗରେ ମୁମ୍ବାଇ ଯିବାକୁ ସ୍ଥିର କରି ପ୍ଲେନ୍‌ରେ ଦୁଇଟି ଟିକେଟ୍ ସଂରକ୍ଷଣ କଲି। ମୁମ୍ବାଇ ସ୍ଥିତ ଷ୍ଟେଟ୍ ବ୍ୟାଙ୍କ୍‌ର ଗେଷ୍ଟ ହାଉସ୍‌ରେ ଦୁଇଦିନ ରହିବା ପାଇଁ କୋଠରୀଟିଏ ମଧ୍ୟ ସଂରକ୍ଷଣ କଲି। ସମ୍ବିତ୍‌କୁ ଧରି ଦିନେ ଆଗରୁ ମୁମ୍ବାଇରେ ପହଞ୍ଚିଲି। ଷ୍ଟେଟ୍ ବ୍ୟାଙ୍କ କଲୋନୀରୁ ବି.ଏ.ଆର.ସି ପ୍ରାୟ ଦୁଇ ଘଣ୍ଟାର ରାସ୍ତା। ତେଣେ ବର୍ଷା ଲାଗି ରହିଥିବାରୁ ମୁମ୍ବାଇର ବହୁତ ଗୁଡ଼ିଏ ରାସ୍ତା ବନ୍ଦ ଥାଏ। ବୁଲି ବୁଲି ଯିବାକୁ ହେବ ବୋଲି ସେଠିକାର ଲୋକ କହିଲେ। ତେଣୁ ଆମେ ସକାଳ ସାଢେ ସାତଟାରେ ଜଳଖିଆ ଖାଇ ବାହାରି ପଡିଲୁ। ସାଢେ ଦଶଟାରେ ସେଠାରେ ରିପୋର୍ଟ କରିବାକୁ ହେବ। ଏଗାରଟାରେ ସାକ୍ଷାତକାର ଆରମ୍ଭ।

ସୁରୁଖୁରରେ ଗେଷ୍ଟ୍ ହାଉସ୍‌ର ଫାଟକ ସାମନାରୁ ଟ୍ୟାକ୍ସି ମିଳିଗଲା। ମୁମ୍ବାଇ ଟ୍ୟାକ୍ସି ବାଲା ମାନେ ଖୁବ୍ ଯତ୍ନବାନ ଓ ଭଦ୍ର ମଧ୍ୟ। ଟ୍ୟାକ୍ସି ବାଲା କହିଲା ଆମେ ଦଶଟା ଆଗରୁ ବି.ଏ.ଆର.ସି ରେ ପହଞ୍ଚିଯିବୁ। ସମ୍ବିତ୍ ତା'ର ବହିପତ୍ର ବାହାର କରି ପଢୁଥାଏ। ମୁଁ ଠାକୁରଙ୍କୁ ସମ୍ବିତର ସଫଳ କୃତକାର୍ଯ୍ୟ ପାଇଁ ଆକୁଳ ହୋଇ ଡାକୁଥାଏ। ଛୋଟ ଦିନରୁ ତାର ନୂଆ କିଛି କରିବାର ପ୍ରଚଣ୍ଡ ଆଗ୍ରହ। ଯେଉଁ କାମରେ ଲାଗିଥିବ ତାର ଶେଷ ନଦେଖିବା ପର୍ଯ୍ୟନ୍ତ ଥକିବ ନାହିଁ। ତେଣୁ ତା'ର ଜ୍ଞାନ, କାର୍ଯ୍ୟ ଶୈଳୀ ଓ ଅସୀମ

ଧୈର୍ଯ୍ୟ ତାକୁ ନିଶ୍ଚୟ ବୈଜ୍ଞାନିକ ପେଶାରେ ଖୁବ୍ ସାହାଯ୍ୟ କରିବ ବୋଲି ମୋର ବିଶ୍ୱାସ। ନିଜ ସ୍ୱପ୍ନର ପେଶାଟିଏ ପାଇବା ମଣିଷ ଜୀବନର ସଫଳତାର ପ୍ରଥମ କୁଞ୍ଚିକାଠି। ଏମିତି ସବୁ ଭାବୁ ଭାବୁ ଟ୍ୟାକ୍ସି ଚାଲିଥାଏ। ହଠାତ୍ ଟ୍ୟାକ୍ସି ବାଲାଟି ରାସ୍ତାର ବାଁ କଡକୁ ଗାଡି ନେଇ ବ୍ରେକ୍ ଦେଇ ଗାଡ଼ି ରଖି ଦେଲା। ମୁଁ କିଛି କହିବା ପୂର୍ବରୁ ନିଜ ଛାତିକୁ ମାଡି ବସି ସିଟ୍ ଉପରେ ଅଧା ଶୋଇବା ହୋଇ ପଡିଗଲା। ହିନ୍ଦିରେ କହିଲା ମୋର ଛାତିରେ ଭୀଷଣ ଯନ୍ତ୍ରଣା ହେଉଛି ଆପଣ ଅନ୍ୟ ଟ୍ୟାକ୍ସି ନେଇ ଚାଲିଯାଆନ୍ତୁ। ମୁଁ ଓ ସମ୍ବିତ୍ ହତବାକ୍। ଲୋକଟିର ଯନ୍ତ୍ରଣା କାତର ମୁହଁକୁ ଦେଖି ଡରିଗଲୁ ଆମେ। ମୁଁ ଓ ସମ୍ବିତ୍ ତାକୁ ପଛ ସିଟ୍‌କୁ ଟେକି ଆଣିଲୁ। ହାର୍ଟ ଆଟାକ୍ ହୋଇଥିବ ଭାବି ମୁଁ ମୋ ବୁଦ୍ଧିରେ ଆଗ ତାକୁ ଦୁଇଟା ଡିସ୍‌ପ୍ରିନ୍, ଯାହା ମୋ ପାଖରେ ଥିଲା, ପାଣିରେ ଗୋଳାଇ ଖୁଆଇ ଦେଲି। ଆମେ ଏଠି ନୂଆ। କେଉଁ ରାସ୍ତାରେ ଆମେ ଯାଉଛୁ, ଏଠୁ ପାଖ ପାଖି ଚିକିତ୍ସାଳୟ ବା ଡାକ୍ତରଖାନା କେତେ ଦୂର, ଏଠାକାର ଆମ୍ବୁଲାନ୍ସ ନମ୍ବର କ'ଣ, କିଛି ଆମେ ଜାଣିନୁ। କୌଣସି ଟ୍ୟାକ୍ସିକୁ ହାତ ଦେଖାଇଲେ କେହି ରହୁନଥାନ୍ତି। ମୁଁ ସମ୍ବିତ୍‌କୁ କହିଲି, "ମୁଁ ଏହାର ବ୍ୟବସ୍ଥା କରୁଛି ତୁ ଅନ୍ୟ ଟ୍ୟାକ୍ସି ନେଇ ପଳା ବି.ଏ.ଆର.ସି।" ହେଲେ ସେ ମୋତେ ଓ ଟ୍ୟାକ୍ସି ବାଲାକୁ ଏଭଳି ବିପଦରେ ଏକା ଛାଡି ଦେଇ ଯିବାକୁ ବିଲ୍‌କୁଲ୍ ରାଜି ହେଲାନି। ସେ କହିଲା, "ପଛରେ ଗୋଟେ ଟ୍ୟାକ୍ସି ଷ୍ଟାଣ୍ଡ ନଜରରେ ପଡିଥିଲା। ମୁଁ ଟ୍ୟାକ୍ସି ଓ ଟ୍ୟାକ୍ସିବାଲାର ଫଟୋ ମୋବାଇଲ୍‌ରେ ଉଠାଇ ନେଇ ଯାଉଛି। ଶୁଣିଛି ମୁମ୍ବାଇ ଟ୍ୟାକ୍ସିବାଲାଙ୍କର ସଂଗଠନ ଖୁବ୍ ବ୍ୟବସ୍ଥିତ, ସେମାନେ ଦେଖିଲେ ନିଶ୍ଚୟ ସାହାଯ୍ୟ କରିବେ।" ଏହା କହି ସମ୍ବିତ୍ ଫଟୋ ଉଠାଇନେଇ ପଛକୁ ଦୌଡିଲା। ମୁଁ ଡ୍ରାଇଭର ଲୋକଟିର ଛାତିକୁ ଆଉଁସି ଦେଉଥାଏ। ବେଶ୍ କିଛି ସମୟ ପରେ ସମ୍ବିତ୍ ୨/୩ ଜଣ ଟ୍ୟାକ୍ସି ବାଲାକୁ ଡାକି ଆଣିଲା। ସେମାନେ ଆମ୍ବୁଲାନ୍ସ ଡାକି ଆମ ଟ୍ୟାକ୍ସି ବାଲାକୁ ଡାକ୍ତରଖାନା ନେଲେ। ମୁଁ ସେମାନଙ୍କୁ ହଜାରେ ଟଙ୍କା ଦେଲି ଲୋକଟିର ଚିକିତ୍ସାରେ ଖର୍ଚ୍ଚ କରିବାକୁ। ପ୍ରଥମେ ସେମାନେ ରାଜି ହେଉ ନଥିଲେ। ପରେ ମୁଁ ଆଗ୍ରହ କରିବାରୁ ନେଲେ। ଆମେ ପୁଣି ଆଉ ଗୋଟିଏ ଟ୍ୟାକ୍ସି ଧରି ବାହାରିଲୁ। ସେତେବେଳକୁ ବେଶ୍ କିଛି ସମୟ ଡେରି ହୋଇଗଲାଣି। ଅଫିସ୍ ବେଳ ଆରମ୍ଭ ହୋଇଯିବାରୁ ସବୁ ଯାଗାରେ ଟ୍ରାଫିକ୍ ଜାମ୍। ବଡ଼ ବିଚଳିତ ଓ ବିବ୍ରତ ଲାଗୁଥାଏ। ଉପରନ୍ତୁ ବି.ଏ.ଆର.ସି ଭିତରେ ବହୁତ କଟକଣା। ସବୁ ଫାଟକରେ ସେମାନେ ଫଟୋ ଉଠାଇବେ ବୋଲି ଟ୍ୟାକ୍ସି ବାଲା କହୁଥିଲା। ହେଲେ ସମ୍ବିତ୍‌ର ବହୁତ ଧୈର୍ଯ୍ୟ। ମୋତେ ଆଶ୍ୱାସନା ଦେଇଚାଲିଥାଏ। ଆଶ୍ୱାସନା ଦେଲେ କ'ଣ ହେବ ଡେରି ତ ଡେରିନା! ସାକ୍ଷାତକାର ଯାଗାରେ ପହଞ୍ଚିଲା ବେଳକୁ ଏଗାରଟା ବାଜି ଗଲାଣି। ଉପସ୍ଥିତ ପ୍ରାର୍ଥୀଙ୍କର ପଞ୍ଜୀକରଣ ସରିଲାଣି। ସାକ୍ଷାତକାର

କାର୍ଯ୍ୟକ୍ରମ ମଧ୍ୟ ଆରମ୍ଭ ହୋଇଗଲାଣି । ପଞ୍ଜୀକରଣ ଦାୟିତ୍ୱରେ ଥିବା ଅଧିକାରୀ ମନା କଲେ ଆଉ ଅନୁମତି ଦିଆଯିବ ନାହିଁ । ସମ୍ବିତ୍ ଅତି ଭଦ୍ର ଭାବରେ ତାଙ୍କୁ ଅନୁନୟ ବିନୟ କରୁଥାଏ । ମୁଁ ମଧ୍ୟ ତାଙ୍କୁ ବାଟରେ ହୋଇଥିବା ଅସୁବିଧା କଥା କହିଲି । ହେଲେ ସେ କହିଲେ ଯେ କମ୍ପ୍ୟୁଟର ସମୟ ବନ୍ଦ କରି ଦେଲାଣି । ସେ ନାଚାର । ଯଦି ସାକ୍ଷାତକାର ମଣ୍ଡଳୀ ଅଧ୍ୟକ୍ଷ ବିଶେଷ ଅନୁମତି ଦେବେ ତା' ହେଲେ ସେ ସମସ୍ତଙ୍କ ଶେଷରେ ସାକ୍ଷାତକାର ଦେବ । ହେଲେ, ଅଧ୍ୟକ୍ଷଙ୍କୁ ଭେଟିବା ବଡ ଦୂରହ ସମସ୍ୟା । କାରଣ ସେ ସାକ୍ଷାତକାର ମଣ୍ଡଳୀରେ ବସି ଏବେ ମୌଖିକ ପରୀକ୍ଷା ନେଉଛନ୍ତି । ଅଫିସ୍‌ରୁ ଅଧ୍ୟକ୍ଷଙ୍କର ମେଲ୍ ଠିକଣା ଆଣି ସମ୍ବିତ୍ ସବୁ ଜଣାଇ ତାଙ୍କୁ ମେଲ୍ କଲା । ହେଲେ କିଛି ଉତ୍ତର ଆସିଲାନାହିଁ । ମୁଁ କହିଲି, "ଶେଷ ଚେଷ୍ଟା ଭାବି ମୋ ନାଁରେ ଗୋଟେ ବାପା ହିସାବରେ ଥରେ ମେଲ୍ କରି ଦେଖ । ମେଲ୍ ଦେଖିଲେ ଯଦି ଥରେ ଦୟାକରି ପୁନର୍ବିଚାର କରିବାକୁ ଭାବିବେ ।" ମୋର ସେତେବେଳେ ହାତଗୋଡ ଥରୁଥାଏ । ସମ୍ବିତ୍ କୁ ମୋ ମୋବାଇଲ୍ ବଢେଇଦେଲି, ସମ୍ବିତ୍ ମୋ ମେଲ୍ ବାକ୍ସରୁ ସବୁ କଥା ଜଣାଇ ଆମର ନାଁ ପରିଚୟ ଲେଖି ମେଲ୍ କଲା । ମେଲ୍‌ଟି ଯିବାର ୨/୩ ମିନିଟ୍ ଭିତରେ ସାକ୍ଷାତକାର କକ୍ଷରୁ ଜଣେ ଭଦ୍ରମହିଳା ବାହାରି ଆସିଲେ । ଦୁଆର ପାଖରେ ଛିଡା ହୋଇଥିବା ପିଅନକୁ କହିଲେ, "ଶ୍ରୀ ଅଖିଳ ମୋହନ ଷଡଙ୍ଗୀଙ୍କୁ ଡାକିଦିଅ ।" ଆମେ ପାଖରେ ଛିଡା ହୋଇଥିଲୁ । ପିଅନ ଡାକିବାରୁ ଆମେ ଦୁହେଁ ଆସିଲୁ । ମହିଳା ଜଣକ ମୋତେ ନମସ୍କାର ହୋଇ ଗୋଟେ କାଗଜରେ 'ମଞ୍ଜୁର' ବୋଲି ଲେଖି ଦସ୍ତଖତ କରି ସମ୍ବିତ୍‌କୁ ଦେଲେ ପଞ୍ଜୀକରଣ କୋଠରୀରେ ବସିଥିବା ଅଧିକାରୀଙ୍କୁ ଦେଇ ଦେବାପାଇଁ । ସମ୍ବିତ୍‌କୁ ସେ ଇଂରାଜିରେ କହିଲେ, ଯେ ତୁମକୁ ସମସ୍ତଙ୍କ ଶେଷରେ ସାକ୍ଷାତକାର ଦେବାକୁ ହେବ । ସମ୍ବିତ୍ ଖୁସିରେ "ନିଶ୍ଚୟ ମ୍ୟାଡାମ୍, ଧନ୍ୟବାଦ ମ୍ୟାଡାମ୍" କହିଲା । ମହିଳା ଜଣକ ପୁଣି ମୋ ପାଖକୁ ଆସି ନମସ୍କାର ହୋଇ ତରତରରେ ସାକ୍ଷାତକାର କକ୍ଷକୁ ଫେରିଗଲେ । ମୁଁ ସ୍ୱସ୍ତିର ନିଶ୍ୱାସ ନେଲି । ଜଗନ୍ନାଥଙ୍କୁ ମୁଣ୍ଡିଆ ମାରିଲି । ସମ୍ବିତ୍ ସମସ୍ତଙ୍କ ଶେଷରେ ମୌଖିକ ପରୀକ୍ଷା ପାଇଁ ଗଲା । କେବଳ ଗୋଟିଏ ବୈଜ୍ଞାନିକ ପଦବୀ ପାଇଁ ଲିଖିତ ପରୀକ୍ଷାରେ ଉତ୍ତୀର୍ଣ୍ଣ ହୋଇଥିବା ଆଠ ଜଣଙ୍କୁ ମୌଖିକ ପରୀକ୍ଷା ପାଇଁ ଡକାଯାଇଥିଲା । ସମ୍ବିତ୍‌ର ସାକ୍ଷାତକାର ଖୁବ୍ ଦୀର୍ଘ ସମୟ ଧରି ଚାଲିଲା । ପ୍ରାୟ ଏକ ଘଣ୍ଟା ପରେ ସମ୍ବିତ୍ ସାକ୍ଷାତକାର କକ୍ଷରୁ ବାହାରିଲା । ମୁଁ ତ ଡରି ଯାଇଥିଲି । ଡେରି କରି ଆସିଥିବାରୁ କ'ଣ କହିଲେ କି ବୋଲି ଭାବୁଥାଏ । ସମ୍ବିତ୍ ଫେରିଆସି କହିଲା, "ହଁ ସାକ୍ଷାତ୍‌କାର୍ ଶେଷରେ ତ ଡେରି ହେବାର କାରଣ ପଚାରିଲେ । ହେଲେ ସାକ୍ଷାତକାର ମଣ୍ଡଳୀରେ ଉପସ୍ଥିତ ବିଶାରଦ ସଦସ୍ୟ ମାନଙ୍କର ସବୁ ପ୍ରଶ୍ନର ଖୁବ୍ ସନ୍ତୋଷଜନକ ଉତ୍ତର ମୁଁ ଦେଇପାରିଛି । ଅଧ୍ୟକ୍ଷା

ମ୍ୟାଡାମ୍ ସବା ଶେଷରେ ଆଜିର ଘଟଣା ପାଇଁ ମୋର ସାହାସ ଓ ସାହାଯ୍ୟ ମନୋଭାବ ପାଇଁ ବହୁତ ଖୁସି ହେଲେ। କହିଲେ, "ସମସ୍ୟା ଠାରୁ ପଳାୟନ କରିବା ବୈଜ୍ଞାନିକର ମନୋଭାବ ନୁହେଁ।" ଅନ୍ୟାନ୍ୟ ସଦସ୍ୟ ମାନେ ମଧ୍ୟ ମ୍ୟାଡାମ୍‌ଙ୍କର ଉକ୍ତିକୁ ଖୁବ୍ ସମର୍ଥନ କଲେ। ଦେଖାଯାଉ ଫଳାଫଳ କ'ଣ ହେଉଛି।" ସେଠି ଆମ ସମସ୍ତଙ୍କ ପାଇଁ ଖାଇବାର ବ୍ୟବସ୍ଥା ଥିଲା। ପ୍ରାୟ ଦୁଇ ଘଣ୍ଟା ଭିତରେ ଫଳାଫଳ ଫଳକରେ ଲାଗିବ ଓ ମନୋନୀତ ପ୍ରାର୍ଥୀର ମେଲ୍‌କୁ ସମ୍ବାଦ ଆସିବ ବୋଲି ଜଣାପଡିଲା। ଆମେ ଖାଇ ଦେଇ ସେଠିକାର ବିଶ୍ରାମ କକ୍ଷରେ ପଡ଼ିଥିବା ସୋଫା ଉପରେ ଫଳାଫଳକୁ ଅପେକ୍ଷା କରି ବସିଥାଉ। ଅନ୍ୟ ସାତଜଣ ପ୍ରାର୍ଥୀମାନେ ମଧ୍ୟ ଆମ ଭଳି ଅପେକ୍ଷା କରିବସି ଥାଆନ୍ତି। ଠିକ୍ ଚାରିଟା ଦଶ ବେଳକୁ ନୋଟିସ୍ ବୋର୍ଡରେ ଫଳାଫଳର କାଗଜ ଟଙ୍ଗା ହେଲା। ପ୍ରଥମେ ଉଠିଯାଇ ଯେଉଁ ପ୍ରାର୍ଥୀ ତାଲିକା ଦେଖିଲା ସେ ଦୌଡି ଆସି ସମ୍ବିତ୍‌କୁ ଅଭିନନ୍ଦନ ଜଣାଇଲା। ମୁଁ ତ ବିଶ୍ୱାସ କରି ପାରୁନଥାଏ। ସମ୍ବିତ୍‌କୁ କହିଲି ତୁ ନିଜେ ଯାଇ ଦେଖି ଆସ। ସମ୍ବିତ୍ ଦେଖି ଆସି ମୋତେ ମୁଣ୍ଡିଆ ମାରିବାରୁ ମୋର ପ୍ରତ୍ୟୟ ହେଲା। ଆଖିରୁ ଆନନ୍ଦାଶ୍ରୁ ଗଡ଼ିଗଲା। ନିଜର ଅନେକ ବିଫଳତା ଓ ଅପ୍ରାପ୍ତି ଭିତରେ ସମ୍ବିତ୍‌ର କୃତିତ୍ୱ ଓ ସାଫଲ୍ୟ ମୋର ସବୁ ଗ୍ଲାନିକୁ ଧୋଇ ଦେଲା। ଆମେ ଫେରିବା ପାଇଁ ବାହାରିଲୁ। ଏତିକିବେଳେ ପିଅନଟିଏ ଆସି କହିଲା ଆପଣ ଦି' ଜଣଙ୍କୁ ଅଧ୍ୟକ୍ଷା ମ୍ୟାଡାମ୍ ତାଙ୍କ କୋଠରୀକୁ ଡାକୁଛନ୍ତି। ଆମେ ଭାବିଲୁ କ'ଣ ପୁଣି ଅସୁବିଧା ହେଲାକି ? ପିଅନ ପଛେ ପଛେ ମ୍ୟାଡାମ୍‌ଙ୍କ କୋଠରୀକୁ ଗଲୁ। ଆମକୁ ଦେଖି ମ୍ୟାଡାମ୍ ନିଜ ଚୌକିରୁ ଉଠିଆସିଲେ। ମୁଁ ନମସ୍କାର ହେବାରୁ ମୋ ହାତ ଦୁଇଟିକୁ ଧରିପକାଇ ମୋର ଗୋଡ ଧରି ମୁଣ୍ଡିଆ ମାରିଲେ। ମୁଁ ତ ରିତୀମତ ହତବାକ୍ ହୋଇଗଲି। ମୋତେ ତାଙ୍କର ବାମ କପାଳରେ ଥିବା ଲମ୍ବା କଟା ଦାଗକୁ ଦେଖେଇ ପଚାରିଲେ। "ଭାଇ ମନେ ପଡୁଛି ଆଜିକୁ ୩୫ ବର୍ଷ ତଳେ ଗୋଟିଏ ନିରୀହ ବାଳିକାର ଜୀବନ ଆପଣ ବଞ୍ଚାଇଥିଲେ। ହଁ, ମୁଁ ସେହି ସେତେବେଳର ଅଡସପୁର ପ୍ରଧାନ ଶିକ୍ଷକଙ୍କ ଝିଅ ଅନୁରାଧା, ଯିଏ ଏଠି ଏବେ ଡକ୍ଟର ଅନୁରାଧା ମିଶ୍ର। ମୁଁ ଏବେ ବରିଷ୍ଠ ବୈଜ୍ଞାନିକ ଓ ନିଉଟ୍ରନ୍ ଫିଜିକ୍ସ ଡିଭିଜନ୍‌ର ଅଧ୍ୟକ୍ଷା ମଧ୍ୟ। ବାପା ସବୁବେଳେ ମୋତେ ଆପଣଙ୍କ କଥା କୁହନ୍ତି। ବାପା ଅଡସପୁରରୁ କ୍ୟାପିଟାଲ ଉଚ୍ଚବିଦ୍ୟାଳୟର ପ୍ରଧାନ ଶିକ୍ଷକ ହୋଇ ବଦଳି ହେଲେ। ମୁଁ ପ୍ରଥମେ ଭୁବନେଶ୍ୱରର ଉତ୍କଳ ବିଶ୍ୱବିଦ୍ୟାଳୟ ଓ ତା'ପରେ ଦିଲ୍ଲୀ ବିଶ୍ୱବିଦ୍ୟାଳୟରେ ପାଠ ପଢି, ଏଇ ବି.ଏ.ଆର.ସି ରେ ବୈଜ୍ଞାନିକ ପଦବୀରେ ଯୋଗଦେଇଥିଲି। ଆପଣ ଷ୍ଟେଟ୍ ବ୍ୟାଙ୍କରେ ଅଧିକାରୀ ପଦରେ ଅଛନ୍ତି ବୋଲି ବାପାଙ୍କ ଠାରୁ ଶୁଣିଥିଲି। ତେଣୁ ଆପଣଙ୍କ ନାଁ, ପଦବୀ ଓ ଷ୍ଟେଟବ୍ୟାଙ୍କ୍ ଠିକଣା ଦେଖି ମୋର ମନ ହେଲା ସମ୍ବିତ୍‌ର ଆବେଦନ ପତ୍ରଟି ଦେଖିବାକୁ, ତେଣୁ ଲାପ୍‌ଟପରେ

ସାଙ୍ଗେ ସାଙ୍ଗେ ତା'ର ଆବେଦନ ପତ୍ର ବାହାର କରି ଦେଖିଲି। ସମ୍ବିତ୍ ସ୍ଥାୟୀ ଠିକଣା କସରଦା ଲେଖିଛି। ତେଣୁ ମୁଁ ନିଶ୍ଚିତ ହେଲି ଯେ ଆପଣ ମୋର ସେଇ ଅତୀତର ଜୀବନ ଦାତା।"

ଅନୁରାଧା ଆହୁରି କହି ଚାଲିଥାଏ, "ସମ୍ବିତ୍ ନିଜ କୃତିତ୍ୱ ଓ ଜ୍ଞାନ ବଳରେ ଆଜି ମନୋନୀତ ହୋଇଛି। ସେ ସବୁ ବିଶାରଦମାନଙ୍କୁ ଖୁବ୍ ସନ୍ତୋଷ ଜନକ ଉତ୍ତର ଦେଇଛି। ମୁଁ ତା' ପାଇଁ କିଛି ବି କରିନି, କେବଳ ସାକ୍ଷାତକାର ପାଇଁ ଅନୁମତି ମାତ୍ର ଦେଇଛି। ଆପଣଙ୍କୁ ସେଦିନ ମେଟ୍ରିକ୍ ପରୀକ୍ଷା ପାଇଁ ଅନୁମତି ନ ଦେଇଥିବାରୁ ମୋ ବାପା ଆଜିଯାଏ ଅନୁତାପ କରୁଛନ୍ତି। ଆଜି ମୁଁ ଆପଣଙ୍କୁ ଟିକେ ସାହାଯ୍ୟ କରିଛି ଜାଣିଲେ ସେ ଅନୁତାପର ଆତ୍ମଗ୍ଲାନିରୁ କିଛିଟା ଆଶ୍ୱସ୍ତ ହେବେ ?" ଏତକ କହୁ କହୁ ଅନୁରାଧା କାନ୍ଦି ପକାଇଲା। ମୁଁ ତାଙ୍କୁ ସହଜ ହେବା ପାଇଁ କହିଲି, "ନାଁ, ନାଁ, ମୁଁ ସେ ସବୁ କଥା ପୁରାପୁରି ଭୁଲିଯାଇଛି, ଜୀବନରେ ଏମିତି ଅନେକ ଦ୍ୱନ୍ଦ ଅନେକ ଦ୍ୱିଧାର ପରିସ୍ଥିତି ଆସେ। ବିବେକର ପରିଚାଳନାରେ ମଣିଷ ସେତେବେଳେ ଯାହା ଉଚିତ୍ ବୋଲି ଭାବେ ତାହାହିଁ କରେ।" ତା'ପରେ ଅନୁରାଧା ପିଅନକୁ କଫି ଆଣିବାକୁ କହି ତା'ର ବାପାଙ୍କୁ ଫୋନ୍ କଲା। ସାର୍ ସେତେବେଳକୁ ଅବସର ନେଇ ସାରିଥାନ୍ତି। ଅନୁରାଧା ମୋତେ ଫୋନ୍‌ଟି ଧରେଇଦେଲା। ମୁଁ କ'ଣ ଓ କିପରି କଥା ଆରମ୍ଭ କରିବି ଜାଣି ପାରୁ ନଥାଏ। ମୁଁ କହିଲି, "ସାର୍, ମୁଁ କସରଦାର ଅଖିଳ ମୋହନ ଷଡଙ୍ଗୀ। ଆଜି ନିୟତିର ଇଶାରାରେ ଆପଣଙ୍କର ଝିଅ ମୋ ପୁଅର ଭବିଷ୍ୟତ ସଜାଡି ଦେଇଛି।" ସଂକ୍ଷିପ୍ତରେ ସାରଙ୍କୁ ସବୁ ଘଟଣା କହିଲି। ଫୋନ୍ ଆରପଟେ ସାର୍ ମଧ୍ୟ ଏଭଳି ଏକ ସଂଯୋଗରେ ଆଶ୍ଚର୍ଯ୍ୟ ଚକିତ ଓ ହତବାକ୍ ହୋଇଗଲେ। ଅତୀତର ପୁଞ୍ଜୀଭୂତ ଆତ୍ମଗ୍ଲାନିକୁ ହୃଦୟରୁ ଓହ୍ଲାଇ ଦେଇ ଖୁସିରେ କାନ୍ଦି ପକାଇଲେ। ଏଭଳି ଏକ ମନୋଜ୍ଞ ଯୋଗାଯୋଗ ଆମ ସମସ୍ତଙ୍କୁ ପୁଲକିତ ଓ ରୋମାଞ୍ଚିତ କରିଦେଲା। ସମ୍ବିତ୍‌ର ସମସ୍ତ ଦାୟିତ୍ୱ ଅନୁରାଧାକୁ ନେବା ପାଇଁ ଅନୁରୋଧ କରି ଆମେ ବାପ, ପୁଅ ଷ୍ଟେଟ୍ ବ୍ୟାଙ୍କ ଗେଷ୍ଟ୍ ହାଉସ୍ ଫେରିବାକୁ ବାହାରିଲୁ। ଅନୁରାଧା ତା'ର ଘରକୁ ଆମକୁ ନେବା ପାଇଁ ବହୁତ ଆଗ୍ରହ କରୁଥିଲା। ସମ୍ବିତ୍‌ର ଚାକିରିରେ ଯୋଗଦାନ ଦିନ ତା' ଘରକୁ ଆସିବାର ପ୍ରତିଶ୍ରୁତି ଦେଇ ସେଦିନ ଫେରିଲୁ। ବାଟରେ ଟ୍ୟାକ୍ସିରେ ବସି ମୋ ବୋଉର ସେହି କଥା ପଦକ ସମ୍ବିତ୍‌କୁ ଦୋହରାଇଲି, "ନିଃସ୍ୱାର୍ଥପର ଭାବରେ କରିଥିବା ଉପକାର କେବେ ବ୍ୟର୍ଥ ଯାଏନି।"

■

ଉଦାହରଣ

ବି.ଇଡ଼ି ତାଲିମ୍ ନେଇ ସାରିଲାପରେ ଫୁଲବାଣୀ ସରକାରୀ ଉଚ୍ଚ ବାଳିକା ବିଦ୍ୟାଳୟରେ ଶିକ୍ଷୟତ୍ରୀ ଭାବେ ମୋର ପ୍ରଥମ ଚାକିରି ଜୀବନ ଆରମ୍ଭ ହେଲା । ଭୁବନେଶ୍ୱରରୁ ଏତେ ଦୂରକୁ ଯାଇ ଚାକିରି କରିବି କି ନାହିଁ ଏମିତି ଏକ ଦ୍ୱନ୍ଦ ଭିତରେ ଫୁଲବାଣୀରେ ପ୍ରଥମ ଚାକିରିରେ ଯୋଗଦେଲି । ଯାହାହେଉ ଅଳ୍ପ କିଛି ଦିନ ଭିତରେ ବିଦ୍ୟାଳୟଟି ମୋତେ ଖୁବ୍ ଆପଣାର ଲାଗିବାକୁ ଲାଗିଲା । ଗୋଟିଏ ନିରୋଳା ପାହାଡ଼ର ପାଦଦେଶରେ ବିଦ୍ୟାଳୟଟି ଅବସ୍ଥିତ । ଚାରିଆଡ଼କୁ ଘେରି ରହିଛି ବଡ ବଡ ଶାଳ, ପିଆଶାଳ ଓ ପଳାଶ ଗଛ । ତେଣୁ ଅଧା ଛାଇ ଓ ଅଧା ଖରାର ଲୁଚକାଳି ଭିତରେ ବିଦ୍ୟାଳୟର ହତାଟି ଖୁବ୍ ଶାନ୍ତ ଓ ସ୍ନିଗ୍ଧ ଦେଖାଯାଏ । ଏଠିକାର ଛାତ୍ରୀମାନେ ଖୁବ୍ ସରଳ । କିଛି ଆଖ ପାଖ ଆଦିବାସୀ, କିଛି ସରକାରୀ କର୍ମଚାରୀ ଓ କିଛି ସ୍ଥାନୀୟ ବ୍ୟବସାୟୀଙ୍କର ଝିଅଙ୍କୁ ନେଇ ବିଦ୍ୟାଳୟର ଛାତ୍ରୀ ସଂଖ୍ୟା ପ୍ରାୟ ଆଠ ଶହ । ବେଶ୍ ପୁରୁଣା ବିଦ୍ୟାଳୟ, ହତା ଭିତରେ ସରକାରୀ ବସାଟିଏ ମଧ୍ୟ ମିଳିଗଲା । ତେଣୁ ଖୁବ୍ ଉତ୍ସାହ ଓ ଉଦ୍ଦୀପନା ନେଇ ଶିକ୍ଷୟିତ୍ରୀ ଜୀବନ ଆରମ୍ଭ କରିଥିଲି । ପ୍ରଥମ ଚାକିରିର ରୋମାଞ୍ଚ ହିଁ କିଛି ନିଆରା । ମନରେ ସେତେବେଳେ ଥାଏ ଲକ୍ଷେ ପାହାଡ଼ ଡ଼େଇଁବାର ସାହସ ।

ବିଦ୍ୟାଳୟର ଛାତ୍ରୀମାନେ ମୋର ଖୁବ୍ ଆପାଣାର ଥିଲେ । ଭାରୀ ସ୍ନେହୀ ଓ ଦରଦୀ ସେମାନେ । କିଶୋରୀ ସୁଲଭ ପ୍ରାଣ ଚଞ୍ଚଳତାରେ ଭରିଥାଏ ସେମାନଙ୍କର ମନ । ତେଣୁ ବିଦ୍ୟାଳୟର ଯେ କୌଣସି କାର୍ଯ୍ୟରେ ସେମାନଙ୍କୁ ମତେଇ ଦେଲେ ମାତି ଯାଆନ୍ତି ସେମାନେ । ନୂତନ ଶିକ୍ଷୟିତ୍ରୀ ଭାବେ ପାଠ ପଢ଼ାଇବା ସହ ବିଦ୍ୟାଳୟର ଅନ୍ୟାନ୍ୟ କାର୍ଯ୍ୟକ୍ରମ ଗୁଡ଼ିକୁ ତୁଲାଇବାର ଦାୟିତ୍ୱ ମଧ୍ୟ ମୋତେ ଦିଆଯାଇଥାଏ । ତେଣୁ ଏସବୁ କାର୍ଯ୍ୟରେ ମୋତେ ସାହାଯ୍ୟ କରିବା ପାଇଁ ମୁଁ ଗୋଟିଏ ସ୍ୱତନ୍ତ୍ର

ଛାତ୍ରୀଦଳକୁ ପ୍ରସ୍ତୁତ କରିନେଇଥାଏ। ଏହି ଛାତ୍ରୀଦଳରେ ଥାଆନ୍ତି ଦୁଇଜଣ ଅଷ୍ଟମ ଶ୍ରେଣୀର ଛାତ୍ରୀ, ଈଶାନୀ ଓ ନୀଳିମା। ପାଠ ଠାରୁ ଆରମ୍ଭ କରି ନାଚ ଗୀତ ଓ ସର୍ବୋପରି ବିଦ୍ୟାଳୟର ବିଭିନ୍ନ କାର୍ଯ୍ୟକ୍ରମରେ ଭାଗ ନେବା ଏବଂ କାର୍ଯ୍ୟକ୍ରମ ଆୟୋଜନ ଓ ତୁଲାଇବାରେ ସେମାନଙ୍କର ଥାଏ ପ୍ରଚଣ୍ଡ ଆଗ୍ରହ ଓ ପରମ ନିଷ୍ଠା। ଗୋରା ଓ ପତଳା ଚେହେରାର ଈଶାନୀର ଆଖି ଦୁଇଟି ଥିଲା ଖୁବ୍ ଦିପ୍ତୀମନ୍ତ। ଶ୍ୟାମଳୀ ନୀଳିମାର ପରିଚୟ ଥିଲା ତାର ମୋଟା ମୋଟା ଦୁଇଟି ବେଣୀ। ସେ ଥିଲା ଖୁବ୍ ଭାବୁକ ପ୍ରକୃତିର। ଏ ଦୁହେଁ ଖୁବ୍ ଅନ୍ତରଙ୍ଗ ସାଙ୍ଗ ଥିଲେ। ଈଶାନୀର ବାପା ଫୁଲବାଣୀ ଷ୍ଟେଟ ବ୍ୟାଙ୍କ୍‌ର ଜଣେ ଅଧିକାରୀ। ସେମାନେ ବାରିପଦାର ଲୋକ, ହେଲେ ନୀଳିମାର ବାପା ଫୁଲବାଣୀର ସ୍ଥାୟୀ ବାସିନ୍ଦା। ତାଙ୍କର ଥିଲା କାଠ ଆସବାବ ପତ୍ରର ବ୍ୟବସାୟ। ଏଇ ଝିଅ ଦୁଇଟି ହିଁ ସେତେବେଳେ ମୋର ନିଃସଙ୍ଗ ଜୀବନର ଏକମାତ୍ର ସାଥୀ ଥିଲେ। ଛୁଟିଦିନମାନଙ୍କରେ ବି ବେଳେ ବେଳେ ଏମାନେ ମୋ ବସାକୁ ଆସନ୍ତି। ତେଣୁ ସେମାନଙ୍କୁ ପଢ଼ାଇବାରେ, ନାଚ, ଗୀତ ଶିଖାଇବାରେ ଓ ସେମାନଙ୍କର ସହାୟତାରେ ବିଭିନ୍ନ ପଠନ-ପାଠନ ସାମଗ୍ରୀ ତିଆରି କରିବା ଇତ୍ୟାଦି କାମରେ ମୋର ମଧ୍ୟ ସମୟ ବିତିଯାଏ। ଗଣେଶ ପୂଜା, ସରସ୍ୱତୀ ପୂଜା ଓ ବିଦ୍ୟାଳୟର ବାର୍ଷିକ ଉତ୍ସବବେଳେ ମୋ ବସାଟି ହିଁ ପିଲାଙ୍କର କର୍ମଶାଳା ପାଲଟିଯାଏ।

ଈଶାନୀ ଓ ନୀଳିମାର ପ୍ରଗାଢ଼ ବନ୍ଧୁତ୍ୱ ମୋତେ ଭାରୀ ଆମୋଦିତ କରେ। ଥରେ ପଚାରିଲି ତୁମେ ଦୁହେଁ ଏତେ ସାଙ୍ଗ ହେଲ କିପରି ? ଈଶାନୀ କହିଲା, 'ଦିଦି, ଆମର ସାଙ୍ଗ ହେବାର ଗଭୀରତା ଅସରନ୍ତି। ଦେଖନ୍ତୁ ଦିଦି, ମୋର ନାଁ ଟା ଯେଉଁଠି ସରିଛି ନୀଳିମାର ନାଁ ଟା ସେଇଠୁ ଆରମ୍ଭ।

ନୀଳିମା ସାଙ୍ଗେ ସାଙ୍ଗେ କହିଲା, 'ଦିଦି ରାଗିବେନି ଯଦି ଆଉ ଗୋଟେ କଥା କହିବି,

ମୁଁ କହିଲି, 'ହଁ କୁହ।'

- ଦିଦି ମୋ ନାଁ ଟା ଯେଉଁଠି ସରିଛି ଆପଣଙ୍କ ନାଁ ଟା ସେଇଠି ଆରମ୍ଭ ଏବଂ ଆପଣଙ୍କର ନାଁର ଶେଷକୁ ଈଶାନୀର ନାଁ ଆରମ୍ଭ।

- ମୁଁ କହିଲି, "ଆରେ ସତେତ ! ତୁମେ ଦୁହେଁ ଏହା ଭିତରେ ଏତେ ତର୍ଜମା କରି ସାରିଲଣି !" କହି ହସି ପକାଇଲି।

ନାଁକୁ ନେଇ ଏଭଳି ଏକ ସରଳ ସୂତ୍ର ମୋତେ ବି ସେଦିନ ଖୁବ୍ ରୋମାଞ୍ଚିତ କରିଥିଲା। ଖୁବ୍ ସଫଳତାର ସହ ମୋର ପ୍ରଥମ ବର୍ଷର ଚାକିରି ଜୀବନ କଟିଗଲା। ଈଶାନୀ ଓ ନୀଳିମା ଏବେ ନବମ ଶ୍ରେଣୀର ଛାତ୍ରୀ, ପାଠପଢ଼ାରେ ଦୁହିଁଙ୍କ ଖୁବ୍ ଆଗ୍ରହ।

ଦୁଇଜଣ ଭଲ ପଢ଼ନ୍ତି, ହେଲେ କେହି କାହାକୁ ଈର୍ଷା କରନ୍ତି ନାହିଁ। ବିଦ୍ୟାଳୟର ଦୈନିକ ଉପସ୍ଥାନରେ ଖୁବ୍ ନିୟମିତ ସେମାନେ। ହେଲେ କିଛି ଦିନ ଧରି ଈଶାନୀର ଦେହ ଭଲ ରହିଲା ନାହିଁ। ପ୍ରାୟ ଜ୍ୱରରେ ପଡ଼ିଲା ସେ। ନୀଳିମା ଖୁବ୍ ବିଷର୍ଣ୍ଣ ହୋଇ ମୋତେ ଦିନେ ଆସି କହିଲା ଯେ ଈଶାନୀର ଦେହ ଖୁବ୍ ଖରାପ। ମୋ ମନଟା ବି ଭଲ ଲାଗିଲା ନାହିଁ। ସେତେବେଳକୁ ମାସେ ହେବ ଈଶାନୀ ଜ୍ୱରରେ ପଡ଼ି ବିଦ୍ୟାଳୟରୁ ଅନୁପସ୍ଥିତ ରହିଲାଣି। ମୁଁ ଲକ୍ଷ୍ୟ କଲି ଯେ ଈଶାନୀର ଅନୁପସ୍ଥିତିରେ ନୀଳିମା ବି ଆଉ ଆଗଭଳି ପାଠରେ ମନ ଦେଉନି। ଦିନେ କିଛି ଫଳ ଓ ବିସ୍କୁଟ୍ ନେଇ ନୀଳିମାକୁ ସାଙ୍ଗରେ ଧରି ଈଶାନୀ ଘରକୁ ଗଲି। ଈଶାନୀ ଖୁବ୍ ଦୁର୍ବଳ ଦେଖା ଯାଉଥାଏ।

ତା'ର ବାପା କହିଲେ, 'ଏଠି ସବୁ ପରୀକ୍ଷା କରାହେଲା, ହେଲେ ଜ୍ୱରର କାରଣ ଜଣାପଡୁନି। ଆମେ ତାକୁ ଆସନ୍ତା କାଲି କଟକ ନେଇଯିବୁ।"

ଈଶାନୀକୁ ସାନ୍ତ୍ୱନା ଦେଇ ସେଦିନ ଫେରି ଆସିଲି। ନୀଳିମାକୁ ମଧ୍ୟ ବୁଝେଇଲି, "ଦେଖ ନୀଳିମା ତୁ ମୋଟେ ବ୍ୟସ୍ତ ହ'ନା। କଟକରେ ଅନେକ ବଡ଼ ବଡ଼ ଡାକ୍ତର ଅଛନ୍ତି। ରକ୍ତ ପରୀକ୍ଷା, ଅଲଟ୍ରାସାଉଣ୍ଡ୍ ଇତ୍ୟାଦି କରି ଠିକ୍ ସେମାନେ ଈଶାନୀର ରୋଗ ନିରୂପଣ କରିପାରିବେ। ତୁ ଦେଖ, ସପ୍ତାହେ ଭିତରେ ଈଶାନୀ ସୁସ୍ଥ ହୋଇଯିବ।"

ହେଲେ ପ୍ରାୟ ମାସେ ବିତିଗଲା। ଈଶାନୀ ଫେରିଲା ନାହିଁ। ମନଟା ବଡ଼ ଅସ୍ଥିର ଲାଗୁଥାଏ। ଦିନେ ବ୍ୟାଙ୍କ୍‌କୁ ଯାଇ ଈଶାନୀ ବାପାଙ୍କର ମୋବାଇଲ୍ ଫୋନର ନମ୍ବର ଆଣିଲି। ଖୁବ୍ ଆଗ୍ରହରେ ଦିନେ ଫୋନ୍ ଲଗାଇଲି ହେଲେ ଫୋନ୍ ଆରପଟୁ ଈଶାନୀର ବାପା ଯାହା ସମ୍ବାଦ ଦେଲେ ସେଥିରେ ମୋର ଦେହ ଥରି ଉଠିଲା। ଈଶାନୀକୁ କ୍ୟାନସର୍ ହୋଇଛି। ତାକୁ ସେମାନେ ବମ୍ବେର ଟାଟା ମେମୋରିଆଲ ହସ୍‌ପିଟାଲ୍‌ରେ ରଖି ଚିକିତ୍ସା କରାଉଛନ୍ତି। କେମୋ ଥେରାପି ଦିଆଯାଉଛି। କେତେ ଦିନ ବମ୍ବେରେ ରହିବେ କିଛି କହିପାରିଲେନି। ସେଦିନ କେମିତି ଯେ ମୁଁ ସେ ରାତିଟି କଟାଇଛି ତା' ମୁହିଁ ଜାଣେ। ରାତି ସାରା ଶୋଇପାରିଲି ନାହିଁ। ତା' ପରଦିନ ବିଦ୍ୟାଳୟରେ ବି ମନଟା ବଡ଼ ବିଚଳିତ ଲାଗୁଥାଏ। ଈଶାନୀର ଚେହେରାଟା ଆଖି ଆଗରେ ନାଚି ଯାଉଥାଏ। ହେଲେ ମୁଁ ନିଶ୍ଚିତ କରିଥାଏ ଯେ ଏ ଖବର ମୁଁ କାହାକୁ କହିବି ନାହିଁ। ନୀଳିମାକୁ ବି ନୁହେଁ। ନୀଳିମା ଏ କଥା ଶୁଣିଲେ ଆହୁରି ଦୁଃଖ ପାଇବ। ତାର ପାଠ ପଢାରେ କ୍ଷତି ମଧ୍ୟ ହେବ। ତେଣୁ ସବୁ କୋହକୁ ନୀରବରେ ଚାପି ଚୁପ୍ ରହିଲି।

ପ୍ରାୟ ଦୁଇମାସ ପରେ ହଠାତ୍ ଦିନେ ଈଶାନୀ ବାପା ମୋତେ ଫୋନ୍ କଲେ। ଈଶାନୀ କିଛିଟା ସୁସ୍ଥ ହୋଇଛି। ଡାକ୍ତରମାନେ ତାକୁ ଘରକୁ ନେଇଯିବାକୁ ପରାମର୍ଶ

ଦେଇଛନ୍ତି । ଆରମ୍ଭରୁ ଚିହ୍ନଟ ହୋଇ ଖୁବ୍ ଶୀଘ୍ର କ୍ୟାନ୍‌ସର ଚିକିତ୍ସା ଆରମ୍ଭ କରାଯାଇଥିବାରୁ ସମସ୍ତଙ୍କର ଆଶା ଯେ ଈଶାନୀ ଧୀରେ ଧୀରେ ସୁସ୍ଥ ହୋଇଯିବ । ତାକୁ ସେମାନେ ଫୁଲବାଣୀ ନେଇ ଆସିଛନ୍ତି । କାଲିଠୁ ସେ ବିଦ୍ୟାଳୟକୁ ଆସିବ ।

ମୁଁ ଖବରଟି ଶୁଣି ଖୁବ୍ ଖୁସି ହେଲି, କହିଲି, "ହଁ, ହଁ ନିଶ୍ଚୟ ଆସୁ । ପଢ଼ାପଢ଼ି ଓ ସାଙ୍ଗମାନଙ୍କ ସହ ହସ ଖେଳ ଭିତରେ ସେ ନିଶ୍ଚୟ ସ୍ୱାଭାବିକ ହୋଇଯିବ ।" ବିଦ୍ୟାଳୟରେ ତା'ର ସମସ୍ତ ଦାୟିତ୍ୱ ମୁଁ ନେବି ବୋଲି ତା'ର ବାପାଙ୍କୁ ସେଦିନ ମୁଁ ଆଶ୍ୱାସନା ଦେଇଥିଲି ।

ତା' ପରଦିନ ଯଥାରୀତି ନୀଳିମା ସହିତ ଈଶାନୀ ବିଦ୍ୟାଳୟକୁ ଆସିଲା । ଏ କ'ଣ ଚେହେରା ହୋଇଛି ଈଶାନୀର । କଙ୍କାଳସାର୍ ହାତ ଗୋଡ଼ । ଆଖି ଦୁଇଟି ଭିତରକୁ ପଶି କଳା ହୋଇଯାଇଛି । ମୁଣ୍ଡର ଚୁଟି ଗୁଡ଼ିକ ସବୁ ଝଡି ଯାଇ ସେ ଲାଣ୍ଡି ହୋଇଯାଇଛି । ମୁଁ ଜାଣେ କେମୋ ଥେରାପିରେ ଚେହେରା ଏମିତି ଖରାପ ହୋଇଯାଏ । ଦେହଟା ମୋର ଶିହରି ଉଠିଲା ହେଲେ ଈଶାନୀକୁ କିଛି ପଚାରିଲି ନାହିଁ । ତା'ର ମନଟାକୁ ଅନ୍ୟ ଆଡେ ନେବା ପାଇଁ କହିଲି, "ଈଶାନୀ କ୍ଲାସ୍‌ରେ ଯାହା ସବୁ ପଢ଼ା ହୋଇଯାଇଛି ମୁଁ ପୁଣିଥରେ ତୋତେ ସେଗୁଡ଼ିକ ପଢ଼ାଇଦେବି । ତେଣୁ ତୁ ପାଠ ପାଇଁ ମୋଟେ ବ୍ୟସ୍ତ ହ'ନା । ତୋତେ ଦୁର୍ବଳ ଲାଗିଲେ ମୋତେ କହିବୁ । ମୋ ବସାରେ ଯାଇ ବିଶ୍ରାମ ନେବାକୁ ଚାହିଁଲେ ମୋ ଠୁ ଚାବି ନେଇ ବସାକୁ ଚାଲିଯିବୁ ।"

ଈଶାନୀର ସାଙ୍ଗମାନେ ଈଶାନୀକୁ ଘେରି ଯାଇଥାନ୍ତି । ତାକୁ କ'ଣ ରୋଗ ହୋଇଛି ?' ସେ କାହିଁକି ବନ୍ଧେ ଗଲା ? ତା'ର ବାଳ ସବୁ କାହିଁକି ଝଡ଼ି ଯାଇଛି ? ଇତ୍ୟାଦି ନାନା ପ୍ରଶ୍ନରେ ସେମାନେ ଈଶାନୀକୁ ବିରକ୍ତ କରୁଥା'ନ୍ତି । ହେଲେ ନୀଳିମାକୁ ଏସବୁ ପ୍ରଶ୍ନ ଭାରି ଅବାନ୍ତର ଲାଗୁଥାଏ । ଏହି ସବୁ ସାଙ୍ଗମାନଙ୍କ ଉପରେ ସେ ଖୁବ୍ ବିଗୁଡୁ ଥାଏ । ସେମାନଙ୍କ ଗହଳିରୁ ସେ ଈଶାନୀକୁ ମୁକୁଳେଇବାର ଚେଷ୍ଟା ମଧ୍ୟ କରୁଥାଏ । ମୁଁ ଦୂରରେ ଥାଇ ଏସବୁ ଲକ୍ଷ୍ୟ କରୁଥିଲି । ଝିଅମାନଙ୍କୁ କହିଲି, "ଦେଖ ପିଲାମାନେ, ଈଶାନୀର ଦେହ ଏବେ ଖୁବ୍ ଦୁର୍ବଳ ତେଣୁ ତା' ସାଙ୍ଗରେ ବେଶି ଗପ ନାହିଁ ।" ତା' ପରଦିନ ପ୍ରଧାନ ଶିକ୍ଷୟିତ୍ରୀ ମୋତେ ଗୋଟେ ବିଶେଷ ଦାୟିତ୍ୱ ଦେଲେ । ତଫସିଲ ଭୁକ୍ତ ଜାତି ଓ ଜନଜାତିର ଛାତ୍ରୀମାନଙ୍କର ଛାତ୍ରବୃତ୍ତିର ଫର୍ମ ଗୁଡିକ ଯାଞ୍ଚ କରି ବ୍ଲକ୍ ଅଫିସରେ ଜମା ଦେବାକୁ ହେବ । ତେଣୁ ସେଦିନ ଆଉ ଶ୍ରେଣୀରେ ଶିକ୍ଷାଦାନ କରିନି । ଏସବୁ ନଥିପତ୍ର କାମ ଖୁବ୍ ସାବଧାନତାର ସହ କରିବାକୁ ପଡ଼େ । ତେଣୁ ଖୁବ୍ ଥକି ଯାଇଥାଏ ମୁଁ, ବିଦ୍ୟାଳୟ ଛୁଟି ହେବା କ୍ଷଣି ନିଜ ବସାକୁ ତରତର ହୋଇ ଫେରିଆସିଲି । ସାରାଦିନ ଆଉ ଈଶାନୀ ସହିତ ଦେଖା ହୋଇନି ମୋର । ବସାକୁ

ଫେରି ଧୁଆଧୋଇ ହୋଇ ଲୁଗା ବଦଳାଇ ଚା କପେ ତିଆରି କରି ସାମନା କୋଠରୀକୁ ଆସିଲି। ଝରକା ପଟେ ଦେଖିଲି ଦୂରରୁ ଈଶାନୀ ଓ ନୀଳିମା ଦୁହେଁ ମୋ ବସା ଆଡ଼କୁ ଆସୁଛନ୍ତି। ମୁହଁ ସଞ୍ଜ ହୋଇଗଲାଣି। ମନେ ମନେ ଚିନ୍ତାକଲି, ଆରେ ଏ ଦି'ଟା କ'ଣ ପାଇଁ ଏଯାଏ ଘରକୁ ଫେରି ନାହାନ୍ତି? ପିଠିରେ ବିଦ୍ୟାଳୟ ବ୍ୟାଗ୍ ପଡ଼ିଛି। ହାତ ଧରାଧରି ହୋଇ, ମୁହଁକୁ ତଳକୁ କରି ଧୀରେ ଧୀରେ ଏଇ ଆଡକୁ ଆସୁଛନ୍ତି। ଅତି ଦୁର୍ବଳ ଦେଖାଯାଉଛି ଈଶାନୀ। ନୀଳିମା ବି ମୁଣ୍ଡରେ ଗୋଟେ ସ୍କାର୍ଫ ବାନ୍ଧିଛି। ୟା'ର ପୁଣି କ'ଣ ଦେହ ଖରାପ ହେଲା ନା କ'ଣ? ଏମିତି ସବୁ ଭାବି ଭାବି ଆସି ସାମନା ଦୁଆର ଫିଟାଇଲି। ଦୁହେଁ ଆସି ବାରଣ୍ଡା କାନ୍ଥକୁ ଆଉଜି ଛିଡ଼ା ହେଲେ। ଛାଇ ଅନ୍ଧାର ହୋଇ ଆସିଲାଣି। ଭାରୀ ଭୟଭୀତ ଜଣାପଡୁଥାନ୍ତି।

ମୁଁ ପଚାରିଲି, "ଆରେ ତୁମେ ଦୁହେଁ ଘରକୁ ନ ଯାଇ ଏତେବେଳ ଯାଏ କ'ଣ କରୁଛ ଏଠି? ଘରେ ତୁମର ସେପଟେ ବ୍ୟସ୍ତ ହେବେଣି।" କିଛି ସମୟ ପାଇଁ ଦି'ଜଣ ତକ ଚୁପ୍ ହୋଇ ଠିଆ ହେଲେ।

ତା'ପରେ ଈଶାନୀ ମୋ ପାଖକୁ ଲାଗି ଆସି କହିଲା, "ଦେଖନ୍ତୁ ଦିଦି ନୀଳିମା କ'ଣ କରିଛି। ଏହା କହି ନୀଳିମାର ମୁଣ୍ଡର ସ୍କାର୍ଫଟିକୁ ଭିଡ଼ି କରି ଖୋଲିଦେଲା। ମୁଁ ନୀଳିମା ମୁଣ୍ଡକୁ ଅନାଇଦେଇ ଚମକି ପଡ଼ିଲି। "ଏ କ'ଣ ତାକୁ ଏମିତି ଲାଣ୍ଡି କଲା କିଏ?" ମୁଁ ଜୋର ପାଟିରେ ପଚାରିଲି, "ଆରେ ତୋର ଏଡେ ମୋଟା ମୋଟା ବେଣୀକୁ କାଟି ତୋତେ ଏମିତି ଲାଣ୍ଡି କଲା କିଏ?"

ଭୋ ଭୋ କରି କାନ୍ଦି ମୋତେ କୁଣ୍ଢାଇ ପକାଇଲା ନୀଳିମା, କହିଲା, "ଦିଦି, ମୁଁ ନିଜେ ହିଁ ଆଜି ମୋର ଚୁଟିକୁ ସେଲୁନ୍‌ରେ କାଟି ଲାଣ୍ଡି ହୋଇଗଲି। ଗତକାଲି ଈଶାନୀକୁ ଲାଣ୍ଡି ଲାଣ୍ଡି ବୋଲି କହି ସାଙ୍ଗମାନେ ଚିଡ଼ାଉଥିଲେ, ହସୁଥିଲେ, ଥଟ୍ଟା କରୁଥିଲେ। ମୁଁ ସେ ସବୁ ସହି ପାରିଲି ନାହିଁ ଦିଦି, ତେଣୁ ମୁଁ ଭାବିଲି ମୁଁ ବି ଲାଣ୍ଡି ହୋଇଗଲେ ଈଶାନୀକୁ ବି ଆଉ ଏତେ ଲାଜ ଲାଗିବ ନାହିଁ। ଈଶାନୀ ବହୁତ ଯନ୍ତ୍ରଣା ପାଇସାରିଲାଣି ଦିଦି। ଆଉ ତାକୁ ମୁଁ ଦୁଃଖି ଦେଖିବାକୁ ଚାହୁଁନି।"

ନିଜ ଆଖିକୁ ଓ କାନକୁ ମୁଁ ନିଜେ ହିଁ ବିଶ୍ୱାସ କରିପାରୁନଥିଲି। ଲଥ୍ କରି ବାରଣ୍ଡାରେ ପଡ଼ିଥିବା କାଠ ଚେୟାର ଉପରେ ବସି ପଡ଼ି ଦୁଇଜଣଙ୍କୁ ମୋ ଆଡ଼କୁ ଆଉଜେଇ ଆଣିଲି। ଏତେ ଛୋଟ ବୟସର ଝିଅଟିର ଏତେ ପରିପକ୍ୱ ଭାବନା! ଏତେ ଗଭୀର ତ୍ୟାଗ। ଏଇ କିଶୋରୀ ବୟସରେ ଝିଅମାନେ ନିଜ କେଶ ପାଇଁ, ନିଜ ରୂପ ସଜ୍ଜା ପାଇଁ କେତେ କ'ଣ କରନ୍ତି, ହେଲେ ଏ ଝିଅଟି ନିଜ ସାଙ୍ଗ ପାଇଁ ସେ ସବୁକୁ ତ୍ୟାଗ କରି ଅସୁନ୍ଦରୀ ଦେଖାଯିବାକୁ ଶପଥ ନେଇଛି। ବନ୍ଧୁତ୍ୱର ଅନେକ

ଆଦର୍ଶ ମୁଁ ଦେଖିଛି ହେଲେ ଏ ଯେ ସବୁଠୁ ନିଆରା ଉଦାହରଣ। ବଡ଼ ମନଛୁଆଁ ଆବେଗ। ପଚାରିଲି, "ନୀଳିମା, ଘରେ ତୋର ବାପା ବୋଉ ଏକଥା ଜାଣନ୍ତି?" ନୀଳିମା ଚୁପ୍ ରହିଲା। ଈଶାନୀ ଉତ୍ତର ଦେଲା, "ନା' ଦିଦି, ନୀଳିମା ଘରେ କିଛି କହିନି। ଆଜି ଅଧଘଣ୍ଟା ଆଗରୁ ଘରୁ ବିଦ୍ୟାଳୟକୁ ଯାଉଛି କହି ପଳାଇ ଆସିଛି। ବାଟରେ ନିଉ ଫେସନ୍ ସେଲୁନ୍‌ରେ ଲାଣ୍ଡି ହୋଇଯାଇଛି। ପ୍ରଥମେ ସେଲୁନ୍ ବାଲା ମନା କରୁଥିଲା। ମିଛରେ ମୁଣ୍ଡରେ ବହୁତ ଉକୁଣି ହୋଇଛି। ମା' କହିଲେ ଲାଣ୍ଡି ହେଲେ ଭଲ ଚୁଟି ହେବ ଏମିତି କହି ନିଜେ ଲାଣ୍ଡି ହୋଇଛି। ତେଣୁ ଏବେ ଘରକୁ ଯିବାକୁ ଡ଼ରୁଛି। କାଳେ ଘରେ ଗାଳି ଦେବେ ତେଣୁ ଘରକୁ ଯାଉନି।"

ଏଇମିତି କଥା ହେଉ ହେଉ ଈଶାନୀର ବାପା ଓ ନୀଳିମାର ବାପା ମଧ୍ୟ ଝିଅ ଦୁହିଁକୁ ଖୋଜି ଖୋଜି ଆସି ମୋ ବସାରେ ପହଞ୍ଚିଲେ। ମୋ ଠୁ ସବୁ କଥା ଶୁଣିଲେ, ମୋତେ ଡ଼ର ଲାଗୁଥିଲା ଯେ ନୀଳିମାର ବାପା ନିଶ୍ଚୟ ନୀଳିମା ଉପରେ ଖୁବ୍ ବିଗିଡ଼ିବେ। ହେଲେ ମାନିଗଲି ସେଦିନ ଦରଦୀ ଝିଅର ଦରଦୀ ବାପାଙ୍କୁ। ନିଜ ଝିଅକୁ କୁଣ୍ଢାଇ ପକାଇ କହିଲେ, "ଆଲୋ ଝିଅ, ତୋ ଭଳି ଅନ୍ୟ ଦୁଃଖରେ ଦୁଃଖି ହେବା ଭଳି ଝିଅଟେ ସଂସାରରେ ବିରଳ। ତୋ ପାଇଁ ମୋ ଛାତି ଆଜି କୁଣ୍ଢେ ମୋଟ। ଛାର ଏ ଚୁଟି। ଛାର ଏ ବେଣୀ! ବିନା ବେଣୀରେ ମୋ ଝିଅ ତ ଆଜି ତ୍ୟାଗର ରାଣୀ। ଚାଲ ଘରକୁ ଚାଲ, ଡ଼ରନି, ମୁଁ ତୋ ମା'କୁ ବୁଝାଇ ଦେବି।"

ଗୋଟିଏ ଅଳ୍ପ ପାଠ ପଢ଼ିଥିବା ବ୍ୟବସାୟୀ ଲୋକଟିରେ ଏଭଳି ବିବେକ ଦେଖି ମୁଁ ମଧ୍ୟ ସେଦିନ ବିସ୍ମିତ ହୋଇଗଲି। ନୀଳିମା ମୁଣ୍ଡରେ ପୁଣି ସେ ସ୍କାର୍ଫଟି ବାନ୍ଧିଦେଲି। ଘର ଭିତରକୁ ଯାଇ ଟ୍ରଙ୍କ ଭିତରେ ଥିବା ମୋର ଗୋଟିଏ ସ୍କାର୍ଫ ଆଣି ଈଶାନୀ ମୁଣ୍ଡରେ ମଧ୍ୟ ବାନ୍ଧିଦେଲି। ଦୁହେଁ ଏକାଭଳି ଦେଖାଗଲେ। ଦୁଇ ସାଙ୍ଗ ହସି ପକାଇ କୁଣ୍ଢାକୁଣ୍ଢି ହୋଇଗଲେ। ମୋ ଆଖିରେ ପାଣି ଜକେଇ ଆସିଲା। ବାପାଙ୍କର ହାତ ଧରି ଝିଅ ଦୁଇଜଣଙ୍କର ସେଦିନ ସେ ବିଦାୟର ଦୃଶ୍ୟ ମୋତେ ସ୍ତବ୍ଧ ଓ ମୁଗ୍ଧ କରିଦେଇଥିଲା। ଭାବିଥିଲି ସମୟ ମିଳିଲେ ଏଇ ଘଟଣାକୁ ନେଇ ନିଶ୍ଚୟ ଦିନେ ଗପଟେ ଲେଖିବି।

■

ବହି ସେପାରି ଜୀବନ

ପ୍ରତି ବର୍ଷ ଆମର ଶିକ୍ଷକ ତାଲିମ୍ ଅନୁଷ୍ଠାନର ଛାତ୍ରଛାତ୍ରୀ ମାନେ ଦୁଇମାସ ବିଦ୍ୟାଳୟ ଶିକ୍ଷାର ଅଭିଜ୍ଞତା ପାଇଁ ଭୁବନେଶ୍ୱରର ବିଭିନ୍ନ ସରକାରୀ ଓ ବେସରକାରୀ ବିଦ୍ୟାଳୟକୁ ଯାଆନ୍ତି। ସେମାନେ ସେଠି ପ୍ରକୃତ ଶ୍ରେଣୀ ଗୃହରେ ଶିକ୍ଷାଦାନ କରିବାର ଦକ୍ଷତା ହାସିଲ୍ କରନ୍ତି। ଅନୁଷ୍ଠାନର ଅଧ୍ୟାପକ/ଅଧ୍ୟାପିକାଙ୍କୁ ତାଲିମ ନେଉଥିବା ଛାତ୍ରଛାତ୍ରୀମାନଙ୍କର ଶିକ୍ଷାଦାନର ଦକ୍ଷତାକୁ ମୂଲ୍ୟାୟନ କରିବା ପାଇଁ ସମ୍ପୃକ୍ତ ବିଦ୍ୟାଳୟକୁ ଯିବାକୁ ପଡେ। ସବୁ ବର୍ଷ ଭଳି ସେ ବର୍ଷ ମଧ୍ୟ କ୍ୟାପିଟାଲ୍ ଉଚ୍ଚବିଦ୍ୟାଳୟକୁ ଆମର ଗୋଟିଏ ଛାତ୍ରଛାତ୍ରୀ ଦଳ ଉପରୋକ୍ତ ତାଲିମ୍ ପାଇଁ ଯାଇଥାନ୍ତି। ସେମାନଙ୍କର ମୂଲ୍ୟାଙ୍କନ କରିବାର ଦାୟିତ୍ୱ ମୋ ଉପରେ ନ୍ୟସ୍ତ କରାଯାଇଥାଏ।

ଯଥାରୀତି ମୋର ପରିଚିତ ଅଟୋ ବାଲା 'ପ୍ରଭୁ'କୁ ମୋତେ ବିଦ୍ୟାଳୟକୁ ନବା ଆଣିବା କରିବାକୁ କହିଥାଏ। ମୋତେ ଯେତେବେଳେ ବର୍ଷକୁ ଥରେ ଏହି ବିଦ୍ୟାଳୟକୁ ଛାତ୍ରଛାତ୍ରୀମାନଙ୍କୁ ନିରୀକ୍ଷଣ କରିବା ପାଇଁ ଯିବାକୁ ପଡ଼େ ପ୍ରଭୁ ଖୁବ୍ ଖୁସି ହୁଏ, ହସି ହସି କହେ, "ମ୍ୟାଡାମ୍ ବିଦ୍ୟାଳୟ ଯିବେ, ପିଲାଙ୍କ ଭଳି ବିଦ୍ୟାଳୟ ବ୍ୟାଗ୍ ଓ ପାଣି ବୋତଲ ଧରି।" ତା'କୁ ବି ମଜା ଲାଗେ ବିଦ୍ୟାଳୟରୁ ବିଦ୍ୟାଳୟକୁ ମୋ ସହିତ ବୁଲିବାକୁ। ମୋତେ ବି ବର୍ଷକୁ ଥରେ ଏଇ ବିଦ୍ୟାଳୟ ପରିଭ୍ରମଣର କାର୍ଯ୍ୟକ୍ରମଟି ଖୁବ୍ ଆନନ୍ଦ ଦିଏ। ଆକାଶୀ ରଙ୍ଗର ବିଦ୍ୟାଳୟ ଇଉନିଫର୍ମ ପିନ୍ଧା ଛାତ୍ରୀମାନଙ୍କ ଭିତରେ ମୁଁ ସେଇ ଚାଳିଶ ବର୍ଷ ତଳର ବାଳିକାଟିକୁ ପୁଣିଥରେ ଖୋଜିବାକୁ ଚେଷ୍ଟା କରେ।

ମୁଁ ଲକ୍ଷ୍ୟ କରେ କ୍ୟାପିଟାଲ୍ ଉଚ୍ଚବିଦ୍ୟାଳୟକୁ ଯିବାର ଥିଲେ ପ୍ରଭୁ ଟିକେ ବେଶୀ ଉତ୍ସାହିତ ଥାଏ। ବିଦ୍ୟାଳୟର ଫାଟକରେ ମୋତେ ନ ଓହ୍ଲାଇ ଦେଇ, ପୁରା ହତା ଭିତରକୁ ଅଟୋ ନେଇ ଗୋଟିଏ ଗଛ ମୂଳରେ ଅଟୋ ଛିଡା କରେ। ମୁଁ ଓହ୍ଲାଇ

ଗଲା ପରେ ବି ଅଟୋ ଭିତରେ ବସି ରହି ଏପଟ ସେପଟ କିଛି ସମୟ ଅନାଏ, ତା'ପରେ ସେଠୁ ଯାଏ।

ଏମିତି ଗୋଟିଏ ବର୍ଷ ଥରେ କ୍ୟାପିଟାଲ୍ ଉଚ୍ଚବିଦ୍ୟାଳୟକୁ ଯାଇଥାଏ। ଅପରାହ୍ଣ ୨.୩୦ ରେ ଆମ ଅନୁଷ୍ଠାନର ପିଲାଙ୍କର ସେହି ବିଦ୍ୟାଳୟରେ ପାଠ ପଢ଼େଇବାର କାର୍ଯ୍ୟସୂଚୀ ଥାଏ। ମୋତେ ତାଙ୍କ ଶ୍ରେଣୀରେ ବସି ସେମାନଙ୍କର ଶିକ୍ଷାଦାନ କରିବାର ଦକ୍ଷତାକୁ ମୂଲ୍ୟାଙ୍କନ କରିବାକୁ ହେବ। ପ୍ରଭୁ ମୋତେ ଅଟୋରୁ ଓହ୍ଲାଇ ଦେଲାପରେ ମୁଁ ତରତରରେ ବିଦ୍ୟାଳୟ ଆଡକୁ ମୁହାଁଇଲି। ପଛରୁ ଧୀର କଣ୍ଠରେ ପ୍ରଭୁ ଡାକିଲା ମ୍ୟାଡାମ୍। ମୁଁ ପଛକୁ ଅନେଇଲି, ପ୍ରଭୁ ମୋ ପାଖକୁ ଆସି, କହିଲା, "ମ୍ୟାଡାମ୍ ଗୋଟେ ଅନୁରୋଧ କରିବି।" ମୁଁ କହିଲି, "କ'ଣ କୁହ।" ପ୍ରଭୁ କହିଲା, "ଆଜିର ଭଡା ନେବିନି ମ୍ୟାଡ଼ାମ୍, ଆପଣ ମୋର ଗୋଟିଏ କାମ କରି ଦିଅନ୍ତୁ।" ମୁଁ ଆଶ୍ଚର୍ଯ୍ୟ ହେଲି ଏମିତି କ'ଣ କହୁଛି ! ଭଡା କାହିଁକି ନବନି ? କ'ଣ ଏମିତି କାମ ? ପ୍ରଭୁ କହିଲା, "ମ୍ୟାଡାମ୍ ମୁଁ ଏଇ ବିଦ୍ୟାଳୟର ଛାତ୍ର ଥିଲି। ନବମ ଶ୍ରେଣୀରୁ ପାଠ ଛାଡିଲି, ବିଦ୍ୟାଳୟ ଛାଡିଲି। ଥରେ ବିଦ୍ୟାଳୟ ଭିତରକୁ ଯାଇ ବୁଲି ଦେଖିବାକୁ ପ୍ରବଳ ଇଚ୍ଛା ହେଉଛି। ଯେତେ ଥର ଆପଣଙ୍କୁ ଆଣେ କିଛି ସମୟ ଅଟୋ ଭିତରେ ବସି ସେହି ପୁରୁଣା ଦିନକୁ ମନେ ପକାଏ। ବିଦ୍ୟାଳୟର ପ୍ରତ୍ୟେକଟି ଗଛ ଓ ଗଛମୂଳ ଚଉତରା ମୋର ପରିଚିତ। ଆପଣ ମୋତେ ଥରେ ବିଦ୍ୟାଳୟ ଭିତରକୁ ନେଇ ଯିବେ ? ମୁଁ ତ ଏବେ 'ଅଟୋବାଲା' ମୋତେ ଏମାନେ କ'ଣ ବିଦ୍ୟାଳୟ ପରିସର ବୁଲି ଦେଖିବାକୁ ଅନୁମତି ଦେବେ ? ଆପଣଙ୍କ ସାଙ୍ଗରେ ଯଦି ଥରେ ବିଦ୍ୟାଳୟ ଭିତରକୁ ପଶି ପାରନ୍ତି ତା' ହେଲେ ପୁଣି ଟିକେ ସେଇ ଛାଡିଥିବା ଶ୍ରେଣୀଗୃହ ଗୁଡିକୁ ଦେଖିପାରନ୍ତି।"

ମୋତେ ବଡ ଦୟା ଲାଗିଲା। ଆହା, କେତେ ଦରଦ ଲୋକଟିର ବିଦ୍ୟାଳୟ ପ୍ରତି। ବିଦ୍ୟାଳୟ ଛାଡିଛି ହେଲେ ବିଦ୍ୟାଳୟର ମାୟାକୁ ଛାଡିପାରିନି। ଭାରୀ ବିକଳ ଲାଗିଲା। ମୁଁ କହିଲି, "ହଉ ତୁମେ ଏବେ ଯାଅ। ମୁଁ ପ୍ରଧାନ ଶିକ୍ଷୟତ୍ରୀଙ୍କ ଅନୁମତି ନେଇ ତୁମକୁ ତୁମର ବିଦ୍ୟାଳୟ ବୁଲାଇବାର ବ୍ୟବସ୍ଥା କରିବି। ବିଦ୍ୟାଳୟ ଛୁଟି ହେବା ସମୟରେ ତୁମେ ମୋତେ ନବାକୁ ଆସିଲା ବେଳକୁ ମୁଁ ଅନୁମତି ନେଇଥିବି।"

ଦୁଇଟି ଶିକ୍ଷକ ଟ୍ରେନିଂ - ଛାତ୍ରଙ୍କର ପାଠ ପଢ଼ାଇବା ପ୍ରଣାଳୀକୁ ମୂଲ୍ୟାଙ୍କନ କଲି। ତା'ପରେ ପ୍ରଧାନ ଶିକ୍ଷୟତ୍ରୀଙ୍କୁ ଭେଟିବାକୁ ଗଲି। ସଂଯୋଗ ବଶତଃ ସଂଘମିତ୍ରା ଦାଶ, ଏବେର ପ୍ରଧାନ ଶିକ୍ଷୟତ୍ରୀ ଆମ ରିଜିଓନାଲ୍ ଶିକ୍ଷକ ତାଲିମ ମହାବିଦ୍ୟାଳୟର ପୁରାତନ ଛାତ୍ରୀ। ତେଣୁ ଆମ ମହାବିଦ୍ୟାଳୟର ଶିକ୍ଷକମାନଙ୍କୁ ଖୁବ୍ ଶ୍ରଦ୍ଧା କରେ। ମୁଁ ପଶିଲା କ୍ଷଣି ଉଠି ଛିଡା ହୋଇପଡିଲା। ମୁଁ କହିଲି, "ଆରେ ଉଠନି, ବସି କାମ କର।

ମୁଁ ଗୋଟିଏ ଭାବପୂର୍ଣ୍ଣ ଅନୁରୋଧ କରିବି। ସମ୍ଭବ ହେଲେ ଟିକେ ଅନୁମତି ଦିଅ।" ସଂଘମିତ୍ରା ପୁରା ବ୍ୟସ୍ତ ହୋଇପଡିଲା। "ମ୍ୟାଡାମ୍, ଦୟା କରି କୁହନ୍ତୁ। ମୁଁ ନିଶ୍ଚୟ ଚେଷ୍ଟା କରିବି।" ତା'ପରେ ମୁଁ ପ୍ରଭୁର ବିଦ୍ୟାଳୟ ଦେଖିବାର ବ୍ୟାକୁଳତା କଥା କହିଲି। ସଂଘମିତ୍ରା କହିଲା, "ମ୍ୟାଡାମ୍ ଆମର ଶେଷ ପରିୟଡ଼ଟି ଆଜି ସ୍ଥଗିତ ହୋଇଛି। ଷାଣ୍ମାଷିକ ପରୀକ୍ଷା ପାଇଁ ଶିକ୍ଷକ ମାନଙ୍କର ବୈଠକ ଅଛି। ତେଣୁ ପିଲାଙ୍କ ଛୁଟି ହେଲାପରେ ଶ୍ରେଣୀ ଗୃହ ଗୁଡିକ ଖାଲି ହୋଇଯିବ। ଆପଣଙ୍କର ଅଟୋବାଲାଟି ସ୍ୱଚ୍ଛନ୍ଦରେ ତଳ ଓ ଉପର ମହଲାର ଶ୍ରେଣୀଗୃହ ଗୁଡିକ ଦେଖିପାରିବ।"

ମୁଁ କହିଲି, "ହଁ ଭଲ ହେଲା, ମୁଁ ବି ତା ସହ ରହି ବିଦ୍ୟାଳୟଟିକୁ ଭଲ କରି ବୁଲି ଦେଖିବି। ବହୁତ ପୁରୁଣା ଓ ଖ୍ୟାତନାମା ବିଦ୍ୟାଳୟ ଥିଲା। ଏବେ ସିନା ଇଂରାଜୀ ମାଧ୍ୟମ ବିଦ୍ୟାଳୟ ସବୁ ହେବାରୁ ଏହାର ଗୁରୁତ୍ୱ କମିଯାଇଛି।"

ପ୍ରଭୁ ଠିକ୍ ସମୟରେ ମୋତେ ନେବାକୁ ଆସିଲା। ଅଟୋ ପାଖକୁ ଯାଇ ତାକୁ ମୋ ସହ ଡାକି ଆଣିଲି। ଖୁସିରେ ତା' ଆଖି ଦୁଇଟା ଚିକ୍‌ଚିକ୍ କରୁଥାଏ। ପ୍ରଥମେ ତଳ ମହଲାର ପ୍ରାଥମିକ ଶ୍ରେଣୀର କୋଠରୀ ସବୁ ଦେଖିଲା। ବାରନ୍ଦା ଶେଷରେ ଥିବା ଗ୍ରନ୍ଥାଗାରକୁ ମୋତେ ନେଇଗଲା। ମୁଁ ବି ଆଗରୁ ଜାଣିନଥିଲି କି ଦେଖି ନ ଥିଲି ଯେ ବିଦ୍ୟାଳୟର ଏତେ ସୁନ୍ଦର ଗ୍ରନ୍ଥାଗାରଟି ଅଛି। ଅନେକ ପୁରୁଣା ଗ୍ରନ୍ଥାବଳୀ ସବୁ ରହିଛି। ହେଲେ ଅଧେ ଜାଗାରେ ସରକାର ତରଫରୁ ବଣ୍ଟାଯିବା ପାଇଁ ଆସିଥିବା ନୂଆ ବହି ସବୁ ଗଦା ହୋଇଛି। ତେଣୁ ଅନେକ ପ୍ରାଚୀନ ଗ୍ରନ୍ଥ ଓ ଗ୍ରନ୍ଥାବଳୀ ଅବହେଳିତ ହୋଇ ଏଠି ସେଠି ପଡିରହିଛି। ପ୍ରଭୁ କହିଲା, ତା' ସମୟରେ ଗ୍ରନ୍ଥାଗାର ପିରିୟଡ୍‌ରେ ମାସକୁ ଥରେ ଗୋଟିଏ ଗପ ବହି ପଢିବାକୁ ଦିଆହେଉ ଥିଲା। ମୁଁ ଗୋଟେ ଗପ ବହିର ନାଁ ପଚାରିବାରୁ ସଠିକ୍ ଭାବରେ 'ଟମ୍ କକାଙ୍କ କୁଟୀର' ବହିଟି ଏହି ଗ୍ରନ୍ଥାଗାରରୁ ନେଇ ପଢିଥିବାର କହିଲା। ମୋତେ ଭାରି ଆନନ୍ଦ ଲାଗିଲା ଯେ ପ୍ରଭୁ ଏ ପର୍ଯ୍ୟନ୍ତ ବହିର ନାଁ ଓ ତା'ର ବିଷୟବସ୍ତୁ ଭୁଲି ନାହିଁ। ତା'ପରେ ଆମେ ଗଲୁ ଉପର ମହଲାକୁ। ଉପର ମହଲାର ସିଡିରୁ ବାଁ ପଟର ସବୁ ଶ୍ରେଣୀ ଗୃହଗୁଡିକ ମୋତେ ଗୋଟି ଗୋଟି କରି ଦେଖେଇଲା ପ୍ରଭୁ। କହିଲା, "ଏବେ ଚଟାଣ ଗୁଡିକରେ ଟାଇଲ୍‌ସ ପଡିଛି, ହେଲେ ଆମ ବେଳେ ସିମେଣ୍ଟ ଚଟାଣ ଥିଲା। ତା'ପରେ ଡାହାଣ କଡର ଦ୍ୱିତୀୟ ଶ୍ରେଣୀ ଗୃହଟିକୁ ଯାଇ ଅଟକି ଗଲା ସେ। କହିଲା, "ଏହି ନେତାଜୀ କକ୍ଷଟି ନବମ ଶ୍ରେଣୀ ଥିଲା। ଏଇ ଶ୍ରେଣୀ ଗୃହରୁ ମୁଁ ବିଦ୍ୟାଳୟ ଛାଡିଲି।" କକ୍ଷ ଭିତରେ ପଶି କଳାପଟା, ସବୁ ବେଞ୍ଚ ଡେସ୍କ ଓ କାନ୍ଥ ଗୁଡିକୁ ହାତ ମାରି ମାରି ଛୁଇଁଲା ପ୍ରଭୁ। ଦ୍ୱିତୀୟ ଧାଡିର ଝରକା ପାଖର ଗୋଟିଏ ବେଞ୍ଚ ଉପରେ ବସି ପଡି କହିଲା, 'ମ୍ୟାଡାମ୍ ମୁଁ ଏଇଠି ବସୁଥିଲି', ଝରକା ବାହାରର ପଡ଼ିଆକୁ

ଦେଖାଇ କହିଲା, "ଦେଖନ୍ତୁ ମ୍ୟାଡାମ୍ କେତେ ବଡ ଖେଳ ପଡିଆ। ଏଭଳି ପଡ଼ିଆ ଭୁବନେଶ୍ୱରର କେଉଁ ବିଦ୍ୟାଳୟରେବି ନାହିଁ। ମୁଁ ଭଲ ଫୁଟ୍‌ବଲ୍ ଖେଳୁଥିଲି, ଏଇ ପଡିଆରେ ରାଜ୍ୟସ୍ତରୀୟ ପ୍ରତିଯୋଗିତାରେ ମ୍ୟାଚ୍ ଖେଳିଛି। ସେ ସବୁ ଦିନ ଏବେ ମନେ ପଡିଲେ ଯେତିକି ଆନନ୍ଦ ଲାଗେ ସେତିକି ଅନୁତାପ ମଧ୍ୟ ହୁଏ ମ୍ୟାଡାମ୍।"

ମୁଁ ପଚାରିଲି, "ହେଲେ ହଠାତ୍ ନବମ ଶ୍ରେଣୀରେ ପାଠ କାହିଁକି ଛାଡିଲ ? ତୁମେ ତ ଭଲ ଛାତ୍ର ଥିଲ, ଭଲ ପଢୁଥିଲ।" ଗୋଟିଏ ଦୀର୍ଘଶ୍ୱାସ ନେଇ ପ୍ରଭୁ କହିଲା, "ଶୁଣିବେ ମ୍ୟାଡାମ୍ ମୋ କାହାଣୀ, ମୋର ବେଦନାର ଇତିହାସ ? ଏହା କହି ମୋତେ ଶିକ୍ଷକଙ୍କ ପାଇଁ ଉଦ୍ଦିଷ୍ଟ ଚେୟାରଟି ଟାଣି ଆଣି ବସେଇ ଦେଇ ନିଜେ ଛାତ୍ରମାନେ ବସୁଥିବା ସରୁଆ ବେଞ୍ଚରେ କଡ଼େଇ ହୋଇ ବସିଲା ପ୍ରଭୁ। ଛଳ ଛଳ ଆଖିରେ ତା'ର ବିତେଇ ଥିବା ଦିନ ଗୁଡ଼ିକର କଥା କହିବାରେ ଲାଗିଲା ପ୍ରଭୁ। ମୁଁ ବି ମନଯୋଗ ସହକାରେ ଧୈର୍ଯ୍ୟ ଧରି ଗୋଟିଏ ଅନୁତପ୍ତ ଛାତ୍ରର ସଂଘର୍ଷମୟ ଅତୀତକୁ ଶୁଣିବାକୁ ଆଗ୍ରହ ସହକାରେ ବସି ରହିଲି।

ପ୍ରଭୁ ଆରମ୍ଭ କଲା, "ଆମେ ମ୍ୟାଡାମ୍ ଏଇ ବମିଖାଲ ରେଳ ଧାରଣା କଡ ବସ୍ତିରେ ରହୁଥିଲୁ। ବାପା ଟ୍ରଲି ଚଲାନ୍ତି ଆଉ ବୋଉ ମୂଲ ଲାଗିବାକୁ ଯାଏ। ଭଉଣୀଟି ମୋ'ଠୁ ବଡ ତେଣୁ ତା'ର ଶୀଘ୍ର ବିଭାଘର ହୋଇଯାଇଥାଏ। ତେଣୁ ପିଲା ବୋଲି ଘରେ ମୁଁ ଏକା। ବାପାଙ୍କର ଇଚ୍ଛା ଥିଲା କଷ୍ଟେ ମଷ୍ଟେ ମୋତେ କମ୍‌ସେ କମ୍ ମେଟ୍ରିକ୍ ପାଶ୍ କରାଇବା। ମୁଁ ବି ପିଲାଦିନରୁ ଭଲ ପାଠ ପଢୁଥିଲି। ଭାରି ବାଧ୍ୟ ଓ ଶୃଙ୍ଖଳିତ ଥିଲି, ଘରେ ଆଉ କେହି ନଥିବାରୁ ବୋଉକୁ ଘର କାମରେ ସାହାଯ୍ୟ ମଧ୍ୟ କରି ଦେଉଥିଲି। ବାପା, ବୋଉ ବେଳେ ବେଳେ ଭୋରରୁ କାମକୁ ବାହାରି ଯାଆନ୍ତି। ତେଣୁ ନିଜ ହାତରେ ରାନ୍ଧି, ବାଢି, ଖାଇ ବାସନ ମାଜି ମଧ୍ୟ ବେଳେ ବେଳେ ବିଦ୍ୟାଳୟକୁ ଆସେ। ଶ୍ରେଣୀରେ ପ୍ରଥମ, ଦ୍ୱିତୀୟ ନ ହେଲେ ମଧ୍ୟ ଦୁଇ ଉପବିଭାଗର ପିଲାଙ୍କ ଭିତରେ ପ୍ରଥମ ଦଶଜଣ ଭିତରେ ରହୁଥିଲି। ସବୁ ଠିକ୍ ଠାକ୍ ଚାଲିଥିଲା, ହଠାତ୍ ଦିନେ ବିଦ୍ୟାଳୟରୁ ଫେରି ଦେଖେ କିଛି ସରକାରୀ ଅଧିକାରୀ ମାନେ ଆସି ବୁଲ୍‌ଡୋଜର ଓ ଜେସିବି ମେସିନ୍ ଦ୍ୱାରା ଆମ ବସ୍ତିର ଘର ଗୁଡିକ ଭାଙ୍ଗି ଦେଇ ଯାଇଛନ୍ତି। ମଝିରେ ମଝିରେ ଆମକୁ ଘର ଭାଙ୍ଗିବାର ନୋଟିସ୍ ଆସେ ହେଲେ ପରେ ତାହା ଆଉ କାର୍ଯ୍ୟକାରୀ ହୁଏ ନାହିଁ। ଏଥର କିନ୍ତୁ ବିନା ନୋଟିସ୍‌ରେ ଘର ଭାଙ୍ଗିଦେଲେ। ବୋଉ କାମକୁ ବାହାରି ଯାଇଥିଲା, ବାପାଙ୍କୁ ସେତେବେଳକୁ ୪ ଦିନ ହେବ ମ୍ୟାଲେରିଆ ଜ୍ୱର ଆସୁଥାଏ। ବୋଉ ଖବର ଶୁଣି ଦୌଡି ଆସିଲା ବେଳକୁ ଆମର ଘର ଭଙ୍ଗା ସରିଲାଣି। ଯାହା ଆମର ଚଳଣି ଜିନିଷ, ମୋର ବହିପତ୍ର ଓ ଲୁଗାପଟା

ଇତ୍ୟାଦି ରାସ୍ତାରେ ଦଳଚକଟା ହେଉଥାଏ। ମୁଁ ସେତେବେଳେ ନବମରେ ପଢୁଥାଏ। ବିଦ୍ୟାଳୟରୁ ଫେରି ଏସବୁ ଦେଖି ଭେଁ ଭେଁ ହୋଇ କାନ୍ଦି ପକାଇଲି। ଅଗଷ୍ଟ ମାସ, ସେଦିନ ପୁଣି ଢୁ ଢୁ ବର୍ଷା ହେଉଥାଏ। ବାପା, ବୋଉ ଓ ମୁଁ ଓଦା ସଡ ସଡ ହୋଇ ହାଣ୍ଡି, ଡେକ୍‌ଚି, ବାକ୍ସ ଲୁଗାପଟା, ଗୋଟାଗୋଟି କରି ଖଣ୍ଡେ ପଲିଥିନ୍ ଟାଣି ଭଙ୍ଗା ଢିଅ ଉପରେ ଆଣି ରଖିଲୁ। ଚୁଲି ମୁଣ୍ଡରେ ଆଣ୍ଠୁଏ ପାଣି। ମୁଣ୍ଡରେ ବଜ୍ର ପଡିଲା କେଉଁଠି ରହିବୁ। କ'ଣ ଖାଇବୁ? ବାପା ଓଦା ହେବାରୁ ପ୍ରବଳ ଜ୍ୱର ଆସିଲା ତାଙ୍କୁ। ସନ୍ଧ୍ୟା ହେବାରୁ ଲଣ୍ଠନଟିଏ ଜାଳି ଗୋଟିଏ କଣକୁ ପଲିଥିନ୍ ପକାଇ ବସିଥାଉ। ଆଖି ଆଗରେ ଆମ ଉଜୁଡା ସଂସାର। କୁଆଡେ ଯିବୁ, କେଉଁଠି ରହିବୁ ଏହି ଚିନ୍ତାରେ ବାପା ବୋଉ ଅଥୟ ହେଉଥାନ୍ତି। ଦିନ ସାରା କେହି କିଛି ଖାଇନାହାନ୍ତି। ବାପା ବି ଜ୍ୱରରେ ଚାରିଦିନ ହେଲା ଠିକ୍‌ରେ ଖିଆ ପିଆ କରିନାହାନ୍ତି। ବୋଉକୁ ପଚାରିଲି, "କ'ଣ ଖାଇବା, ଚୁଲିରେ ତ ପାଣି ପଶିଛି। ବିଡ଼େ କାଠ ଯାହାଥିଲା ତାହା ଓଦା ହୋଇ ପାଣିରେ ଭାସୁଛି।" ଆମ ଘରେ ଗୋଟେ କିରାସିନି ଷ୍ଟୋଭ୍ ଥିଲା। ସେଇଟା ଉଚ୍ଚା ଜାଗାରେ ଥିବାରୁ ଭାଙ୍ଗିନି, ବୋଉ କହିଲା "ମୋତେ କିରାସିନି ଡବାଟା ଦେ, ମୁଁ ଶଙ୍କର ଘରୁ ଟିକେ କିରାସିନି ମାଗି ଆଣେ। ଷ୍ଟୋଭ୍‌ରେ ଭାତ ଗଣ୍ଡେ ରାନ୍ଧିବା"। ଦୁଇ ଆଣ୍ଠୁ ଭିତରେ ମୁହଁଟି ଜାକି ବାପା ବସିଥାନ୍ତି। ବୋଉ ଗଲା କିରାସିନି ମାଗିବା ପାଇଁ, ଅଧଘଣ୍ଟା ପରେ ଫେରି ଆସି ଲଥ୍ କିନା ବସିପଡି କହିଲା ଶଙ୍କର ବୋଉ ମନାକଲା ତାଙ୍କ ଘରେ କିରାସିନି ନାହିଁ। ଚିନ୍ତାରେ ପଡିଲୁ, ଏବେ ସମସ୍ତଙ୍କ ଘରେ କାନ୍ଦ ବୋବାଳି, କାହାକୁ କିଏ ସାହାଯ୍ୟ କରିବ? ବୋଉକୁ ବାପା ପାଖରେ ବସେଇ ଦେଇ ମୁଁ ଝାଡି ଝୁଡି ହୋଇ ଉଠିଲି। କିଛି ତ କରିବାକୁ ପଡିବ, ଚାରିଦିନ ଅଖିଆ ଅପିଆ ଜରୁଆ ବାପା, ଦିନ ସାରା ଖଟି ଖଟି କ୍ଳାନ୍ତ ଭୋକିଲା ବୋଉ, ସକାଳେ ଗଣ୍ଡେ ପଖାଳ ଖାଇ ମୁଁ ବିଦ୍ୟାଳୟ ଫେରନ୍ତା। ତିନୋଟି ପେଟର ଭୋକର ଦାଉକୁ ଯାହା କରି କି ହେଉ ମୋତେ ଉପଶମ କରିବାକୁ ହେବ। ବୋଉଠୁ ଲଣ୍ଠନ ନେଇ ଆର ଚାଳିଆର ଭଙ୍ଗା ଘରକୁ ଅନେଇଲି। ପ୍ରଦର୍ଶନୀ ପଡିଆରୁ ଗତବର୍ଷ ଗୋଟେ ଟେରାକୋଟାର ଉଠାଚୁଲି କିଣି ଆଣିଥିଲି। ଦୈବାତ୍ ସେଇଟା ଅକ୍ଷତ ଥିବାର ଦେଖିଲି, ଫାଳେ ଝୁଲିଥିବା ଟିଣ ଖଣ୍ଡେ ତଳେ ତାକୁ ରଖିଲି। ଛତା ଧରି ଛକ ନଳକୂଅରୁ ଡେକ୍‌ଚିରେ ପାଣି ଆଣି ଚୁଲିରେ ଡେକ୍‌ଚି ବସେଇଲି। ହେଲେ ଜାଳିବି କ'ଣ? ଚାରିଆଡକୁ ନଜର ପକାଇଲି। ପଲିଥିନ୍ ଭିତରେ ସାଇତି ରଖିଥିବା ସପ୍ତମ ଓ ଅଷ୍ଟମ ଶ୍ରେଣୀର ପୁରୁଣା ବହି, ଖାତା, ପ୍ରାଇଜ୍ ବହି, ଇତ୍ୟାଦି ଉପରେ ନଜର ପଡିଲା। ହାଣ୍ଡିରେ ଚାଉଳ ଆଳୁ ଧୋଇ ପକାଇଲି। ସପ୍ତମ ବସ୍ତାନିଟି ଆଣି ଫର୍ଦ୍ଦେ ଫର୍ଦ୍ଦେ କରି

ବହି ପତ୍ର ଚିରି ଜାଳିଲି । ସେଥିରେ କେବଳ ପାଣି ଫୁଟିଲା । ତା'ପରେ ଅଷ୍ଟମ ଶ୍ରେଣୀର ବହି, ଖାତାପତ୍ର, ପୁରସ୍କାର ପାଇଥିବା ବହି ତକ ଚିରି ଚିରି ଜାଳିଲି । ସେଥିରେ ଚାଉଳ ଆଳୁ କେବଳ ଦରସିଜା ହେଲା । ଭୋକ ଓ ରାଗରେ ମୁଣ୍ଡ କ'ଣ ହୋଇଗଲା । ଦଉଡି ଯାଇ ନବମ ଶ୍ରେଣୀର ବିଦ୍ୟାଳୟ ବ୍ୟାଗ ଆଣି ନୂଆ ବହି ସବୁ ଫଡ୍ ଫଡ୍ କରି ଚିରି ଜୋର ଜୋରରେ ଚୁଲିରେ ଜାଳିଲି । ସବୁ ବହି ପତ୍ର ଜଳିଲା ପରେ ଚାଉଳ ଓ ଆଳୁ ନରମ ହେଲା । ଖାଲି ବିଦ୍ୟାଳୟ ବ୍ୟାଗ୍‌କୁ ଛାତିରେ ଜାକି ଧରି କଇଁ କଇଁ ହୋଇ କାନ୍ଦି ଉଠିଲି । ଭୋକିଲା ପେଟ ଓ କ୍ଷୁଧାର ଯନ୍ତ୍ରଣା ଆଗରେ ପାଠ, ବହିପତ୍ର, ଭବିଷ୍ୟତ ସବୁ ମୂଲ୍ୟହୀନ ।

ଗରମ ଗରମ ଭାତ ଓ ଆଳୁ ଚଟଣି ବାଢି ବାପା ବୋଉକୁ ଖାଇବାକୁ ଦେଲି । ଅତି ତୃପ୍ତିରେ ବାପା ବୋଉ ଖାଇବାର ଦେଖି ଖୁବ୍ ସନ୍ତୋଷ ଲାଗୁଥାଏ । ହେଲେ ନିଜ ବହିପତ୍ର ଜାଳି ସିଝାଇ ଥିବା ସେ ଭାତକୁ ମ୍ୟାଡାମ୍ ମୁଁ ବିଲକୁଲ୍ ଖାଇ ପାରିଲି ନାହିଁ । ନଳକୂଅରୁ ପାଣି ଢାଳେ ଆଣି ପିଇ ରାତିରେ ଶୋଇପଡିଲି ।

ତା'ପର ଦିନ ବାପାଙ୍କ ଟ୍ରଲିରେ ଯାହା ସବୁ ଭଙ୍ଗାରୁଜା ଖଣ୍ଡିଆ ଆସବାବ, ଲୁଗାପଟା, ବାସନ ଇତ୍ୟାଦି ଥିଲା ତାକୁ ଲଦିଲି । ବାପା ବହୁତ ଦୁର୍ବଳ ହୋଇ ଯାଇଥାନ୍ତି । ବାପାଙ୍କୁ ଟ୍ରଲିରେ ବସାଇଲି, ମା' ପଛରୁ ଟ୍ରଲି ଠେଲିଲା, ମୁଁ ଟ୍ରଲି ଗଡେଇ ଗଡେଇ ଜଣେ ସମ୍ପର୍କୀୟ ମାମୁଁ ରହୁଥିବା ସାଲିଆ ସାହି ବସ୍ତିକୁ ଆସିଲି । ସେଠି ମାମୁଁଙ୍କ ଚିହ୍ନା ପରିଚୟର ଗୋଟିଏ ଗ୍ୟାରେଜ୍‌ରେ କାମ କଲି । ବାପା ବୋଉ ସେଇଠୁ ଏତେ ଦୁର୍ବଳ ହୋଇଗଲେ ଯେ ଆଉ ସେମିତି କାମ ଧନ୍ଦା କରି ପାରିଲେ ନାହିଁ । ଦିନକୁ ଦିନ ଅସୁସ୍ଥ ହେଲେ । ତେଣୁ ସଂସାର ଦାୟିତ୍ୱ ମୋ ଉପରେ ପଡିଲା । ଗ୍ୟାରେଜରୁ ଅଟୋ ଚଲେଇବା ଶିଖି ଅଠର ବର୍ଷ ହେବା ପରେ ଲାଇସେନ୍‌ସ ବାହାର କରି ଏବେ ମାଲିକର ଅଟୋ ଚଳାଉଛି । ଆଉ ପାଠ ପଢିବା କଥା କେବେ ଭାବିବାର ଅବକାଶ ବି ପାଇନି । ହେଲେ ବିଦ୍ୟାଳୟକୁ ଦେଖି ଦେଲେ ମନଟା ବିଦ୍ରୋହ କରି ଉଠେ । ଅପ୍ରାପ୍ତି ଓ ବ୍ୟର୍ଥତାର କୋହରେ ମନଟା ଗୁମୁରି ଗୁମୁରି କାନ୍ଦେ । ତା' କାହାଣୀ ସରିଲା ବେଳକୁ ବିଦ୍ୟାଳୟର ପିଅନ ଆସି କହିଲା, "ମ୍ୟାଡାମ୍, 'ଶ୍ରେଣୀ ଗୃହ ତାଲା ପକାଇବି ।" ପ୍ରଭୁର ନିଜେ ଅଙ୍ଗେ ନିଭାଇଥିବା ବେଦନା ଓ ବିପ୍ଳବର ଏହି କରୁଣ ଚିତ୍ରଟିକୁ ଦିନେ ଗୋଟେ ଗପର ରୂପରେଖ ଦେବା କଥା ଭାବି ସେଦିନ ଘରକୁ ଫେରିଲି ।

■

ପ୍ରଥମ ଦଶଜଣ

କେରଳର ଗୋଟେ ଛୋଟ ସହର କୋଟ୍ଟାୟମ୍। ପଶ୍ଚିମଘାଟ ପର୍ବତମାଳାର ପଶ୍ଚିମ ପଟକୁ ସବୁଜ ବଣ ଜଙ୍ଗଲ ଭିତରେ ନିଆରା ସହରଟିଏ। ପୁଅ ଅନିମେଶର ପରିବାର ସହ ଏଠି ମୁଁ ଗତ ୩ ବର୍ଷ ହେଲା ରହୁଛି। ଶିକ୍ଷକତା ଜୀବନରୁ ଅବସର ନେବା ଆଠ ବର୍ଷ ହୋଇଗଲାଣି। ଯେତେଦିନ ସ୍ୱାମୀ ସୁକାନ୍ତି ବଞ୍ଚିଥିଲେ ଖୁବ୍ ଆନନ୍ଦରେ ଅବସର ଜୀବନର ପ୍ରଥମ ପାଞ୍ଚ ବର୍ଷ ଗାଁରେ ରହି କଟେଇ ଦେଲି। ଝିଅ ବାହା ହୋଇ ତା'ର ଘର ସଂସାର୍‌ରେ ବ୍ୟସ୍ତ। ଏଣେ ପୁଅ ବୋହୂ ଆଇଟି କମ୍ପାନୀର କାମ ତାଗିଦାରେ ଗାଁକୁ ଯିବା ପ୍ରାୟ ଅସମ୍ଭବ। ତଥାପି ବର୍ଷେ ଖଣ୍ଡେ ନିଜ ହାତରେ ରୋଷେଇ କରି ଗାଁରେ ରହିଲି। ହେଲେ ଦିନକୁ ଦିନ ଦେହ ଅତି ଖରାପ ହେବାରୁ ପୁଅ ତା' ପାଖକୁ ନେଇ ଆସିଛି। ପୁଅ ବୋହୂଙ୍କର କର୍ମବ୍ୟସ୍ତ ଦିନଚର୍ଯ୍ୟା ସହ ନିଜର ରୋଗଗ୍ରସ୍ତ ଶରୀରକୁ ଖାପ ଖୁଆଇବା ବେଶ୍ କଷ୍ଟ ଦାୟକ। ହେଲେ ଆଉତ କିଛି ଉପାୟ ନାହିଁ। ଆଣ୍ଠୁ ଗଣ୍ଠି ଫୁଲିବା ରୋଗଟା ମୋତେ ପୂରା ବେକାବୁ କରି ଦେଇଛି। ପୁଅ କଟକ ମେଡିକାଲ ଠୁ ଆରମ୍ଭ କରି ଏଠିକାର ଭଲ ଭଲ ଡାକ୍ତରମାନଙ୍କୁ ଦେଖାଇ ଔଷଧ ପତ୍ର ଦେଇ ଚିକିତ୍ସା କରାଉଛି। ହେଲେ କିଛି ଉପଶମ ନାହିଁ। ସେମାନଙ୍କର କର୍ମ ବିବ୍ରତ ଜୀବନରେ କେବଳ ରବିବାର ଦିନଟି ଛୁଟି। ତେଣୁ ସେମାନଙ୍କୁ ବାରମ୍ବାର ଦେହ ବିଷୟରେ କହି ବ୍ୟତିବ୍ୟସ୍ତ କରିବାକୁ ଦ୍ୱିଧା ମଧ୍ୟ ହୁଏ। ହେଲେ ଏଠି ଦୁଃଖ ସୁଖ ହେବାକୁ କେହି ମଧ୍ୟ ନାହାନ୍ତି। ମାଲାୟାଲମ୍ ଭାଷା ବୁଝିବା ବେଶ୍ କଷ୍ଟ। ଠାର ଠାରରେ ଯାହା ବୁଝାଇ ଅଳ୍ପ ବହୁତ ସଉଦାପାତି କିଣା କିଣି କରେ। ଏଠିକାର ଡାକ୍ତରମାନଙ୍କୁ ନିଜ ଦେହର ଯନ୍ତ୍ରଣା ଓ ଉପସର୍ଗ ବିଷୟରେ ସଠିକ୍ ଭାବରେ କିଛି ବୁଝେଇ କହି ମଧ୍ୟ ପାରେନି। ମନ ଭିତରଟା ସବୁ ବେଳେ ଦୁଃଖ ଯନ୍ତ୍ରଣାରେ ଗୁମୁରୁ ଥାଏ।

ଦିନେ ସକାଳୁ ଘର ସାମନା ରାସ୍ତାରେ ବୁଲୁ ବୁଲୁ ସାହସ କରି ଘର ପଛ ପଟ ଗଳିକୁ ଚାଲିଗଲି। ଦେଖିଲି କୌଣସି ଏକ ଡାକ୍ତର ଖାନା ସାମ୍ନାରେ ରୋଗୀଙ୍କର ଲମ୍ବା ଧାଡି। ସାଇନ୍ ବୋର୍ଡରୁ କିଛି ପଢି ହେଲାନି, ହେଲେ ସାଇନ୍ ବୋର୍ଡ଼ର ଚିତ୍ରରୁ ଜାଣିଲି ଆୟୁର୍ବେଦିକ ଡାକ୍ତର ଖାନା। ଜଣେ ରୋଗୀକୁ ମୋର ଫୁଲିଥିବା ଆଣ୍ଠୁ ଦୁଇଟି ଦେଖେଇଲି। ସେ ତା' ଭାଷାରେ ଯାହା କହିଲା ସେଥିରୁ ଅନୁମାନ କଲି ଯେ ଏଭଳି ରୋଗୀକୁ ଏଇ ଡାକ୍ତର ଭଲ କରିଦିଅନ୍ତି। ମନରେ ସାହାସ ଓ ଆଶା ଧରି, ଆସନ୍ତାକାଲି ସକାଳୁ ସକାଳୁ ଆସିବି ବୋଲି ଭାବି ସେଦିନ ଫେରିଲି।

ତା' ପରଦିନ ପୁଅବୋହୂକୁ କିଛି ନ କହି ସକାଳ ପ୍ରାତଃଭ୍ରମଣ ସମୟରେ ପୁରୁଣା ପ୍ରେସ୍‌କିପ୍‌ସନ ଗୁଡିକ ଗୋଟିଏ ଜରିରେ ଧରି ଘରୁ ବାହାରି ଆସିଲି। ଘରର ଗୋଟିଏ ଚାବି ମୋ ପାଖରେ ଥାଏ। ପୁଅବୋହୂ ସକାଳ ୮ଟାରେ ଘରୁ ବାହାରି ଯାଆନ୍ତି ଫେରୁ ଫେରୁ ସନ୍ଧ୍ୟା ସାତଟା। ତେଣୁ ଯେତେ ଡ଼େରି ହେଉ ପଛେ ଆଜି ଟିକେ ଡାକ୍ତରଙ୍କର ପରାମର୍ଶ କରି ଫେରିବି ବୋଲି ମନରେ ନିଶ୍ଚୟ କଲି। ସକାଳୁ ଆସିଥିବାରୁ ଚୌକି ଖଣ୍ଡେ ମିଳିଗଲା ବସିବାକୁ। ହେଲେ ଏତେ ସକାଳୁ ବି ପ୍ରାୟ ମୋ ଆଗରୁ ଶହେ ଖଣ୍ଡେ ରୋଗୀ ପହଞ୍ଚି ଗଲେଣି। ଶୁଣିଲି ଖୁବ୍ ଖ୍ୟାତନାମା ଆୟୁର୍ବେଦିକ ଡାକ୍ତର। ରୋଗକୁ ନିର୍ମୂଳ କରି ହିଁ ଛାଡନ୍ତି। ଜଗନ୍ନାଥଙ୍କୁ ସ୍ମରଣ କରି ଧୈର୍ଯ୍ୟ ଧରି ବସିଲି। ଖାଲି ଭାବୁଥାଏ କେମିତି ରୋଗର ଉପସର୍ଗ ବିଷୟରେ ଡାକ୍ତରଙ୍କୁ କହିବି। ମୋ ଭାଷା ତ ସେ ବୁଝିବେ ନାହିଁ, କେବଳ ଫୁଲିଥିବା ଆଣ୍ଠୁ ଦୁଇଟିକୁ ଦେଖି ଯାହା ବୁଝିବେ।

ଆୟୁର୍ବେଦିକ ଔଷଧର ବାସ୍ନାରେ ଘରଟା ଭରିଯାଇଥାଏ। ଭିତରେ କିଛି ଉପଚାର ହେବାର ଶବ୍ଦ ମଧ୍ୟ ଆସୁଥାଏ। ପ୍ରତ୍ୟେକଟି ରୋଗୀକୁ ନିତ୍ୟାନ୍ତ ଅଧଘଣ୍ଟେ ଯାଏ ପରୀକ୍ଷା ନିରୀକ୍ଷା କରି ସେକ, ମାଲିସ୍ ଇତ୍ୟାଦି କରିବାକୁ ଆଉ ଗୋଟେ କୋଠରୀକୁ ପଠାଉଥାନ୍ତି। ବହୁତ ସମୟ ଗୋଡ ଝୁଲାଇ ବସିଥିବାରୁ ବହୁତ କଷ୍ଟ ହେଲାଣି। ପାଟିରୁ ଆପେ ବାହାରି ଆସିଲା, "ହେ ଜଗନ୍ନାଥେ, ରକ୍ଷା କର ପ୍ରଭୁ।" କିଛି ସମୟ ପରେ ଜଣେ ସୌମ୍ୟ ଚେହେରାର ଯୁବକ, ଡାକ୍ତର ବୋଧହୁଏ, ବାହାରକୁ ବାହାରି ଆସି ମାଲୟାଲମ୍‌ରେ ପଚାରିଲେ କିଏ ଏପରି କହିଲା। ସମସ୍ତେ ମୋ ଆଡକୁ ଆଙ୍ଗୁଳି ଦେଖାଇଦେଲେ। ଡାକ୍ତର ଜଣକ ସିଧା ମୋ ପାଖକୁ ଆସି ଓଡିଆରେ ପଚାରିଲେ, ଆପଣ ଓଡ଼ିଶାରୁ ଆସିଛନ୍ତି କି ? ମୁଁ ବିସ୍ମିତ ହୋଇଗଲି। କିଛି ସମୟ ମୋ ଆଡକୁ ଗଭୀର ଦୃଷ୍ଟିରେ ଅନାଇ ରହିଲେ ଡାକ୍ତର। ହଠାତ୍ କହି ଉଠିଲେ "ଆପଣ କ'ଣ ବ୍ରଜ ମାଷ୍ଟ୍ରେ ?" ମୁଁ ଆହୁରି ହତବାକ୍। ମୁଁ ତ ଯାଙ୍କୁ ଚିହ୍ନିପାରୁନି। ମୁଁ କହିଲି,

"ହଁ, ମୁଁ ବ୍ରଜ କିଶୋର ତ୍ରୀପାଠୀ, ଅଲଣାହାଟ ଉଚ୍ଚବିଦ୍ୟାଳୟର ପ୍ରଧାନ ଶିକ୍ଷକ ପଦବୀରୁ ୮ବର୍ଷ ହେଲା ଅବସର ନେଲିଣି।" ନଇଁପଡି ନତଜାନୁ ହୋଇ ସଭକ୍ତି ଗୋଡ ଧରି ପ୍ରଣାମ କଲା ତରୁଣ ଡାକ୍ତର। କହିଉଠିଲା "ସାର୍ ଆପଣ ମୋତେ ଚିହ୍ନି ପାରୁନାହାନ୍ତି ? ମୁଁ ଆପଣଙ୍କ ଛାତ୍ର 'ଗଧ', ମୋ ନାଁ ଥିଲା ସୁଶାନ୍ତ ନାଏକ। ହେଲେ ଆପଣ ଦେଇଥିବା 'ଗଧ' ନାରେ ମୁଁ ବିଦ୍ୟାଳୟରେ ପରିଚିତ ଥିଲି। ମୁଁ କହିଲି, ବାପାରେ ଆଖିକୁ ଠିକ୍ ଦେଖାଯାଉନି, ସ୍ମରଣ ଶକ୍ତି ବି କ୍ଷୀଣ ହେଲାଣି ତେଣୁ ଧରି ପାରୁନି।"

ଡାକ୍ତର କହିଉଠିଲା, "ହଉ ଥାଉ ଥାଉ, ଆପଣ ଉଠନ୍ତୁ। ମୁଁ ଆପଣଙ୍କୁ ଆଗ ଚିକିତ୍ସା କରେ। ଆପଣ ଏତେ ଦୁର୍ବଳ ଓ ମୁମୂର୍ଷ ହୋଇ ଗଲେ କିପରି ସାର୍ ?" ଧୀରେ ଉଠାଇ ଡାକ୍ତର ଛାତ୍ରଟି ନିଜ କୋଠରୀ ଆଡକୁ ମୋତେ ନେଇଗଲା। ତା'ର ନାଁଟା ଶୁଣି ବି ତା' କଥା ମୋଟେ ମନେ ପଡୁ ନଥାଏ। ହେଲେ ସେ ଯେପରି ଛାତିରେ କୁଣ୍ଢାଇଧରି ତା' କୋଠରୀକୁ ମୋତେ ଆଣିଲା ତା'ର ସେ ନିବିଡ଼ ସ୍ପର୍ଶରେ ହିଁ ମୋର ବିଦଗ୍ଧ ମନ ଅନେକ ଶାନ୍ତ ଶୀତଳ ହୋଇଗଲା। ଲାଗିଲା କେହି ଦେବଦୂତ ମୋତେ ଯେମିତି ଆଲିଙ୍ଗନ କରି ଅଭୟ ଦେଉଛି। ମୋତେ ଛାତ୍ରଟି ଗୋଟେ ଡେଙ୍ଗା ଖଟରେ ଶୁଆଇ ଦେଲା ଓ ଜଣେ ସେବକ ଓ ସେବିକାକୁ ମାଲାୟାଲମ୍‌ରେ କ'ଣ ସବୁ ପ୍ରସ୍ତୁତ କରିବାକୁ କହି ମୋତେ ଟିକିନିଖି ପରୀକ୍ଷା କଲା। ତାଲୁରୁ ତଳିପା ପର୍ଯ୍ୟନ୍ତ ସବୁ ନିରୀକ୍ଷଣ କଲା। କେତେ କେତେ ଯେ ପ୍ରଶ୍ନ କଲା ଓ ମୋର ଉତ୍ତରକୁ ଧୈର୍ଯ୍ୟ ସହକାରେ ଶୁଣିଲା ତା'ର ଠିକଣା ନାହିଁ। ଏତେ ବର୍ଷ ପରେ ମୁଁ ମୋର ରୋଗ ଯନ୍ତ୍ରଣା ବିଷୟରେ ଏହି ଡାକ୍ତର ଛାତ୍ରଟିକୁ ବିଷଦ ଭାବରେ କହିପାରିଥିବାରୁ ମନ ଖୁବ୍ ହାଲୁକା ଲାଗୁଥାଏ। ମୋତେ ସେବକ ଜଣକ ପାଖ କୋଠରୀକୁ ନେଇଗଲା। ଔଷଧିୟ ତେଲ ମୋର ଶରୀରର ପ୍ରତ୍ୟେକଟି ଗଣ୍ଠିରେ ଓ ବିଶେଷ କରି ଆଣ୍ଠୁରେ ନିଷ୍ଠାରସହ ମାଲିସ୍ କଲା। ଗରମ ବାମ୍ଫରେ ମୋର ପୁରା ଶରୀରକୁ ସେକ ଦେଲା। ଔଷଧିୟ ଚାହା କପେ ସହ ଦୁଇଟି ବଟିକା ଖାଇବାକୁ ଦେଇ ମୋର ଦୁଇ ଆଣ୍ଠୁରେ କିଛି ଔଷଧର ପ୍ରଲେପକୁ ଶକ୍ତ କରି ବାନ୍ଧି ଦେଲା। ଓଃ କି ଆରାମ, ମୋତେ ସ୍ୱର୍ଗ ସୁଖ ମିଳିଲା ଭଳି ଲାଗୁଥାଏ। ଡାକ୍ତର ଛାତ୍ରଟି ଗୋଟିଏ ପ୍ଲେଟ୍‌ରେ କିଛି ଉପମା ଓ ଚଟଣି ମୋତେ ଖାଇବାକୁ ଦେଇ କହିଲା, "ସାର୍ ଆପଣ ଏତକ ଜଳଖିଆ ଖାଇଦେଇ ବିଶ୍ରାମ କରୁଥାନ୍ତୁ। ମୋର ରୋଗୀ ଦେଖା ସରିଲେ ମୁଁ ଆପଣଙ୍କୁ ମୋ ଘରକୁ ନେଇ ଯିବି। ମା' ଆପଣଙ୍କୁ ଦେଖିଲେ ଖୁବ୍ ଖୁସି ହେବ। ମୁଁ ଏଇ ଡାକ୍ତରଖାନା ପରିସର ଭିତରେ ରହୁଛି ସାର୍।"

ଦେହକୁ ଆରାମ ମିଳିବାରୁ କେତେବେଳେ ଯେ ନିଶ୍ଚିନ୍ତରେ ଶୋଇଯାଇଛି ନିଜେବି ଜାଣିନି। ଡାକ୍ତର ଛାତ୍ରଟି ଆସି ମୁଣ୍ଡ ଆଉଁସି ଦେଇ ସାର୍ ବୋଲି ଡାକିବାରୁ

ନିଦ ଭାଙ୍ଗିଲା। କହିଲା, "ସାର୍ ୨ଟା ବାଜିଲାଣି। ଚାଲନ୍ତୁ ଆମ ଘରକୁ ଯିବା, ବୋଉଙ୍କୁ ଖବର ଦେଇଥିଲି ବୋଉ ରୋଷେଇ କରି ଆପଣଙ୍କୁ ଅପେକ୍ଷା କରିଛି।" ଗୋଟେ ଚକ ଲଗା ଚୌକିରେ ବସାଇ ନିଜେ ଠେଲି ଠେଲି ମୋତେ ଲମ୍ବା ବାରନ୍ଦା ଶେଷରେ ଥିବା ତା' ଘରକୁ ନେଇଗଲା।

ବୟସ୍କ ମହିଳାଟିଏ ଆସି ମୋତେ ନମସ୍କାର ହେଲେ। କହିଲେ, "ବ୍ରଜ ମାଷ୍ଟ୍ରେ ଆପଣଙ୍କର ଏ କି ଅବସ୍ଥା? ମୁଁ ସୁଶାନ୍ତର ମା', ଆପଣ ମୋ ପୁଅର ଭଲ ନାଁ ସହ ପରିଚିତ ନୁହନ୍ତି। ତାକୁ ଆପଣ 'ଏ ଗଧ' ବୋଲି ଡାକୁଥିଲେ, ତେଣୁ ମନେ ପକାଇ ପାରୁନାହାନ୍ତି।" ମୁଁ କହିଲି, "ହଁ ପିଲାମାନଙ୍କୁ ବେଳେ ବେଳେ ମୁଁ ଗଧ, ମୂର୍ଖ ଓ ବାଲୁଙ୍ଗା ଇତ୍ୟାଦି ଡାକୁଥିଲି। ସେ ତ ଅନେକ ବର୍ଷ ତଳେ, ଏବେ ତ ଆଉ ଏଭଳି କହିବା ଅପରାଧ। ବିଦ୍ୟାଳୟ ସବୁ ଏବେ ଦଣ୍ଡମୁକ୍ତ। ସେ ବେଳର ଅନୁଶାସନ ଆଉ ନାହିଁ।" କଥା ଭିତରେ ସୁଶାନ୍ତର ବୋଉ ଖାଇବା ବାଢି ଆଣି ମୋତେ ଓ ଛାତ୍ର ସୁଶାନ୍ତ କୁ ଦେଲା। ଚମତ୍କାର ଓଡିଆ ଖାଦ୍ୟ, ଖାଦ୍ୟ ନୁହେଁ ତ ପଥ୍ୟ। ଛାତ୍ରଟି ଖାଇବାବେଳେ ହିଁ କହିଦେଲା ସାର୍ ଆପଣଙ୍କୁ ବିରି, ଖଟା, ଲଙ୍କା ସମ୍ପୂର୍ଣ୍ଣ ରୂପେ ମନା। ପଥ୍ୟରେ ନ ରହିଲେ ଔଷଧ କାଟୁ କରିବ ନାହିଁ। ରୋଗ ବହୁତ ପୁରୁଣା ହୋଇଗଲାଣି। ପୁରା ମାସେ ଆପଣ ମୋ ଚିକିତ୍ସାରେ ରହିବେ। ସକାଳୁ ଆସିବେ ଏଠି ଉପଚାର ସହ ଭୋଜନ କରି ସନ୍ଧ୍ୟାରେ ଘରକୁ ଫେରିବେ।

ମୁଁ କିଛି କହିବାକୁ ସେ ଅପେକ୍ଷା କରୁ ନଥାଏ। ହେଲେ ମନରେ ମୋର କେବଳ ପ୍ରଶ୍ନ ଉଠୁଥାଏ ଏ ଛାତ୍ରଟି ଏଠି କେମିତି ପହଞ୍ଚିଲା? ମୁଁ ତାକୁ ଗଧ କାହିଁକି ଡାକୁଥିଲି? ଏସବୁ ସେ ଏବେ ବି ମନେ ରଖିଛି। ଖାଇବା ପିଇବା ଶେଷ ହେଲା ପରେ ସୁଶାନ୍ତର ମା' ପାନଖଣ୍ଡେ ବଢାଇଦେଇ କହିଲେ, "ସାର୍ ଏ ଆମ ଆଡର ବରଜ ପାନ ଭଳି ମିଠା ପାନ ନୁହେଁ। ବହୁତ ଝାଞ୍ଜ"। ପାନଟି ପାଟିରେ ପୁରାଇ ସୁଶାନ୍ତକୁ ପଚାରିଲି, "ବାପାରେ, ଏବେ ତୁମ ମନ କଥା ଖୋଲି କରି କୁହ, ଏଠି କେମିତି ପହଞ୍ଚିଲ? କେତେ ମସିହାରେ ଅଲଣାହାଟରେ ପଢୁଥିଲ? ମୁଁ ତୁମକୁ ଗଧ ସମ୍ବୋଧନ କରୁଥିଲି ବୋଲି ତୁମ ମନରେ ବହୁତ କ୍ଷୋଭ ଥିବାର ବୁଝି ପାରୁଛି। ମୋତେ ଅନୁତପ୍ତ ଲାଗୁଛି।" ଚୌକିଟିକୁ ପାଖକୁ ଟାଣି ଆଣି ସୁଶାନ୍ତ ଧୀରେ ଧୀରେ ଆରମ୍ଭ କଲା। ତାର ମା' ପାଖରେ ବସିଥାଆନ୍ତି।

"ସାର୍, ମା' ମୋର ବହୁତ ଦୁଃଖ କଷ୍ଟ କରି ମୋତେ ମଣିଷ କରିବାକୁ ଚାହିଁଥିଲା। ବାପା, ଗାଁ ଚୌକିଆ। ହଠାତ୍ ଦିନେ ଦଳେ ଡକେଇତ ଗାଁ ଠାକୁରାଣୀ ମନ୍ଦିରରେ ପଶି ଚୋରି ଉଦ୍ୟମ କଲାବେଳେ ବାପା ବିରୋଧ କରିବାରୁ ଦୁର୍ବୃତ୍ତମାନଙ୍କର

ଟାଙ୍ଗିଆ ଚୋଟରେ ବାପାଙ୍କର ମୃତ୍ୟୁ ହେଲା। ମୁଁ ସେତେବେଳେ ମାଇନର୍ ସ୍କୁଲରୁ ସପ୍ତମ ପାସ୍ କରି ସାରିଥାଏ। ପାଠ ପଢିବାର ପ୍ରବଳ ଇଚ୍ଛା ମୋର ଥିଲା। ମା' ମୋର ମନ କଥା ଜାଣି ଲୋକଙ୍କ ଘରେ ଧାନ ଉସେଇଁଲା, କନ୍ଥା ସିଲେଇ କଲା, ଘଷି ପାରିଲା। ମୋର ପଢା ଖର୍ଚ୍ଚ ଚଳାଇ ନେବା ପାଇଁ ପ୍ରସ୍ତୁତ ହୋଇ ଆପଣଙ୍କର ପାଖକୁ ମୋତେ ନେଇ ଆସିଥିଲା। ବିଦ୍ୟାଳୟରେ ମୋର ଅଷ୍ଟମ ଶ୍ରେଣୀରେ ନାମ ଲେଖା ହେଲା। ସେତେବେଳେ ଆପଣ ଅଲଣାହାଟ ଉଚ୍ଚବିଦ୍ୟାଳୟର ପ୍ରଧାନ ଶିକ୍ଷକ, ସ୍ୱନାମଧନ୍ୟ ଶିକ୍ଷକ, ପ୍ରଚୁର ପ୍ରତାପ ଆପଣଙ୍କର। ଦକ୍ଷ ଗଣିତ ଓ ବିଜ୍ଞାନ ଶିକ୍ଷକ ଭାବେ ଖୁବ ସୁଖ୍ୟାତି। ଦେଖିଲେ ଆପଣଙ୍କୁ ଭୟ ଲାଗୁଥିଲା। ଆପଣ ଆମ ଗାଁ ଲୋକ। ଆମ ଅବସ୍ଥା ମଧ୍ୟ ଆପଣଙ୍କୁ ଜଣା ଥିଲା। ଏଣୁ ଦୟାକରି ମୋତେ ନିଜ ତତ୍ତ୍ୱାବଧାନରେ ପଢାଇବେ, ଏଇ ଆଶାରେ ମା' ମୋର ଆପଣଙ୍କ ପାଖକୁ ବଡ ଭରସା କରି ମୋତେ ନେଇ ଯାଇଥିଲା। ଦରମା, ବହି ଖାତା, ପେନ୍ ପେନ୍‌ସିଲ୍ ବଡ କଷ୍ଟରେ ମା' ଯୋଗାଏ। ହେଲେ ମୁଁ ଗରିବ ଓ ଭଲ ପାଠ ପଢୁ ନଥିବାରୁ ମୋତେ ପଛ ବେଞ୍ଚରେ ବସିବାକୁ ହୁଏ। ଧନୀ, ଶିକ୍ଷିତ ଘରର ପିଲା ଯେପରି ପ୍ରସନ୍ନ, ସବ୍ୟସାଚୀ, ସୁରେଶ, ଗୌରାଙ୍ଗ ଏମାନେ ସାମନା ବେଞ୍ଚରେ ଆପଣଙ୍କର ପ୍ରତ୍ୟକ୍ଷ ତତ୍ତ୍ୱାବଧାନରେ ପାଠପଢନ୍ତି। ଆପଣ ଘରକୁ ପାଠ କାମ ଦିଅନ୍ତି। ହେଲେ ସେ ଅଙ୍କ ଗୁଡିକ ମୁଁ କରି ପାରେନା। ଅନ୍ୟ ପିଲାମାନଙ୍କ ଘରେ ଶିକ୍ଷିତ ବାପା, ମା ଓ ଟିଉସନ୍ ମାଷ୍ଟର ଥାଆନ୍ତି। ସେମାନେ ପାଠ ବୁଝାଇ ପିଲାଙ୍କୁ କରାଇ ଦିଅନ୍ତି। ମୋର ତ ସେ ସୁବିଧା ନଥିଲା। ଶ୍ରେଣୀରେ ଆପଣ ମଧ୍ୟ ଯାହା ଅଳ୍ପ ଅଳ୍ପ ବୁଝାଇ ଦିଅନ୍ତି ମୁଁ ଠିକ୍ ଥରକରେ ବୁଝି ପାରେନା। ଶେଷ ଧାଡିକୁ ଆପଣଙ୍କ କଥା ଗୁଡିକ ବେଳେ ବେଳେ ପିଲାଙ୍କ ପାଟିତୁଣ୍ଡ ଭିତରେ ଠିକ୍ ଭାବେ ଶୁଭା ମଧ୍ୟ ଯାଏ ନାହିଁ। ଏଣୁ ପ୍ରତିଦିନ ମାଡ ଖାଏ ଓ କ୍ରମେ 'ଗଧ' ନାମରେ ପରିଚିତ ହେଲି। ମନ ମୋର କ୍ଷୋଭ ଓ ଧିକ୍କାରରେ ଭାଙ୍ଗି ପଡିଲା।

ଦିନେ ଅତିଷ୍ଠ ହୋଇ ମୁଁ ଏହାର ପ୍ରତିବାଦ କରି କହିଲି, "ସାର୍, ମୋତେ ଏଗୁଡିକ ଟିକେ ଭଲରେ ବୁଝାଇ ଦିଅନ୍ତୁ। ଥରେ ବୁଝାଇ ଦେଲେ ମୁଁ କରିପାରିବି।" ଏହି କଥାରେ ଆପଣ ପ୍ରଚଣ୍ଡ ରାଗିଗଲେ ଓ ଗର୍ଜନ କରି କହିଲେ " ମୁଁ କ'ଣ ଜଣ ଜଣ କରି ସମସ୍ତଙ୍କୁ ବୁଝାଇବାକୁ ବସିବି। ଅନ୍ୟମାନେ କରୁଛନ୍ତି କିପରି ? ତୁ ତ ଚୌକିଆର ପୁଅ। ତୋର ପାଠ ହେବ କିପରି।" ଏଭଳି କହି ସେଦିନ ମୋତେ ବହୁତ ପିଟିଥିଲେ ସାର୍। ମୁଁ ପ୍ରଚୁର ମାଡ ଖାଇ ଘରେ ଚାରି/ପାଞ୍ଚ ଦିନ ଜ୍ୱରରେ ପଡିଲି। ସେଇ ଦିନରୁ ବିଦ୍ୟାଳୟ ପ୍ରତି ବିତୃଷ୍ଣା ଆସିଗଲା। ମା' ବହୁତ ବୁଝାଇ ସୁଦ୍ଧା ଆଉ ବିଦ୍ୟାଳୟକୁ ଯାଇନି। ମା' ନିରୁପାୟ ହୋଇ କନ୍ଦାକଟା କରି ଶେଷରେ ଚୁପ୍ ହୋଇ ରହିଲା।

କ'ଣ ବା କାମ କରିବି ? ମା' ଆଲମାରିରୁ ୧୦ଟି ଟଙ୍କା ଚୋରିକରି କଟକ ପଳାଇ ଆସିଲି। ଗାଁ ବସଷ୍ଟାଣ୍ଡରେ ଜଣକୁ କହି ଦେଇଆସିଲି ମା'କୁ କହିଦେବାକୁ ଯେ ମୁଁ କଟକ ଯାଉଛି। କିଛି ଗୋଟେ କାମ କରି ମା'କୁ ଖବର ଦେବି। ବାଦାମ ବାଡିରେ ଗୋଟେ ସାଇକେଲ୍ ଦୋକାନରେ କାମ କଲି, କାରଣ କେବଳ ନିଜ ସାଇକେଲ୍ ନିଜେ ସଜାଡୁ ଥିବାରୁ ଏଇ କାମଟି ହିଁ ସେତେବେଳେ ଜଣା ଥିଲା। ଦେଖିଲି ଦୋକାନ ସାମନାରେ ଥିବା ଘର ପିଣ୍ଡାରେ ବସି ପ୍ରତିଦିନ ଜଣେ ବୟସ୍କ ଲୋକ ଗୋଟିଏ ପଥର ଖଲରେ କିଛି ସାମଗ୍ରୀ ଗୁଣ୍ଡ କରନ୍ତି। କେଉଁ ଦିନ ବା ଗୋଟିଏ ହମାନଦିସ୍ତାରେ କିଛି କୁଟନ୍ତି। ଦିନେ ତାଙ୍କୁ ପଚାରିଲି, "ଆପଣ ପ୍ରତିଦିନ କ'ଣ ଏତେ କୁଟନ୍ତି ? ସେ କହିଲେ, "ମୁଁ ଜଣେ କବିରାଜ। ଔଷଧ ପ୍ରସ୍ତୁତ କରିବା ପାଇଁ ଏହି ପ୍ରାକୃତିକ ଚେରମୂଳ ଗୁଡିକୁ କୁଟିକରି ପେଶିବାକୁ ପଡେ। ଏଗୁଡିକୁ ଚିହ୍ନି ସଂଗ୍ରହ କରିବା ମଧ୍ୟ ଦରକାର। ବଜାରରେ ବହୁତ ଚାହିଦା ଥିଲେ ମଧ୍ୟ ମୁଁ ଏକା ହାତରେ ଏହା ଏତେ ମାତ୍ରାରେ ଯୋଗାଇ ପାରୁନି। ମୋର ବଡପୁଅର କେରଳର କୋଟ୍ଟାୟମ୍‌ରେ ଗୋଟେ କବିରାଜି ଔଷଧ ଦୋକାନ ଅଛି। ସେ ମଧ୍ୟ ମଝିରେ ମଝିରେ ଆସି ଏଠୁ ଔଷଧ ଓ ଔଷଧ ସରଞ୍ଜାମ ନେଇଥାଏ।" ମୁଁ ପଚାରିଲି, "ଆପଣ ଲୋକ ରଖିବେ ?" ସେ ଖୁସି ହୋଇ କହିଲେ, "ମୁଁ ଲୋକଟିଏ ଖୋଜୁଛି। କେବଳ ଏଇ ଚେର, ମୂଳି, ପତ୍ର, ଛାଲ ଇତ୍ୟାଦି ଚିହ୍ନି ଏବଂ ସଂଗ୍ରହ କରି ଆଣି ମୋ ପାଖରେ ପହଞ୍ଚାଇବା ପାଇଁ ସାହାଯ୍ୟ କରିବ।" ମୁଁ କହିଲି, "ଆଜ୍ଞା ମୋର ଔଷଧୀୟ ବୃକ୍ଷଲତା ଉପରେ ସମ୍ୟକ୍ ଜ୍ଞାନ ଅଛି। ଆମ ଗାଁ ପାଖ ଧରତଙ୍ଗଗଡ଼ ଜଙ୍ଗଲରେ ମୁଁ ବହୁତ ଔଷଧୀୟଗୁଣ ଯୁକ୍ତ ଗଛ ଥିବାର ଜାଣିଛି। ଆପଣ ଥରେ ଚିହ୍ନେଇ ଦେଲେ ମୁଁ ସଂଗ୍ରହ କରି ଆଣିବି।" ଲୋକଟି ରାଜି ହୋଇଗଲେ। ମୁଁ ଦେଖିଲି ଭଦ୍ରବ୍ୟକ୍ତି ଜଣେ ଗୁଣୀ ଲୋକ, ତେଣୁ ସାଇକେଲ୍ ଦୋକାନ ଛାଡି ତାଙ୍କ ପାଖରେ ରହି ତାଙ୍କୁ ସାହାଯ୍ୟ କଲି। କାମରେ ମୋର ମନ ଲାଗିଗଲା, ତେଣୁ କାମ ଗୁଡିକ ସରସ ମଧ୍ୟ ହେଲା। ଏଥିରେ ତାଙ୍କର ଭଲ ଉପାର୍ଜନ ମଧ୍ୟ ହେଲା। ସେ ମୋତେ ବହୁତ ଭଲ ପାଇଲେ ଓ ଉଚିତ୍ ପାରିଶ୍ରମିକ ମଧ୍ୟ ଦେଲେ। ମଝିରେ ମଝିରେ ଗାଁକୁ ଯାଇ ମା'କୁ ଟଙ୍କା ପଇସା ଓ ସଉଦାପାତି କିଣି ଦେଇ ଆସେ। ମା'କୁ ଆଉ ବାହାରେ କାମ କରିବାକୁ ଦେଲି ନାହିଁ।

ଧୀରେ ଧୀରେ ବୟସ୍କ କବିରାଜଙ୍କ ଠାରୁ ଔଷଧ ତିଆରି କରିବା ମଧ୍ୟ ଶିଖିଲି। ବିଭିନ୍ନ ରୋଗର ଲକ୍ଷଣ, ଉପସର୍ଗ ଓ ନିଦାନ ବିଷୟରେ ସେ ମୋତେ ବୁଝାଇ ଦିଅନ୍ତି। ଓଡ଼ିଶାର ବିଭିନ୍ନ ଜଙ୍ଗଲ ଯେପରି ଚନ୍ଦକା, ବରବରା, ଧରତଙ୍ଗଗଡ ଇତ୍ୟାଦି ବୁଲି ବୁଲି ଔଷଧୀୟ ଗୁଣଯୁକ୍ତ ଗଛ, ବୃକ୍ଷ, ଗୁଳ୍ମ, ଲତା ଇତ୍ୟାଦି ଚିହ୍ନିବାରେ ପ୍ରବୀଣ

ହୋଇଗଲି। କବିରାଜଙ୍କ ଘରେ ଥିବା ସବୁ ଆୟୁର୍ବେଦ ଶାସ୍ତ୍ର, ବହି ଓ ପ୍ରାଚୀନ ପୋଥିଗୁଡିକୁ ଟିକିନିଖି କରି ପଢିଲି। କବିରାଜ ମହାଶୟ ମୋତେ ସଂସ୍କୃତ ଶିକ୍ଷା ମଧ୍ୟ ଦେଲେ। କବିରାଜ ଲକ୍ଷ୍ମଣ ମିଶ୍ରଙ୍କର ଲିଖିତ ପ୍ରସିଦ୍ଧ ବହିଟି ଖୁବ୍ ଟିକିନିଖି କରି ମନେଯୋଗ ସହକାରେ ପଢିଲି। ଅତ୍ୟନ୍ତ ଉପାଦେୟ ମନେହେଲା। କବିରାଜ ମହାଶୟଙ୍କ ଆଦର, ଯତ୍ନ ଓ ଶିକ୍ଷାରେ ମୁଁ ଗଢି ଉଠିଲି। ବହୁ କଥା ବୁଝି ପାରେନା, ମାତ୍ର ସେ ମୋତେ ବୁଝାଇ ଓ ପରୀକ୍ଷା କରି ଦେଖାଇ ଦିଅନ୍ତି।

କିଛିଦିନ ପରେ ତାଙ୍କ ବଡପୁଅ ବିଜୟବାବୁ କେରଳରୁ ଆସିଲେ। ସେ ମୋର ପାରଙ୍ଗମତା ଉପଲବ୍ଧ କରି ମୋତେ କେରଳ ନେଇଆସିଲେ। ଓଡିଆରେ ଗଛବୃକ୍ଷର ନାଁ ଗୁଡିକ ଜାଣିଥିବାରୁ ଓ ଚିହ୍ନି ଥିବାରୁ ତାଙ୍କ କହିବା ଅନୁସାରେ ଏଠି ପଶ୍ଚିମଘାଟ ପର୍ବତମାଳାରୁ ସେଗୁଡିକୁ ସଂଗ୍ରହ କରିବା ଖୁବ୍ ସହଜ ହେଲା। ତଟକା ସବୁଜ ଗଛ, ଗୁଳ୍ମ ଓ ପତ୍ରରୁ ତିଆରି ଔଷଧ ଖୁବ୍ ଉପଶମଯୋଗୀ ଓ ଲାଭଦାୟୀ ହେଲା। ତେଣୁ ଔଷଧ ଖୁବ୍ ବିକ୍ରି ହେଲା। କିଛି ଔଷଧ ପେଟେଣ୍ଟ୍ ମଧ୍ୟ ହେଲା। ବିଜୟ ବାବୁ ମୋତେ ଗୋଟେ ଆୟୁର୍ବେଦ ବିଦ୍ୟାଳୟରେ ଭର୍ତ୍ତି କରିଦେଲେ। ସଂସ୍କୃତରେ ସେଠି ପଢାହୁଏ। ତେଣୁ ଅସୁବିଧା ହେଲାନାହିଁ। ଦୁଇବର୍ଷରେ ଡିପ୍ଲୋମା ପାସ୍ କରି ଆୟୁର୍ବେଦ ଉପଚାର ଓ ପଞ୍ଚକର୍ମ କରିବା ପାଇଁ ନାମ ପଞ୍ଜୀକରଣ ମଧ୍ୟ କରିଦେଲି। ବିଜୟବାବୁ ଏହା ଭିତରେ ତ୍ରିଶୁରରେ ଗୋଟେ ଔଷଧ ତିଆରି କାରଖାନା ଆରମ୍ଭ କରିଦେଲେ। ତାଙ୍କର କୋଟ୍ଟାୟମ୍‌ର ଏହି ପୁରୁଣା ଦୋକାନଟି ମୋତେ ଦେଇ ଦେଇ ପରିବାର ସହ ତ୍ରିଶୁର ଚାଲିଗଲେ। ତାଙ୍କ କମ୍ପାନୀର ଔଷଧ ଏବେ ଦେଶ ବିଦେଶକୁ ରପ୍ତାନୀ ହେଉଛି। ଛାଡ଼ିଯାଇଥିବା ପୁରୁଣା ଦୋକାନ ସଲଗ୍ନ ତାଙ୍କ ଘରଟିରେ ମୁଁ ଏବେ ଏହି ଚିକିତ୍ସାଳୟଟି ଖୋଲିଛି ଓ ଦୋକାନଟି ମଧ୍ୟ ଚଲେଇଛି। ମା'କୁ ଗାଁରୁ ନେଇ ଆସିଛି। ମା' ପୁଅ ରୋଗୀ ସେବା ଓ ଔଷଧ ପ୍ରସ୍ତୁତି କରି ଖୁବ୍ ଖୁସିରେ ଅଛୁ।"

ଗୋଟିଏ ଦୀର୍ଘ ନିଶ୍ୱାସ ନେଇ ଛାତ୍ରଟି କହିଲା, "ଆପଣ ସେଦିନ ଯଦି ମୋତେ ପାଠ ବୁଝିବାରେ ଟିକେ ସାହାଯ୍ୟ କରିଥାନ୍ତେ ମୁଁ ଆଜି ହୁଏତ ଆହୁରି କିଛି ହୋଇପାରିଥାଆନ୍ତି ସାର୍।"

ନିଃଷ୍ପଳକ ଦୃଷ୍ଟିରେ ଅନାଇ ରହିଲି। ଗୋଟି ଗୋଟି କରି ସବୁ ମନେ ପଡିଗଲା। ୧୯୭୪ ରୁ ୧୯୭୯ ମସିହା ପର୍ଯ୍ୟନ୍ତ ଅଲଣାହାଟ ଉଚ୍ଚବିଦ୍ୟାଳୟର ବହୁତ ସୁନାମ ଥିଲା। ଲଗାତାର ଚାରି ବର୍ଷ ମାଟ୍ରିକ୍‌ରେ ପ୍ରଥମ ଦଶଜଣଙ୍କ ମଧ୍ୟରେ ଏଇ ବିଦ୍ୟାଳୟର ପିଲା ସ୍ଥାନ ପାଉଥିଲେ। ତେଣୁ ମୋର ଦମ୍ଭ ଓ ଅହଂକାର ଖୁବ୍ ବଢିଯାଇଥିଲା। ଶ୍ରେଣୀର ୪/୫ଟି ଭଲ ପିଲାଙ୍କ ପଛରେ ରାତିଦିନ ଖଟି ସେମାନଙ୍କୁ ମାଟ୍ରିକରେ ପ୍ରଥମ

ଦଶଜଣଙ୍କ ତାଲିକା ଭୁକ୍ତ କରିବା ପାଇଁ ମୁଁ ପାଗଳ ଭଳି ଲାଗିଥିଲି। ଅନ୍ୟାନ୍ୟ ପିଲାଙ୍କର ପାଠକୁ ମୁଁ ଭୃକ୍ଷେପ କରୁ ନଥିଲି। ତେଣୁ, କ୍ରମଶଃ ପାଶ୍ ହାର କମିଲା ଓ ପାଞ୍ଚବର୍ଷ ପରେ ମାତ୍ର ଗୋଟିଏ ବି ପିଲା ଏଇ ବିଦ୍ୟାଳୟରୁ ପ୍ରଥମ ଶ୍ରେଣୀରେ ମାଟ୍ରିକ୍ ପାଶ୍ କଲାନାହିଁ। ମୁଁ କହିଲି, "ତୁମେ ଠିକ୍ କହିଛ ବାପା ସେତେବେଳେ ମୁଁ ପ୍ରକୃତ ଅନ୍ଧ ଥିଲି। ଏବେ ଦୃଷ୍ଟିଶକ୍ତି କ୍ଷୀଣ ହେଲେ ମଧ୍ୟ ସବୁ ଦେଖିପାରୁଛି। ସବୁ ପିଲା ଶିକ୍ଷକ ଆଖିରେ ସମାନ ହେବା କଥା। ପାଠରେ ଦୁର୍ବଳ ଥିବା ପିଲାର ବେଶି ଯତ୍ନ ନେବା ଶିକ୍ଷକର ଧର୍ମ। ପିଲାଙ୍କୁ କଟୁକଥା କହି ହତୋତ୍ସାହ କରିବା ପାପ। ମୁଁ ସେ ପାପ କରିଛି ପୁଅ। ତୁମେ ସିନା ପ୍ରଥମ ଦଶଜଣ ଭିତରର ଛାତ୍ର ନୁହଁ, ହେଲେ ମାନବିକତାର ମାନଦଣ୍ଡରେ ତୁମେ ତ ପ୍ରଥମ ଦଶ ଜଣ ଭିତରର ମଣିଷ ଭିତରେ ମଣିଷ ହୋଇପାରିଛ। କେତେ ମଣିଷର ଯନ୍ତ୍ରଣାର ଉପଶମ କରୁଛ। ମୃତ୍ୟୁ ପଥଯାତ୍ରୀଙ୍କୁ ଜୀବନର ସ୍ୱାଦ ଫେରାଇ ଦେଉଛ"। ଏହା କହି ମୁଁ ଧୀରେ ଧୀରେ ଉଠିଲି, ଛାତ୍ରଟି କହିଲା, "ଆପଣ କୁଆଡେ ଚାଲିଲେ ?" ମୁଁ କହିଲି, "ଯାଏ ଧୀରେ ଧୀରେ, ଘରେ ଯାଇ ଶୋଇବି।" ଛାତ୍ର କହିଲା, "ଏକି କଥା ? ଏବେ ମୁଁ ଆପଣଙ୍କର ଗୁରୁ, ଆପଣ ମୋର ଛାତ୍ର। ଏବେ ଆପଣ ମାସେ ମୋ ପାଖରେ ରହି ଚିକିତ୍ସିତ ହେବେ। ଆପଣ ସମ୍ପୂର୍ଣ୍ଣ ଭଲ ହେଲେ ଘରକୁ ଯିବେ।" ମୁଁ ଆପଣଙ୍କର ପୁଅ ପାଖକୁ ଗୋଟେ ଖବର ପଠେଇ ଦେଇ ଆସୁଛି ସାର୍।" ଏହା କହି କବିରାଜ ଛାତ୍ର ସୁଶାନ୍ତ ଉଠି ବାହାରକୁ ଚାଲିଗଲା।

■

ପୁରସ୍କାର

ଶିକ୍ଷକଙ୍କର ସାଧାରଣ ପ୍ରକୋଷ୍ଠରେ ବସି ଚା' ପିଉ ପିଉ କଥାଟା ପ୍ରଥମେ ଶ୍ରୀହରି ସାର୍ ଉଠାଇଥିଲେ। ପ୍ରଧାନଶିକ୍ଷକ ରାମକୃଷ୍ଣ ସାର୍ ତଳକୁ ମୁହଁ ପୋତି କଣ ଗୋଟେ ଲେଖୁଥାନ୍ତି। ଅନ୍ୟସବୁ ସାର୍‌ମାନେ ଚା' ପିଉଥାନ୍ତି। ହଠାତ୍ ଶ୍ରୀହରି ସାର୍‌ଙ୍କର ସ୍ୱର ଶୁଣି ସମସ୍ତେ ତାଙ୍କ ଆଡ଼େ ଅନାଇଲେ। ଶ୍ରୀହରି ସାର୍ କହିଲେ, ମୁଁ କ'ଣ କହୁଥିଲି କି, "ଆମ ବିନୟ ସାର୍‌ଙ୍କର କୃତିତ୍ୱର ଚର୍ଚ୍ଚା ତ ଏବେ ସବୁଆଡ଼େ। ବହୁତ ସଭାସମିତି, କନ୍‌ଫରେନ୍ସ, ବହିପତ୍ର ଲେଖାଲେଖି କରି ବହୁତ ପ୍ରଶଂସା ପାଇଲେଣି। ତାଙ୍କର ପରିଶ୍ରମ ଫଳରେ ଲଗାତାର ଦୁଇବର୍ଷ ହେଲା ଆମ ବିଦ୍ୟାଳୟ ପିଲା ବୋର୍ଡ଼ରେ ପ୍ରଥମ ଦଶଜଣଙ୍କ ମଧ୍ୟରେ ସ୍ଥାନ ମଧ୍ୟ ପାଇଲେଣି। ତେଣୁ ମୋ ମତରେ ସେ ଏଥର ରାଷ୍ଟ୍ରପତି ପୁରସ୍କାର ପାଇଁ ଆବେଦନ କଲେ ହୁଅନ୍ତା ନାହିଁ? ଆମେ ସବୁ ପୁରୁଣା ଶିକ୍ଷକମାନେ ଅବସର ନେବା ପୂର୍ବରୁ ଏଭଳି ସମ୍ମାନଟିଏ ବିଦ୍ୟାଳୟକୁ ମିଳିଲେ ଭାରି ଆନନ୍ଦ ଲାଗନ୍ତା। ନା' କ'ଣ କହୁଛନ୍ତି ରାମକୃଷ୍ଣ ବାବୁ?"

ଏକା ନିଶ୍ୱାସରେ ଏତକ କହି ପ୍ରଧାନଶିକ୍ଷକଙ୍କ ଆଡ଼କୁ ଅନାଇଲେ ଶ୍ରୀହରି ସାର୍।

ପ୍ରଧାନଶିକ୍ଷକ ରାମକୃଷ୍ଣ ବାବୁ ମଧ୍ୟ ହଠାତ୍ ଏଭଳି ଗୋଟେ ପ୍ରସ୍ତାବ ଶୁଣି ଖୁବ୍ ଉତ୍ସାହିତ ହୋଇ ଉଠିଲେ। ଚା' କପରେ ଢୋକ ମାରୁ ମାରୁ କହିଲେ, "ନିଶ୍ଚୟ, ଆଉ କହିବାକୁ ଅଛି। ବୁଝିଲ ବିନୟ ଶୀଘ୍ର ଭୁବନେଶ୍ୱର ଯାଇ ଆବେଦନ ପତ୍ରଟିଏ ଆଣି ଆବେଦନ କର।" ପାଖରେ ବସିଥିବା ରତ୍ନାକର ସାର୍ କହି ଉଠିଲେ, "ଏ ବର୍ଷ ନରେନ୍ଦ୍ରନାଥ ବିଦ୍ୟାପୀଠକୁ ରାଷ୍ଟ୍ରପତି ପୁରସ୍କାରଟିଏ ଆସୁ ବିନୟ।"

ଗୋଟିଏ କୋଣରେ ଛୋଟ ଚୌକିଟିଏ ଉପରେ ବିନୟ ସାର୍ ବସିଥିଲେ। ତାଙ୍କ ପାଇଁ ଏଭଳି ଏକ ଅଚାନକ ପ୍ରସଙ୍ଗ ଉଠିବାରୁ ସେ କିଛି ସମୟ ହତ୍‌ବାକ୍

ହୋଇଗଲେ। ତାଙ୍କର ସ୍ୱଭାବ ସୁଲଭ ବିନମ୍ରତା ସହ ଛିଡ଼ା ହୋଇପଡ଼ି କହିଲେ "ନାଇଁ ସାର୍ ; ମୁଁ କିଏ ରାଷ୍ଟ୍ରପତି ପୁରସ୍କାର କିଏ ? ଆପଣମାନେ ମୋତେ ଏତେ ବଡ଼ ପୁରସ୍କାର ପାଇଁ ଯେ ଯୋଗ୍ୟ ଭାବୁଛନ୍ତି, ଏଇଟା ହିଁ ମୋ ପାଇଁ ବଡ଼ ପୁରସ୍କାର।" ରାମକୃଷ୍ଣ ସାର୍ ତାଙ୍କୁ ଅଟକାଇ ଦେଇ କହିଲେ, " ମୁଁ କିଛି ଶୁଣିବିନି। ତୁମେ କାଲି ଭୁବନେଶ୍ୱର ଯାଇ ଶୀଘ୍ର ଆବେଦନ ପତ୍ର ଆଣ। ଭାରତବର୍ଷରେ ଏବେ ବି ଶିକ୍ଷାର ମର୍ଯ୍ୟାଦା ରହିଛି। ତୁମ ପ୍ରଚେଷ୍ଟାର ନିଶ୍ଚୟ ଉଚିତ୍ ମୂଲ୍ୟାଙ୍କନ ହେବ।"

ବିନୟ ସାର୍ ଆଉ ପ୍ରଧାନଶିକ୍ଷକଙ୍କ ମୁହଁ ଉପରେ କିଛି କହି ପାରିଲେ ନାହିଁ। ସେ ତ ଆଜି ଯାଏ ତାଙ୍କ ସାମ୍ନାରେ ବସି ଚା' ବି ପିଅନ୍ତି ନାହିଁ। ପିତୃତୁଲ୍ୟ ଭକ୍ତି କରନ୍ତି ସେ ରାମକୃଷ୍ଣ ସାର୍‌ଙ୍କୁ। ତେଣୁ କଣ ବା ଆଉ ତାଙ୍କୁ କହିଥାନ୍ତେ।

ଏଇ ରାମକୃଷ୍ଣ ସାର୍‌ଙ୍କ ପାଇଁ ତ ଆଜି ବିନୟ ଭଳି ଶିକ୍ଷକଟିଏ ତିଆରି ହେବା ସମ୍ଭବ ହୋଇଛି। ଏଇ ତ ମାତ୍ର କେତେ ବର୍ଷ ତଳର କଥା ଭଳି ଲାଗୁଛି। ବିନୟର ବାପା ବିଲରେ କାମ କରୁଥିବା ବେଳେ ହଠାତ୍ ଘଡ଼ଘଡ଼ିଟିଏ ତାଙ୍କ ଉପରେ ପଡ଼ିଲାରୁ ସେ ମରିଗଲେ। ତେଣୁ ତାର ମା'ଙ୍କୁ ହିଁ ସଂସାର ଚଳାଇବାକୁ ବାହାରକୁ କାମ କରିବାକୁ ବାହାରିବାକୁ ପଡ଼ିଲା। ବିନୟ ଓ ତାର ବଡ଼ ଭାଇର ପାଠପଢ଼ା ବନ୍ଦ ହୋଇଗଲା। ବିନୟ ବୋଧେ ସେତେବେଳେ ତୃତୀୟ କି ଚତୁର୍ଥ ଶ୍ରେଣୀରେ ପଢୁଥିଲା। ବଡ଼ କଷ୍ଟରେ ବର୍ଷେ ଖଣ୍ଡେ ଚଳିଲେ ସେମାନେ। ଏହାରି ଭିତରେ ବିଦ୍ୟାପୀଠରେ ପିଲାଙ୍କ ପାଇଁ ମଧ୍ୟାହ୍ନ ଭୋଜନ ରାନ୍ଧିବା ପାଇଁ ତାର ମା'କୁ ପାଚିକା ଭାବରେ ଏଇ ନରେନ୍ଦ୍ର ନାଥ ବିଦ୍ୟାପୀଠରେ କାମ ମିଳିଗଲା। ବିନୟ ଟିକେ ରୋଷେଇ ପାଖରେ ସାହାଯ୍ୟ କରିବ ବୋଲି ତାର ମା' ତାକୁ ସବୁଦିନ ସାଙ୍ଗରେ ନେଇ ଆସେ। ବିନୟ ସିନା ବିଦ୍ୟାଳୟ ଛାଡ଼ି ଦେଇଥିଲା, ହେଲେ ସେ ପାଠକୁ ଛାଡ଼ି ନ ଥିଲା। ତେଣୁ ମା' ସାଙ୍ଗରେ ବିଦ୍ୟାଳୟକୁ ପାଠ ପାଇଁ ନ ହେଉ ପଛେ ରୋଷେଇ ପାଇଁ ହେଲେ ବି ବିଦ୍ୟାଳୟ ଆସିବାକୁ ତାକୁ ଭାରି ଭଲ ଲାଗିଲା। ମା'କୁ ସାହାଯ୍ୟ କରି ଦେଇ ସେ ବେଳେବେଳେ ଯାଇ ଶ୍ରେଣୀ ଗୃହମାନଙ୍କରେ ବସେ। ଯେଉଁଠି ରୋଷେଇ ହୁଏ ତାର ଆରପଟେ ପଞ୍ଚମ ଶ୍ରେଣୀ। ମଝିରେ ଗୋଟେ ତାଳପତ୍ର ବରଡ଼ାର କାନ୍ଥ। ତେଣୁ ସେପଟେ ସାର୍‌ମାନେ ଯାହା ପଢାନ୍ତି ଏପଟେ ସେସବୁ ସେ ମନଦେଇ ଶୁଣୁଥାଏ। ପିଲାଙ୍କଠାରୁ ଖେଳ ଛୁଟିବେଳେ ବହି ମାଗି ଆଣି ପଢେ। ଥରେ ରାମକୃଷ୍ଣ ସାର୍ ବିଜ୍ଞାନ ପଢାଉଥାନ୍ତି। ପିଲାଙ୍କୁ ପଚାରିଲେ, "ପିଲେ ଗତଥର 'ଲିଭର' ପଢାଇଥିଲି। ଗୋଟିଏ ତୃତୀୟ ଶ୍ରେଣୀ ଲିଭରର ଉଦାହରଣ ଦେଲ।" ପିଲାମାନେ ପୁରା ଚୁପ୍। ତୃତୀୟ ଶ୍ରେଣୀ ଲିଭର ପୁଣି କେମିତିକିଆ ହୋଇଥିବ ? ସମସ୍ତେ ଭାବୁଥାନ୍ତି ? ପିଲାମାନେ ଏତେ ସମୟ

ଚୁପ୍ ରହିବା ଦେଖି ବିନୟ ତାଳପତ୍ର ବରଡ଼ା ସେପଟେ ଆଉ ଥୟ ଧରି ରହିପାରିଲା ନାହିଁ। ମା' ହାତରୁ ଗରମ ସଣ୍ଢୁଆସିଟି ଛଡ଼େଇ ନେଇ ତାଳପତ୍ର ବରଡ଼ା ଫାଙ୍କରେ ଗୁଞ୍ଜି ଦେଇ କହିଲା " ସାର୍, ଏଇଟା ହେଉଛି ତୃତୀୟ ଶ୍ରେଣୀ ଲିଭର।" ଛାତ୍ରଛାତ୍ରୀମାନେ ହଠାତ୍ ଫାଙ୍କପଟେ ବଡ଼ ସଣ୍ଢୁଆସିଟି ଦେଖି ହସି ଉଠିଲେ। ରାମକୃଷ୍ଣ ସାର୍‌ଙ୍କ ଧମକରେ ସବୁ ଚୁପ୍ ହୋଇ ବସିଲେ। ରାମକୃଷ୍ଣ ସାର୍ ଏଭଳି ଉପସ୍ଥିତ ଉଦାହରଣ ଟିଏ ଦେଖି ଯେତିକି ଖୁସି ହେଲେ ସେତିକି ବିସ୍ମିତ ମଧ୍ୟ ହେଲେ। ବିନୟକୁ ଶ୍ରେଣୀ ଗୃହକୁ ଡ଼କାଇ ଅନ୍ୟ କେତୋଟି ପ୍ରଶ୍ନ ପଚାରିବାରୁ ସେ ତାର ନିର୍ଭୁଲ ଉତ୍ତର ଏଭଳି ଶୈଳୀରେ ଦେଲା ଯେ ରାମକୃଷ୍ଣ ସାର୍ ଖୁସିରେ ଗଦ ଗଦ ହୋଇଗଲେ। ପିଲାଟିର ପାଠପ୍ରତି ଏତେ ଶ୍ରଦ୍ଧା ଦେଖି ସେ ସ୍ଥିର କଲେ ଯେ ପିଲାଟିକୁ ନିଶ୍ଚୟ ପଢାଇବାକୁ ହେବ। ଏ ପିଲାର ମେଧାଶକ୍ତି ଅପଚୟ ହେବା ଠିକ୍ ହେବନି। ସେତେବେଳେ ବିଦ୍ୟାଳୟର ପ୍ରଧାନଶିକ୍ଷକ ଥାଆନ୍ତି ଅଖିଳମୋହନ ପାଣିଗ୍ରାହୀ ସାର୍। ତାଙ୍କ ସହିତ ପରାମର୍ଶ କରି ସପ୍ତାହେ ଭିତରେ ପଞ୍ଚମ ଶ୍ରେଣୀରେ ବିନୟର ନାମ ଲେଖାଇ ଦେଲେ। ତା'ର ପାଠର ସବୁ ଖର୍ଚ୍ଚ ସାର୍ ବହନ କରୁଥାନ୍ତି।

ବିନୟର ପଢାରେ ପ୍ରଚଣ୍ଡ ଆଗ୍ରହ ଓ ନିଷ୍ଠା ଥିଲା। ତେଣୁ ରାମକୃଷ୍ଣ ସାର୍ ବିନୟର ପାଠ ପାଇଁ ଅର୍ଥ ବିନିଯୋଗ କରିବାରେ ଆଦୌ କୁଣ୍ଠାବୋଧ କରୁନଥିଲେ। ବିନୟ ମଧ୍ୟ ଖୁବ୍ ସରଳ ଓ ମିତବ୍ୟୟୀ ଥିଲା। କାଗଜ ଖର୍ଚ୍ଚକୁ କମ କରିବା ପାଇଁ ସପ୍ତମ ଶ୍ରେଣୀ ପର୍ଯ୍ୟନ୍ତ ଗୋଟିଏ ସିଲଟ୍ ଓ ଖଡ଼ିରେ ସେ ଯାବତୀୟ ରଫ୍ କାମ କରୁଥିଲା। ପଞ୍ଚମ ଓ ସପ୍ତମ ଶ୍ରେଣୀ ବୋର୍ଡ଼ ପରୀକ୍ଷାରେ ସେ ଜିଲ୍ଲାରେ ପ୍ରଥମ ହୋଇ ଛାତ୍ରବୃତ୍ତି ପାଇଲା। ବିନୟର କୃତିତ୍ୱ ରାମକୃଷ୍ଣ ସାର୍‌ଙ୍କ ପାଇଁ ଏକ ଆହ୍ୱାନମୂଳକ ଲକ୍ଷ୍ୟ ଥିଲା। ଅଳ୍ପ ବେତନଧାରୀ ଅଭାବୀ ବିଦ୍ୟାଳୟ ମାଷ୍ଟର ରାମକୃଷ୍ଣ ସାର୍ ନିଃସ୍ୱାର୍ଥପର ଭାବରେ ବିନୟକୁ ପାଠ ପଢାଇ ଚାଲିଲେ। ଚାହୁଁ ଚାହୁଁ ଦଶମ ଶ୍ରେଣୀର ମାଟ୍ରିକ୍ ପରୀକ୍ଷାରେ ପ୍ରଥମ ଶ୍ରେଣୀରେ ଖୁବ୍ ଭଲ ନମ୍ବର ରଖି ବିନୟ ଉତ୍ତୀର୍ଣ୍ଣ ହେଲା। ତାପରେ ବିନୟ କଲେଜରେ ପଢିବ! ରାମକୃଷ୍ଣ ସାର୍‌ଙ୍କ ନିଜ ପୁଅ ଦୁଇଟି ଭିତରୁ ଜଣେ ସେତେବେଳେ ବିଦ୍ୟାଳୟରେ ଓ ଜଣେ କଲେଜରେ ପଢୁଥାନ୍ତି। ତେଣୁ ଅର୍ଥ ଲୋଡ଼ା। ହେଲେ ମଣିଷ ଗଢିବା ଯାହାଙ୍କର ନିଶା ତାଙ୍କୁ କଣ କେତେବେଳେ ପେଶା ଅଭାବ ହେବ। ଲେଖାଲେଖି କରିବା ଓ ଛୋଟବଡ଼ ବିଜ୍ଞାନ ଉପକରଣ ସ୍ୱଳ୍ପ ଖର୍ଚ୍ଚରେ ତିଆରି କରିବାରେ ରାମକୃଷ୍ଣ ସାର୍ ଧୂରୀଣ ଥିଲେ। ପାଠ ପଢାଇବାରେ ତାଙ୍କ ସମକକ୍ଷ ବିଜ୍ଞାନ ଶିକ୍ଷକ ଆଉ ସେତେବେଳେ କେହି ନ ଥାଆନ୍ତି। ତେଣୁ ବହି ଲେଖିବା ଓ ବିଜ୍ଞାନ ପ୍ରକଳ୍ପ ସହ ଉପକରଣମାନ ତିଆରି କରିବାକୁ ସେ ଅଧିକ ଆଗ୍ରହ ସହ ଆଦରି ନେଲେ।

ଛୋଟ ପିଲାଙ୍କ ପାଇଁ ବହି,ବିଜ୍ଞାନ ଶିକ୍ଷାକୁ ସରଳ ବାକ୍ୟରେ ବାଖ୍ୟା କରି ବିଜ୍ଞାନ ଶିକ୍ଷକମାନଙ୍କ ପାଇଁ ବହି, ବର୍ଜ୍ୟବସ୍ତୁକୁ ଉପଯୋଗ କରି ବିଜ୍ଞାନ ଉପକରଣ ତିଆରି କରିବା ଇତ୍ୟାଦି କାମରେ ସେ ତାଙ୍କର ବଳକା ସମୟରେ ଲାଗିଥାନ୍ତି। ଏଭଳି ବହିପତ୍ର ଓ ବିଜ୍ଞାନ ଉପକରଣ ସେତେବେଳେ ନିୟମିତ ଶିକ୍ଷକ ସହ ତାଲିମ ନେଉଥିବା ଶିକ୍ଷକମାନଙ୍କ ପାଇଁ ଖୁବ୍ ଉପଯୋଗୀ ହେଲା। ବହି ପ୍ରକାଶନ ଓ ଉପକରଣ ବିକ୍ରିରୁ ଯଦିଓ ସେମିତି ଅତ୍ୟଧିକ ଉପାର୍ଜନ ହେଲା ନାହିଁ, ତଥାପି ଏହା ତାଙ୍କର ସେତେବେଳକାର ଆର୍ଥିକ ଦାୟିତ୍ୱକୁ ବେଶ୍ କିଛିଟା ଲାଘବ କରି ପାରିଥିଲା।

ଛାତ୍ରବୃତ୍ତି, ଟିଉଶନ୍ ଓ ରାମକୃଷ୍ଣ ସାର୍‌ଙ୍କ ସହାୟତାରେ ବିନୟ ମଧ୍ୟ ସହରରେ ରହି ଖୁବ୍ କୃତିତ୍ୱର ସହ ବି.ଏସ୍.ସି ପରୀକ୍ଷାରେ ଉତ୍ତୀର୍ଣ୍ଣ ହେଲା। ତାର ମଧ୍ୟ ଜୀବନର ଲକ୍ଷ୍ୟ ଥିଲା ଯେ ସେ ରାମକୃଷ୍ଣ ସାର୍‌ଙ୍କ ଭଳି ଜଣେ ଛାତ୍ରପ୍ରିୟ ଦକ୍ଷ ଶିକ୍ଷକ ହେବ। ତେଣୁ ସେ ଆଉ ଅନ୍ୟ କିଛି ଚାକିରି ପାଇଁ ଆଗ୍ରହୀ ନ ହୋଇ ଶିକ୍ଷକତାକୁ ଲକ୍ଷ୍ୟ ରଖି ବି.ଇଡ଼ି ଡିଗ୍ରୀ ପାଇଁ ତାଲିମ ନେଲା। ପ୍ରଥମ ଶ୍ରେଣୀରେ ପ୍ରଥମ ହୋଇ ବି.ଇଡ଼ି ପରୀକ୍ଷାରେ ଉତ୍ତୀର୍ଣ୍ଣ ହେଲା। ସେତେବେଳକୁ ରାମକୃଷ୍ଣ ସାର୍ ନରେନ୍ଦ୍ରନାଥ ବିଦ୍ୟାପୀଠର ପ୍ରଧାନଶିକ୍ଷକ ହୋଇଗଲେଣି। ସେଠି ଅନେକ ଗୁଡ଼ିକ ଶିକ୍ଷକ ପଦବୀ ଖାଲି ପଡ଼ିଥାଏ। ତେଣୁ ବିନୟ ଯେତେବେଳେ ଶିକ୍ଷକ ନିଯୁକ୍ତି ପରୀକ୍ଷାରେ କୃତକାର୍ଯ୍ୟ ହେଲା, ରାମକୃଷ୍ଣ ସାର୍ ସର୍କଲ ଇନ୍ସପେକ୍ଟରଙ୍କୁ ଅନୁରୋଧ କରିଥିଲେ ବିନୟକୁ ସେହି ବିଦ୍ୟାପୀଠରେ ନିଯୁକ୍ତି ଦେବାକୁ। ବିଦ୍ୟାଳୟଟି ଗୋଟିଏ ସବ୍‌ଡ଼ିଭିଜନରେ ଅବସ୍ଥିତ ହୋଇଥିବାରୁ ଅନ୍ୟ କେହି ଶିକ୍ଷକ ଏଠାକୁ ଆସିବାର ଚାପ ନ ଥିଲା। ତେଣୁ ବିନୟ ଅନାୟାସରେ ଏଠି ନିଯୁକ୍ତି ପାଇଗଲା। ରାମକୃଷ୍ଣ ସାର୍‌ଙ୍କୁ ମୁଣ୍ଡିଆ ମାରି ଖୁବ୍ ଉତ୍ସାହ ଓ ଉଦ୍ଦୀପନା ନେଇ ଛାତ୍ର ବିନୟ, ବିନୟ ସାର୍ ହୋଇ ଶିକ୍ଷକତା ଜୀବନ ଆରମ୍ଭ କଲେ। ରାମକୃଷ୍ଣ ସାର୍ ବିଦ୍ୟାଳୟ ପରିବେଶରେ ବିନୟକୁ ତୁମେ ବୋଲି ସମ୍ବୋଧନ କରନ୍ତି। ହେଲେ କେବେ କେମିତି ଆଦରରେ ତୁ ମଧ୍ୟ ବାହାରି ପଡ଼େ। ରାମକୃଷ୍ଣ ସାର୍‌ଙ୍କ ଭଳି ଜଣେ ଦକ୍ଷ ବିଜ୍ଞାନ ଶିକ୍ଷକ ହେବା ପାଇଁ ବିନୟ ସାର୍ ଲାଗିପଡ଼ିଲେ। ସେ ମଧ୍ୟ ବିଜ୍ଞାନ ଉପକରଣ ତିଆରି , ଶିକ୍ଷାଦାନର ବିଭିନ୍ନ ପ୍ରଣାଳୀ, ବିଜ୍ଞାନ ବହି ଓ ଜନପ୍ରିୟ ବିଜ୍ଞାନ ଲେଖାଲେଖି ଇତ୍ୟାଦିରେ ଖୁବ୍ ଉତ୍ସାହର ସହ ଲାଗି ପଡ଼ିଲେ। ନିଷ୍ଠା ଓ ଉତ୍ତମ ଲକ୍ଷ୍ୟ ଯାହାର ଥିବ ତା ପାଖରେ ସଫଳତା ନିଶ୍ଚୟ ଧରାଦେବ। ତେଣୁ ଖୁବ୍ ଅଳ୍ପଦିନ ମଧ୍ୟରେ କେବଳ ବିଦ୍ୟାଳୟ ଭିତରେ ନୁହେଁ ବରଂ ରାଜ୍ୟର ବିଜ୍ଞାନ ଶିକ୍ଷକ ସମ୍ପ୍ରଦାୟ ମଧ୍ୟରେ ବିନୟ ରାଉତ ଜଣେ ଅତି ଶ୍ରଦ୍ଧେୟ ଓ ପ୍ରଭାବଶାଳୀ ଶିକ୍ଷକ ହିସାବରେ ପରିଗଣିତ ହେବାରେ ଲାଗିଲେ। ପିଲାଙ୍କ ଉନ୍ନତି ପାଇଁ ନିଜକୁ ପୁରାପୁରି ସମର୍ପି

ଦେଇଥିଲେ ସେ। ନବମ ଓ ଦଶମ ଶ୍ରେଣୀର ପିଲାଙ୍କ ପାଇଁ ତାଙ୍କର ବିଶେଷ ଯତ୍ନ, ପରୀକ୍ଷା ବେଳେ ସବୁ ପିଲାଙ୍କୁ ବିଦ୍ୟାଳୟ ପରିସରରେ ନିଜ ଦାୟିତ୍ୱରେ ରଖି ପାଠ ପଢାନ୍ତି ସେ। ନିଜେ ପିଲାଙ୍କ ସହ ରାତିରାତି ଜଗି ପିଲାଙ୍କୁ ଉତ୍ସାହିତ କରନ୍ତି। ପିଲାଙ୍କ ପରୀକ୍ଷାମାନେ ଯେପରି ବିନୟ ସାର୍‌ଙ୍କର ପରୀକ୍ଷା। ତାଙ୍କର ଅଦମ୍ୟ ପ୍ରଚେଷ୍ଟା ଫଳରେ ଲଗାତାର ଦୁଇବର୍ଷ ହେଲା ମାଟ୍ରିକ୍ ପରୀକ୍ଷାରେ ଏହି ଗ୍ରାମ୍ୟ ବିଦ୍ୟାଳୟଟିରୁ ୨ ଜଣ ପିଲା ପ୍ରଥମ ଦଶଜଣଙ୍କ ଭିତରେ ସ୍ଥାନ ପାଇଲେଣି। ରାଜ୍ୟରେ ବେସରକାରୀ ବିଦ୍ୟାଳୟ ଗୁଡ଼ିକର ଏତେ ପ୍ରଚାର ପ୍ରସାର୍ ଭିତରେ ସରକାରୀ ବିଦ୍ୟାଳୟର ଏଭଳି ଫଳାଫଳ ସମସ୍ତଙ୍କୁ ଖୁବ୍ ପ୍ରେରଣା ଓ ଉତ୍ସାହ ଯୋଗାଇ ପାରିଲା। ତେଣୁ ଏବେ ବିନୟ ସାର୍‌ଙ୍କ ପାଇଁ ଅନେକ ଶ୍ରଦ୍ଧା, ଅନେକ ସମ୍ମାନ। ବିନୟ ସାର୍‌ଙ୍କର ଏବେ ବି ମନେ ଅଛି ଯେ ରାମକୃଷ୍ଣ ସାର୍ ସବୁବେଳେ କୁହନ୍ତି ଯେ, "ଆଧୁନିକ ସୁଉଚ୍ଚ,ସୁନ୍ଦର ଅଟ୍ଟାଳିକା ଦ୍ୱାରା ବିଦ୍ୟାଳୟଟିଏ ପରିଚୟ ପାଏନା। ଏହାର କୃତୀ ଶିକ୍ଷକ ଓ କୃତକାର୍ଯ୍ୟ ହୋଇଥିବା ଛାତ୍ରଛାତ୍ରୀମାନେ ହିଁ ବିଦ୍ୟାଳୟକୁ ପ୍ରକୃତ ପରିଚୟ ଦେଇଥାନ୍ତି।"

ବିନୟ ସାର୍‌ଙ୍କ ଏଭଳି ବହୁମୁଖୀ ପ୍ରତିଭା ଦେଖି ସବୁ ଶିକ୍ଷକମାନେ ତାଙ୍କୁ ରାଷ୍ଟ୍ରପତି ପୁରସ୍କାର ପାଇଁ ଆବେଦନ କରିବାକୁ ପ୍ରବର୍ତ୍ତାଇ ଥିଲେ। ଯଥା ସମୟରେ ଆବେଦନ ପତ୍ରଟିଏ ଆଣି ବିନୟସାର୍ ପ୍ରଧାନଶିକ୍ଷକଙ୍କ ଅନୁମୋଦନ ଓ ଦସ୍ତଖତ ସହ ବିଦ୍ୟାଳୟ ଜରିଆରେ ଦିଲ୍ଲୀର ମାନବ ସମ୍ବଳ ବିକାଶ ମନ୍ତ୍ରଣାଳୟକୁ ପଠାଇ ଦେଲେ। ସବୁ ଶିକ୍ଷକଙ୍କର ବିଶ୍ୱାସ ଯେ ବିନୟ ସାର୍ ନିଶ୍ଚୟ ରାଷ୍ଟ୍ରପତି ପୁରସ୍କାର ପାଇବେ।

ଅଗଷ୍ଟ ୧୦ ତାରିଖ ଦିନ ସର୍କଲ ଇନ୍‌ସପେକ୍ଟର୍ ଶ୍ୟାମସୁନ୍ଦରବାବୁ ବିଦ୍ୟାଳୟକୁ ଫୋନ କଲେ। ପ୍ରଧାନଶିକ୍ଷକ ଙ୍କୁ ସେ କହିଲେ ଯେ, ଏବେ ତାଙ୍କର ଜଣେ ଅନ୍ତରଙ୍ଗ ବନ୍ଧୁ ଯିଏ କି ଦିଲ୍ଲୀର ମାନବ ସମ୍ବଳ ବିକାଶ ମନ୍ତ୍ରଣାଳୟରେ କାର୍ଯ୍ୟ କରନ୍ତି ତାଙ୍କୁ ଫୋନ କରି ଜଣାଇଛନ୍ତି ଯେ ଜଗତ୍‌ସିଂହପୁର ଜିଲ୍ଲାର ନରେନ୍ଦ୍ରନାଥ ବିଦ୍ୟାପୀଠର ନାଁ ରାଷ୍ଟ୍ରପତି ପୁରସ୍କାରପ୍ରାପ୍ତ ଶିକ୍ଷକଙ୍କ ପାଇଁ ଉଦ୍ଦିଷ୍ଟ ତାଲିକାରେ ରହିଛି। ଶିକ୍ଷକ ଦିବସର ଦୁଇ ସପ୍ତାହ ପୂର୍ବରୁ ବିଧିବଦ୍ଧ ଭାବରେ ନାଁ ଘୋଷଣା କରାଯିବ ଓ ଶିକ୍ଷକ ଦିବସ ଦିନ ରାଷ୍ଟ୍ରପତି ଭବନଠାରେ ପୁରସ୍କାର ଦିଆଯିବ। ଏ ଖବର ଶୁଣି ଖୁସିରେ ଅଧୀର ହୋଇଉଠିଲେ ରାମକୃଷ୍ଣ ସାର୍। ସବୁ ଶିକ୍ଷକଙ୍କୁ ପାଟି କରି ଖବରଟି କହି କହି ଆଗେଇ ଚାଲିଲେ ବିନୟ ସାର୍‌ଙ୍କ ପାଖକୁ। ବିନୟ ସାର୍ ସେତେବେଳେ ସପ୍ତମ ଶ୍ରେଣୀରେ ଗଣିତ ପଢାଉଥାନ୍ତି। ଧଇଁସଇଁ ହୋଇ ଶ୍ରେଣୀ ଗୃହକୁ ପଶିଯାଇ ସେ କୁଣ୍ଢାଇ ପକାଇଲେ ବିନୟ ସାର୍‌ଙ୍କୁ। "ବିନୟ ତୁ ରାଷ୍ଟ୍ରପତି ପୁରସ୍କାର ପାଇଁ ମନୋନୀତ ହେଇଛୁ। ପୁରସ୍କାର ଗ୍ରହଣ ପାଇଁ ଦିଲ୍ଲୀ ଯିବାକୁ ପ୍ରସ୍ତୁତ ହୋଇଥା''। ଏକା ନିଶ୍ୱାସରେ ଏତକ କହି

ପକାଇଲେ ରାମକୃଷ୍ଣ ସାର୍। ବିନୟ ସାର୍ ରାମକୃଷ୍ଣ ସାର୍‌ଙ୍କ ମୁହଁକୁ ବିସ୍ମୟରେ ଅନାଇଥାନ୍ତି। ଆଖିରୁ ତାଙ୍କର ଲୁହ ଝରି ଆସିଲା। ସାର୍‌ଙ୍କୁ ମୁଣ୍ଡିଆ ମାରି ସାର୍‌ଙ୍କ ହାତକୁ ଆଣି ନିଜ ମୁଣ୍ଡ ଉପରେ ଥୋଇଲେ ବିନୟ ସାର୍। ପୁରା କ୍ଲାସ ଏଭଳି ଏକ ଭାବବିହ୍ୱଳ ପରିବେଶରେ ମନ୍ତ୍ରମୁଗ୍ଧ ହୋଇଯାଇଥାନ୍ତି। ସାର୍ ଆଶୀର୍ବାଦ କରି କହିଲେ, "ହଉ ବିନୟ ଶୀଘ୍ର ପାଠପଢ଼ା ସାରି ଶିକ୍ଷକ ପ୍ରକୋଷ୍ଠକୁ ଆସ। ସବୁ ଶିକ୍ଷକମାନେ ଆଜି ମୋ ଠୁ ଚା' ଜଳଖିଆ ନ ଖାଇ ମୋତେ ଛାଡ଼ିବେ ନାହିଁ।"

ବିଦ୍ୟାଳୟରେ ସେଦିନ ଆନନ୍ଦର ଲହରି ଖେଳିଗଲା। ଛାତ୍ରଛାତ୍ରୀଠାରୁ ପିଅନ ପର୍ଯ୍ୟନ୍ତ ସମସ୍ତେ ବିନୟ ସାର୍‌ଙ୍କର ଏଭଳି କୃତିତ୍ୱରେ ଅତ୍ୟନ୍ତ ପୁଲକିତ। ପୁରସ୍କାର ପାଇଁ ତାଙ୍କୁ ଦିଲ୍ଲୀ ଯିବାକୁ ହେବ। ଖୋଦ୍ ରାଷ୍ଟ୍ରପତି ଶିକ୍ଷକ ଦିବସ ଦିନ ରାଷ୍ଟ୍ରପତି ଭବନଠାରେ ଆୟୋଜିତ ଏକ ଭବ୍ୟ ସମାରୋହରେ ଏହି ପୁରସ୍କାର ପ୍ରଦାନ କରିବେ। ସମ୍ବାଦପତ୍ର ଓ ଟେଲିଭିଜନରେ ଅଗଷ୍ଟ ୨୦ ତାରିଖ ଦିନ ରାଷ୍ଟ୍ରପତି ପୁରସ୍କାର ପ୍ରାପ୍ତ ଶିକ୍ଷକମାନଙ୍କର ତାଲିକା ଘୋଷଣା କରାଯିବ। ତେଣୁ ପୁରା ବିଦ୍ୟାଳୟରେ ଏବେ ଏକ ଉତ୍ସବର ବାତାବରଣ। ସମସ୍ତେ ୨୦ ତାରିଖର ସମ୍ବାଦପତ୍ର ଓ ଟେଲିଭିଜନ ସମାଚାରକୁ ଅପେକ୍ଷା କରିଥାନ୍ତି। କେତେବେଳେ ପଢାହେବ ବିନୟ ସାର୍‌ଙ୍କର ନାଁ।

ଅଗଷ୍ଟ ୨୦ ତାରିଖ ପଡ଼ିଥାଏ ଶନିବାର। ସକାଳୁଆ ବିଦ୍ୟାଳୟ, ସମସ୍ତେ ଅପେକ୍ଷା କରିଥାନ୍ତି ଖବର କାଗଜକୁ। ଏତେ ସକାଳୁ ଏଠି ଖବରକାଗଜ ଆସେନି। କାଗଜ ଆସିବାକୁ ଦଶଟା ବାଜିଗଲା। ଶିକ୍ଷକମାନେ ଯେ ଯାହାର ଶ୍ରେଣୀ ଗୃହରେ ପାଠ ପଢାଉଥାନ୍ତି। କେବଳ ଶ୍ରୀହରି ସାର୍ ଶିକ୍ଷକ ପ୍ରକୋଷ୍ଠରେ ବସି ଥିଲେ। ପିଅନ ଖବର କାଗଜଟିଏ ଆଣିବାରୁ ଆଗ୍ରହ ସହକାରେ ସେ ଖୋଲିଦେଲେ। ସମାଜର ଦ୍ୱିତୀୟ ପୃଷ୍ଠାରେ ଓଡ଼ିଶାରୁ ରାଷ୍ଟ୍ରପତି ପୁରସ୍କାର ପାଇଁ ବିବେଚିତ ଶିକ୍ଷକଙ୍କର ତାଲିକା ବାହାରିଛି। ଗୋଟିଏ ପରେ ଗୋଟିଏ ବିଦ୍ୟାଳୟର ନାଁ ପଢୁ ପଢୁ ପାଇଗଲେ ନରେନ୍ଦ୍ରନାଥ ବିଦ୍ୟାପୀଠ, ପୁନଙ୍ଗ, ଜଗତ୍‌ସିଂହପୁର। ଓଃ କି ଆନନ୍ଦ। ଆଖିକୁ ବିଶ୍ୱାସ କରି ହେଉନି। ହେଲେ ଏ କଣ ବିନୟ ରାଉତ ପରିବର୍ତ୍ତେ କଣ ପ୍ରଧାନଶିକ୍ଷକଙ୍କର ନାଁ ରାମକୃଷ୍ଣ ମିଶ୍ର ବାହାରିଛି। କଣ ଭୁଲରେ ବିନୟ ରାଉତ ଜାଗାରେ ବିଦ୍ୟାଳୟର ପ୍ରଧାନଶିକ୍ଷକଙ୍କର ନାଁ ଛପା ହୋଇଯାଇଛି କି? କାଗଜଟି ଧରି ବାରଣ୍ଡାକୁ ବାହାରି ଆସିଲେ ଶ୍ରୀ ହରି ସାର୍। ପାଖ ଶ୍ରେଣୀରେ ପାଠ ପଢ଼ାଉଥାନ୍ତି ରାମକୃଷ୍ଣ ସାର୍। ଦୌଡ଼ି ଗଲେ ତାଙ୍କ ପାଖକୁ। ଶ୍ରୀହରି ସାର୍‌ଙ୍କ ହାତରେ ସମ୍ବାଦପତ୍ର ଦେଖି ରାମକୃଷ୍ଣ ସାର୍ ମଧ୍ୟ ଶ୍ରେଣୀଗୃହରୁ ବାହାରକୁ ବାହାରି ଆସିଲେ। ଶ୍ରୀହରି ସାର୍ ଦେଖେଇ ଦେଲେ ଯେ, ବିନୟର ନାଁ ନାହିଁ। ଚାହୁଁ ଚାହୁଁ ସବୁ ଶ୍ରେଣୀ ଗୃହରୁ ସାର୍‌ମାନେ ବାହାରି ଆସି ଖବରକାଗଜ ଦେଖିବାରେ ଲାଗିଲେ। ସମସ୍ତଙ୍କ

ମନରେ ସେହି ଏକା ଦ୍ୱନ୍ଦ। ନିଶ୍ଚୟ କେଉଁଠି ଭୁଲ ହୋଇଯାଇଛି। ବିଦ୍ୟାଳୟର ପ୍ରଧାନଶିକ୍ଷକଙ୍କର ନାଁ ଭୁଲରେ ଛାପି ହୋଇଯାଇଛି। ସର୍କଲ ଇନ୍ସପେକ୍ଟରଙ୍କୁ ଫୋନ୍ କରିବାକୁ ସମସ୍ତେ ରାମକୃଷ୍ଣ ବାବୁଙ୍କୁ ପ୍ରବର୍ତ୍ତାଇଲେ। ଠିକ୍ ଏହି ସମୟରେ ଶିକ୍ଷକ ପ୍ରକୋଷ୍ଠର ଟେଲିଫୋନ ବାଜି ଉଠିଲା। ପ୍ରଧାନଶିକ୍ଷକଙ୍କ ସହ ସବୁ ଶିକ୍ଷକମାନେ କମନରୁମକୁ ଦୌଡ଼ି ଆସିଲେ। ଫୋନ ସେପଟେ ସର୍କଲ ଇନ୍ସପେକ୍ଟର ଶ୍ୟାମସୁନ୍ଦର ବାବୁଙ୍କ ସ୍ୱର। ପୁରସ୍କାର ପାଇଁ ଅଭିନନ୍ଦନ ଜଣାଇଲେ ରାମକୃଷ୍ଣ ସାର୍‌ଙ୍କୁ। କହିଲେ, "ଏବେ ଦିଲ୍ଲୀରୁ ଫ୍ୟାକ୍ସ ଆସିବାରୁ ଜାଣିଲି, ଖୁବ୍ ଖୁସି ଲାଗିଲା। ପ୍ରକୃତରେ ଅନେକ ଆଗରୁ ଆପଣ ଏ ପୁରସ୍କାର ପାଇବାର କଥା। ଯା ହେଉ ଆପଣ ଏ ସର୍କଲ ପାଇଁ ଓ ଜିଲ୍ଲା ପାଇଁ ଆମର ଗୌରବ।" ଏପଟେ ରାମକୃଷ୍ଣ ସାର୍ ଯେତେ ନାହିଁ ନାହିଁ ଶୁଣନ୍ତୁ... କହିଲେ ବି ଶ୍ୟାମସୁନ୍ଦର ବାବୁ କିଛି ନ ଶୁଣି ଅନର୍ଗଳ ଅଭିନନ୍ଦନ ଦେଇଚାଲିଥାନ୍ତି। ଶେଷରେ ନମସ୍କାର କହି ଫୋନ୍‌ଟି ହଠାତ୍ ଥୋଇଦେଲେ ଶ୍ୟାମସୁନ୍ଦର ବାବୁ। ଏପଟେ ନିଶ୍ଚଳ ପଥର ପାଲଟି ଯାଇଥିଲେ ରାମକୃଷ୍ଣ ସାର୍। ନିଜକୁ ଅପରାଧୀ ବୋଲି ଲାଗୁଥାଏ ତାଙ୍କୁ। ଏଭଳି ତ୍ରୁଟି କେଉଁଠି ହେଲା ବୋଲି ସମସ୍ତେ ଚିନ୍ତା କରୁଥାନ୍ତି। ଏବେ ଭୁବନେଶ୍ୱର ବା ଦିଲ୍ଲୀ କେଉଁଠିକୁ ହେଲେ ଫୋନ୍ କରି ଠିକ୍ କଥାଟି ବୁଝିବାକୁ ହେବ। ବଡ଼ ଅଡୁଆରେ ପଡ଼ିଗଲେ ସେ। ବିନୟଟା କ'ଣ ଭାବୁଥିବ। ପିଲାଟା ଏତେ ଆଶା କରି ବସିଥିଲା। ଏହା କହି ନିଜର ଫୋନ୍ ଡାଇରୀ ଆଡ଼େଇବାକୁ ଲାଗିଲେ ରାମକୃଷ୍ଣ ବାବୁ।

ଏହି ସମୟରେ ବିନୟ ସାର୍ ମୁହଁକୁ ତଳକୁ ପୋତି ଧୀରେ ଧୀରେ ପ୍ରକୋଷ୍ଠରେ ପଶିଲେ। ସିଧା ଯାଇ ରାମକୃଷ୍ଣ ସାର୍‌ଙ୍କର ଗୋଡ଼ ଧରି ଭୋ ଭୋ କରି କାନ୍ଦି ଉଠିଲେ। କହିଲେ, "ସାର୍ ମୋତେ କ୍ଷମା କରନ୍ତୁ। ତ୍ରୁଟି କେଉଁଠି ହୋଇନାହିଁ। ଆପଣ ହିଁ ପୁରସ୍କାର ପାଇଛନ୍ତି।" ସବୁ ଶିକ୍ଷକମାନେ ତଟସ୍ଥ ହୋଇ ବିନୟ ଆଡ଼େ ଅନାଇଥାନ୍ତି। ବିନୟ କହିଚାଲିଥାଏ। "ଯେତେବେଳେ ରାଷ୍ଟ୍ରପତି ପୁରସ୍କାରର ପ୍ରସଙ୍ଗ ଉଠିଲା ସେତେବେଳେ ମୁଁ ଭାବିଲି ଆପଣ ହିଁ ଏହି ପୁରସ୍କାର ପାଇଁ ଯୋଗ୍ୟତମ ଶିକ୍ଷକ। ଆପଣ କେବଳ ହେଳାରେ ଆଜି ଯାଏ ଆବେଦନ କରି ନାହାନ୍ତି। ତେଣୁ ଆପଣଙ୍କର ଦ୍ୱାରା ଲିଖିତ ବହିପତ୍ର, ବିଭିନ୍ନ ପତ୍ରପତ୍ରିକାରେ ବାହାରିଥିବା ଆପଣଙ୍କର ଉଚ୍ଚକୋଟୀର ଲେଖା, ଆପଣଙ୍କ ଦ୍ୱାରା ପ୍ରସ୍ତୁତ ବିଜ୍ଞାନ ପ୍ରକଳ୍ପ, ଆପଣଙ୍କର ପଠନ ପାଠନର ଅଭିନବ ଶୈଳୀ ଓ ଆପଣଙ୍କର ରାଜ୍ୟସ୍ତରୀୟ ସମ୍ମାନ ସବୁକୁ ଉଲ୍ଲେଖ କରି ମୁଁ ଆପଣଙ୍କ ପାଇଁ ଆବେଦନ ପତ୍ର ଭରିଥିଲି। ଉପରନ୍ତୁ ପ୍ରଧାନଶିକ୍ଷକ ହିସାବରେ ଆପଣଙ୍କର ଦସ୍ତଖତ ତ ନେବାର ଥିଲା। ତେଣୁ ନିଜ ଅଜାଣତରେ ଆପଣ ନିଜ ଆବେଦନ ପତ୍ରରେ ସ୍ୱାକ୍ଷର କରିଦେଲେ। ସାର୍ ଆପଣ ଯଦି ମୋ ଭଳି ଗୋଟେ ଗରିବ ବାପ ଛେଉଣ୍ଡ ପିଲାକୁ ଆଜି ସମାଜରେ ଶିକ୍ଷକ ହିସାବରେ

ଠିଆ କରି ପାରିଛନ୍ତି ତେଣୁ ଆପଣ ହିଁ କେବଳ ରାଷ୍ଟ୍ରପତି ପୁରସ୍କାର ପାଇଁ ହକ୍‌ଦାର। ମୁଁ ନୁହେଁ।" ଏତକ କହି ପୁଣି ଥରେ କାନ୍ଦି ଉଠିଲେ ବିନୟ ସାର୍। ରାମକୃଷ୍ଣ ସାର୍‌ଙ୍କ ସହିତ ଅନ୍ୟାନ୍ୟ ଉପସ୍ଥିତ ଶିକ୍ଷକମାନଙ୍କ ଆଖି ସେତେବେଳେ ଲୁହରେ ଭର୍ତ୍ତି ହୋଇଗଲାଣି। ବିନୟକୁ ଉଠାଇ ନିଜ କାନ୍ଧରେ ଥାପୁଡ଼ି ଦେଇ ଧୋତି କାନିରେ ତାଙ୍କର ଆଖିର ଲୁହକୁ ପୋଛି ଦେଲେ ରାମକୃଷ୍ଣ ସାର୍। ସବୁ ଶିକ୍ଷକମାନେ ଆସି ବିନୟକୁ କୁଣ୍ଢାଇ ପକାଇଲେ। ରତ୍ନାକର ସାର୍ କହିଲେ, "ସତରେ ବିନୟ, ତୁମେ ହେଲ ଆଜିର ଏକଲବ୍ୟ। ଏକଲବ୍ୟ ତ କେବଳ ବୁଢାଆଙ୍ଗୁଠି ଟି ଗୁରୁଦକ୍ଷିଣା ଦେଇଥିଲା। ହେଲେ ତୁମେତ ତୁମର ହୃଦୟଟି ଗୁରୁଙ୍କୁ ଭେଟି ଦେଇଛ।"

ଶ୍ରୀହରି ସାର୍ ଯାଇ ରାମକୃଷ୍ଣ ସାର୍‌ଙ୍କୁ କୁଣ୍ଢାଇପକାଇ ଅଭିନନ୍ଦନ ଜଣାଇଲେ। କହିଲେ, "ସାର୍, ବିନୟ ଯାହା କହୁଛି ଏକଦମ୍ ଠିକ୍। ଆପଣ କେବଳ ଜଣେ ଦକ୍ଷ ଶିକ୍ଷକ, ଜନପ୍ରିୟ ଲେଖକ ଓ ପ୍ରବୀଣ ଶିକ୍ଷାବିତ୍ ନୁହନ୍ତି, ଆପଣ ଜଣେ ଗୁଣିଆ, ଯେ କି ବିନୟର ବିଦ୍ୟା ବୁଦ୍ଧି ଓ ଗୁଣକୁ ପରଖି ତାକୁ ଉଚିତ୍ ସ୍ଥାନରେ ପହଞ୍ଚାଇ ପାରିଛନ୍ତି। ଆମେ ତ ଖାଲି ଛାତ୍ର ଗଢ଼ିଛୁ। ହେଲେ ଆପଣ ଶିକ୍ଷକଟିଏ ଗଢ଼ିଛନ୍ତି। ତେଣୁ ଏ ପୁରସ୍କାର ପାଇଁ ଆପଣ ହିଁ ଯୋଗ୍ୟତମ। ବିନୟର ତ ଆହୁରି ଦୀର୍ଘ ଚାକିରି ଜୀବନ ଆଗକୁ ରହିଛି। କିନ୍ତୁ ଆପଣତ ଏଇ ବର୍ଷ ଅବସର ନେବେ। ତେଣୁ ବିନୟର ଉଦ୍ୟମ ନିହାତି ସମୟୋଚିତ।"

ଶ୍ରୀହରି ସାର୍‌ଙ୍କ କଥାରେ ସମସ୍ତେ ଖୁସିରେ ଉତ୍‌ଫୁଲ୍ଲ ହୋଇଉଠିଲେ, ଏଭଳି ବିରଳ ଓ ମର୍ମସ୍ପର୍ଶୀ ଘଟଣା ସମସ୍ତଙ୍କୁ ବିସ୍ମୟରେ ଅଭିଭୂତ କରି ଦେଲା। ପରିବେଶକୁ ହାଲୁକା କରିବାକୁ ନୃସିଂହ ସାର୍ ପ୍ରଧାନଶିକ୍ଷକଙ୍କୁ ଲକ୍ଷ୍ୟ କରି ଜୋରରେ କହି ଉଠିଲେ, "ସାର୍ ଆଜି କେବଳ ଚା' ଜଳଖିଆରେ କାମ ଚଳିବ ନାହିଁ। ଗୋଟିଏ ଭଲ ଭୋଜିଭାତର ଆୟୋଜନ କରନ୍ତୁ।" ରାମକୃଷ୍ଣ ସାର୍ କହିଲେ, "ହଁ ହଁ ନିଶ୍ଚୟ, ନିଶ୍ଚୟ।" ଏତେ ସବୁ କଥା ଭିତରେ ବିନୟ ସାର୍ ତରତର ହୋଇ ସାଇକେଲ୍ ଧରି କୁଆଡ଼େ ଗୋଟେ ବାହାରୁଥାଆନ୍ତି। ରାମକୃଷ୍ଣ ସାର୍ ଦୂରରୁ ପାଟି କରି ପଚାରିଲେ, "ଆରେ ତରତର ହୋଇ କୁଆଡ଼େ ଯାଉଛୁ ବିନୟ ?"

ସାଇକେଲ ସିଟ୍ ଉପରେ ବସୁ ବସୁ ବିନୟ ସାର୍ କହିଲେ, ସାର୍ ଆପଣଙ୍କର ଦିଲ୍ଲୀ ଯାତ୍ରା ପାଇଁ ଜଗତ୍‌ସିଂହପୁର ଯାଇ ଟ୍ରେନ ଟିକେଟଟିଏ ସଂରକ୍ଷଣ କରିବାକୁ ହେବ। ଡ଼େରି ହେଲେ ଟିକଟ ମିଳିବ ନାହିଁ ସାର୍।"

ରାମକୃଷ୍ଣ ସାର୍ କହି ପକାଇଲେ, "ପାଗଳାଟିଏ।"

■

ନିଃସ୍ୱର ବିଶ୍ୱ

ଫେବୃୟାରୀ ମାସ। ଶୀତ ତାର ପସରା ସାଉଁଟିଲାଣି। ଦୁଇ ବର୍ଷ ତଳେ ଏମିତି ଏକ ସମୟରେ କନ୍ଧମାଳ ଜିଲ୍ଲାର ଗୋଟିଏ ଗ୍ରାମ୍ୟ ବିଦ୍ୟାଳୟକୁ ଯିବାର ସରକାରୀ କାର୍ଯ୍ୟକ୍ରମ ହଠାତ୍ ସ୍ଥିର ହେଲା। ସର୍ବଶିକ୍ଷା ଅଭିଯାନ ପ୍ରକଳ୍ପରେ ସେହି ଜିଲ୍ଲାର ଗୋଟିଏ ବିଦ୍ୟାଳୟ ପାଇଁ ନୂଆ ଘର ତିଆରିର ପ୍ରାରମ୍ଭିକ ଯୋଜନା ସରକାର ପ୍ରସ୍ତୁତ କରୁଥାନ୍ତି। ତେଣୁ ସେହି ଗାଁର ପଞ୍ଚାୟତ ସମିତି ସଭ୍ୟ, ବିଦ୍ୟାଳୟ କମିଟିର ସଦସ୍ୟ, ବିଦ୍ୟାଳୟର ଶିକ୍ଷକମଣ୍ଡଳୀ ଓ ଅଭିଭାବକଙ୍କୁ ନେଇ ଗୋଟିଏ ବୈଠକରେ ଏହି ସଂକ୍ରାନ୍ତରେ ବିଶଦ୍ ଆଲୋଚନା କରିବାକୁ ମୋତେ ସେଠାକୁ ଯିବାକୁ ହେବ। ଓପେପା ନିର୍ଦ୍ଦେଶକଙ୍କ ଅନୁରୋଧ କ୍ରମେ ଏସବୁକୁ ସଂଯୋଜନା କରିବାର ଦାୟିତ୍ୱ ମୋତେ ଦିଆଯାଇଥାଏ। କେବେ କନ୍ଧମାଳ ଜିଲ୍ଲା ଯିବାର ସୁଯୋଗ ଆସି ନ ଥିଲା। ତେଣୁ ଜଙ୍ଗଲର ବାସ୍ନା ଓ ପାହାଡ଼ର ଡ଼ାକରାକୁ ଏଡ଼ାଇ ପାରିଲି ନାହିଁ। ଖୁବ୍ ଆଗ୍ରହରେ ଦାୟିତ୍ୱଟି ହାତକୁ ନେଲି।

ରାତି ବସରେ ଭୁବନେଶ୍ୱରରୁ ବାହାରି ଭୋର୍ ଭୋର୍ ଆସି ରାଇକିଆରେ ଓହ୍ଲାଇଲି। ଉପକୂଳ ଜିଲ୍ଲାଗୁଡ଼ିକରେ ଶୀତ ଫିକା ପଡ଼ି ଆସିଲାଣି। ହେଲେ ଏପେଟେ ବେଶ୍ ଥଣ୍ଡା ଅଛି। ଜଙ୍ଗଲ ଘେରା ଅଞ୍ଚଳରେ ଶୀତୁଆ ସକାଳ ଟିକେ ଡେରିରେ ହେଲା। ବିଦ୍ୟାଳୟଟି ବସଷ୍ଟାଣ୍ଡରୁ ପ୍ରାୟ ଏଗାର କିଲୋମିଟର। କଞ୍ଚା ପକ୍କା ଗ୍ରାମ୍ୟ ରାସ୍ତାରେ ଯିବା ପାଇଁ ଏଠାରେ କେବଳ ରିକ୍ସା ହିଁ ମିଳେ। ବସଷ୍ଟାଣ୍ଡରେ ଗୋଟିଏ ଦି'ଟା ରିକ୍ସା ଥାଏ। ସେଇଥିରୁ ଗୋଟିଏ ଭଡ଼ା କରି ବିଦ୍ୟାଳୟ ଆଡ଼େ ଆଗେଇଲି। ଅଣଓସାରିଆ ରାସ୍ତାରେ ରିକ୍ସାବାଲା ସହରରୁ ଆସିଥିବା ଭଦ୍ରମହିଳା ବୋଲି ଖୁବ୍ ଯତ୍ନ ଓ ସାବଧାନରେ ମୋତେ ନେଉଥାଏ। ବାଟରେ ଗୋଟିଏ ଛୋଟିଆ ଚାହା ଦୋକାନରେ ଚା' ପିଇଲୁ। ଚାରିଆଡ଼ କୁହୁଡ଼ିରେ ଭର୍ତ୍ତି, ମୁହଁକୁ ମୁହଁ ଦିଶୁନି ହେଲେ ଆମ୍ବ ବଉଳର ବାସ୍ନାରେ ଚାରିଆଡ଼ ମହକି ଉଠୁଥାଏ। ଜାକିଜୁକି ହୋଇ ରିକ୍ସା ସିଟ୍ ଉପରେ ବସି

ରିକ୍ସାବାଲାଠାରୁ ତା ପରିବାରର କାହାଣୀ ଶୁଣିବାକୁ ବେଶ୍ ମଜା ଲାଗୁଥିଲା। ଫେବୃୟାରୀର ନରମ ଫୁରଫୁରିୟା କୁହୁଡ଼ି ଭିତରେ ମନଟା ଭାରି ହାଲୁକା ଲାଗୁଥାଏ।

ବିଦ୍ୟାଳୟ ପାଖରେ ପହଞ୍ଚିଲା ବେଳକୁ ମାତ୍ର ୮ଟା ବାଜିଥାଏ। ବିଦ୍ୟାଳୟ କାର୍ଯ୍ୟ ଆରମ୍ଭ ହେବ ଦିନ ଦଶଟାରେ। ବିଦ୍ୟାଳୟଟି ବେଶ୍ ଟିକେ ନିର୍ଜନ ଜାଗାରେ ଅବସ୍ଥିତ। ରିକ୍ସା ବାଲା ତାର ଅନ୍ୟଠାରେ ଭଡ଼ା ଅଛି ବୋଲି ମୋତେ ଛାଡ଼ି ଦେଇ ଶିଘ୍ର ଫେରିଗଲା। ଏଠି ଏତେ ସମୟ କେଉଁଠି ଅପେକ୍ଷା କରିବି? ବିଦ୍ୟାଳୟ ଫାଟକରେ ତାଲା ପଡ଼ିଥାଏ। ଭିତରେ କେହି ଥିବାର ମଧ୍ୟ ଜଣାପଡୁ ନ ଥାଏ। ଭାବିଥିଲି ପିଅନ ବା ଚୌକିଦାର କେହିହେଲେ ଥିବେ। ସେମାନଙ୍କ ଦ୍ୱାରା ପ୍ରଧାନଶିକ୍ଷକଙ୍କୁ ମୋର ପହଞ୍ଚିବାର ଖବର ଦେଇଦେବି, ହେଲେ କେହି କୁଆଡ଼େ ଦେଖା ଯାଉ ନାହାନ୍ତି। ଅନ୍ୟ କିଛି ଉପାୟ ନ ଦେଖି ଫାଟକ ସାମ୍ନାରେ ପଡ଼ିଥିବା ଗୋଟିଏ ପଥର ଖଣ୍ଡ ଉପରେ ବସିଲି।

ଅପରିଚିତ ସ୍ଥାନରେ ଏକୁଟିଆ ବସି ବସି ଭାରି ବିରକ୍ତ ଲାଗୁଥାଏ। ରାତିସାରା ବସରେ ଅନିଦ୍ରା ହୋଇଛି, ଭାରି କ୍ଳାନ୍ତ ଲାଗୁଥାଏ। କେଉଁଠି ଆଖପାଖରେ ପାଣି ଟିକେ ବି ଦେଖା ଯାଉନି ଯେ, ମୁହଁଟା ଧୋଇବି। ବୋତଲରେ ନେଇଥିବା ପିଇବା ପାଣି ଟିକକ ମୁହଁ ଧୋଇବାରେ ଖର୍ଚ୍ଚ କରିବାକୁ ଇଚ୍ଛା ହେଉ ନ ଥାଏ। ଏତିକି ବେଳେ ଦେଖିଲି ଯେ ଦୂରରୁ ଗୋଟିଏ ବୁଢୀ ନଇଁ ନଇଁ ଏଇ ଆଡ଼କୁ ଆସୁଛି। ଯା' ହେଉ ବୁଢୀକୁ ଦେଖି ମନରେ ଟିକେ ଭରସା ହେଲା। ବୁଢୀ ହାତରେ ଗୋଟିଏ ଅଧାଭଙ୍ଗା ମାଟି ହାଣ୍ଡି, ହାଣ୍ଡି ଭିତରେ ଗୋବର ଓ ମାଟି ମିଶା ପାଣି। ପାଖକୁ ଆସିବାରୁ ଦେଖିଲି ଆଦିବାସୀ ବୁଢୀଟି ବେଶ୍ ଦୁର୍ବଳ, ଚମଡ଼ା ସବୁ ଲୋଚାକୋଚା ହୋଇଗଲାଣି। ବୟସ ନିହାତି ଅଶି ଟପି ଯିବଣି। ମେରୁ ହାଡ଼ଟି ବଙ୍କା ହୋଇଯାଇଛି। ତେଣୁ ନଇଁ ନଇଁ ଚାଲୁଛି। ବିଦ୍ୟାଳୟ ଫାଟକ ପାଖରେ ମୋତେ ବସିଥିବାର ଦେଖି ବୁଢୀଟି ଟିକେ ଆଶ୍ଚର୍ଯ୍ୟ ହୋଇଗଲା। ତାର ହାଣ୍ଡିଟି ତଳେ ଥୋଇ ଦେଲା। ଅଣ୍ଟାରେ ହାତ ଦୁଇଟିକୁ ଭରା ଦେଇ ଟିକେ ସଳଖି ହୋଇ ଛିଡ଼ା ହୋଇ ମୋ ମୁହଁକୁ ଅନାଇଲା। ବୁଢୀଟିର ଆଦିବାସୀ ଭାଷା ମିଶା ଓଡ଼ିଆ ମୁଁ ପୁରାପୁରି ନ ବୁଝିଲେ ବି ତାର ପ୍ରଶ୍ନ କିଛିଟା ବୁଝିଲି ଓ କିଛିଟା ଅନ୍ଦାଜରେ ଉତ୍ତର ଦେଲି। ଭୁବନେଶ୍ୱରରୁ ଆସିଛି କହିବାରୁ ଠିକ୍ ବୁଝି ପାରିଲା ନାହିଁ। ସେ ଯାହା ହେଉ ବିଦ୍ୟାଳୟ ଆଡ଼େ ହାତ ଦେଖାଇ କହିଲି ଯେ ବିଦ୍ୟାଳୟରେ ବୈଠକ ବା ସଭା ଅଛି, ସହରରୁ ଆସିଛି। ସାଙ୍ଗେ ସାଙ୍ଗେ ବୁଢ଼ିଟି କହିଲା ଇନ୍ସପେକ୍ଟର ଆଇଛ? ଯା ହେଉ ଇନ୍ସପେକ୍ଟର ଶବ୍ଦଟି ସହିତ ପରିଚିତ ବୋଲି ଜାଣିଲି। ମୋତେ ଇଶାରାରେ ତା ପଛେ ପଛେ ଆସିବାକୁ କହି ଫାଟକ ଆଡ଼କୁ ଆଗେଇଲା। ମନେ ମନେ ଭାବିଲି ଫାଟକରେ ତ ତାଲା ପଡ଼ିଛି ବୁଢୀ ଭିତରକୁ ଯିବ କିପରି? ଫାଟକକୁ ଲାଗି କଲମିଲତାର

ବାଡ଼। ବାଡ଼କୁ ଦୁଇ ହାତରେ ଆଡ଼େଇ ଦେଇ ବୁଢୀ ମୋ ପାଇଁ ବାଟ କରିଦେଲା। ଦୁହେଁ ହତା ଭିତରେ ପଶିଲୁ। ହତା ଭିତରେ ଗୋଟିଏ ନଳକୂପ ପାଖକୁ ବୁଢୀ ମୋତେ ଡ଼ାକି ନେଲା। କଳକୁ ଚାପି ଚାପି ମୋତେ ଗୋଡ଼ ହାତ ମୁହଁ ଧୋଇବାକୁ କହିଲା। ଧୁଆଧୋଇ ହୋଇ ମୋତେ ଟିକେ ଆରାମ ଲାଗିଲା। ବିଦ୍ୟାଳୟର ମାଟିପିଣ୍ଡା ଉପରେ ଖଜୁରି ମଶିଣାଟିଏ ପକାଇ ଦେଇ ମୋତେ ବସିବାକୁ କହି ବୁଢୀ ଶ୍ରେଣୀ ଗୃହରେ ପଶିଲା। ଜାଣିଲି ଯେ ମୂଲିଆଣି ବୁଢୀଟିଏ ବିଦ୍ୟାଳୟ ଘର ଲିପିବା ପାଇଁ ଆସିଛି। ଏତେ ବୟସରେ ମଧ୍ୟ ମୂଲ ଲାଗୁଛି ଦେଖି ଭାରି ଦୁଃଖ ଲାଗୁଥାଏ। ମଝିରେ ମଝିରେ ନଳକୂପ ପାଖକୁଯାଇ ତାର ଲିପା ହାଣ୍ଡିରେ ପାଣି ମିଶେଇ ନେଉଥାଏ। ବୟସ ଯୋଗୁଁ ନିଜେ ସିନା ବୁଢୀ ନଇଁ ଯାଇଛି ହେଲେ କାମ ତା ପାଖରେ ହାର ମାନିଛି। ଛୋଟିଆ ସିଢ଼ିଟିରେ ଚଢି ସେ ଗୋଟିଏ ଶ୍ରେଣୀ ଘରର ଚାରୋଟି ତକ କାନ୍ଥ ଘଣ୍ଟାକ ଭିତରେ ଲିପି ଦେଲା। ଖଣ୍ଡିଆ ହୋଇଥିବା କାନ୍ଥଗୁଡ଼ିକୁ ମାଟି ଛାଟି ଛାଟି ନିଜ ହାତରେ ସମତୁଲ କରୁଥାଏ। ମୁଁ ପିଣ୍ଡାରେ ବସି ବସି ବୁଢୀର କାମ କରିବାର ପ୍ରଣାଳୀ ସବୁ ଦେଖୁଥାଏ। ଭିଜା ମାଟିର ଗନ୍ଧ, ବୁଢୀର ମାଟି ବୋଳା ହାତ, ଲାଲ ମାଟି କାନ୍ଥର ରଙ୍ଗ ମୋତେ ରହି ରହି ମୋ ଗାଁ ବିଦ୍ୟାଳୟର କଥା ମନେ ପକାଇ ଦେଉଥାଏ। ମୁଁ ଭାବୁଥାଏ ଗତ ଚାଳିଶି ବର୍ଷ ଭିତରେ ଗାଁ ବିଦ୍ୟାଳୟଗୁଡ଼ିକର ଅବସ୍ଥାରେ ସେମିତି କିଛି ପରିବର୍ତ୍ତନ ତ ଆସିନାହିଁ। ଓଡ଼ିଶାର ଗାଁ ଗଣ୍ଡାରେ ତ ଆହୁରି ଏମିତି ଅନେକ ବିଦ୍ୟାଳୟ ଦୟନୀୟ ଅବସ୍ଥାରେ ଥିବ। ଯାହା ହେଉ ସର୍ବଶିକ୍ଷା ଯୋଜନାରେ ଆଉ କିଛି ହେଉ ବା ନ ହେଉ କିଛିଟା ବିଦ୍ୟାଳୟ ଘର ତ ତିଆରି ହୋଇଯିବ।

ପ୍ରଥମ ବଖରାଟିର କାନ୍ଥ ସବୁକୁ ଲିପି ସାରି ବୁଢୀ ଆସି ଲଥ୍ କରି ମୋ ପାଖରେ ବସି ପଡ଼ିଲା। ଗୋବର ଲିପା ହାଣ୍ଡିଟିକୁ ଟିକେ ଦୂରେଇ କରି ରଖିଥାଏ। ଭାବୁଥାଏ କାଳେ ଗୋବର ମାଟିର ବାସ୍ନାକୁ ମୁଁ ଘୃଣା କରିବି। ହେଲେ ରହି ରହି ମୋର ଦୃଷ୍ଟି ସେଇ ଭଙ୍ଗା ମାଟି ହାଣ୍ଡି ଆଡ଼କୁ ଚାଲି ଯାଉଥାଏ। ଏଇମିତି ଗୋଟେ ମାଟି ଗୋବରରେ ଲିପା ବିଦ୍ୟାଳୟରୁ ଯେ ମୁଁ ମୋର ପାଠ ଆରମ୍ଭ କରିଥିଲି ବୋଲି ବୁଢ଼ୀତ ଆଉ ଜାଣିନି !

ବିଦ୍ୟାଳୟ ଆରମ୍ଭ ହେବାକୁ ଆହୁରି ଘଣ୍ଟାଏ ବାକି। ବୁଢୀକୁ ପଚାରିଲି ଆଉ କେଉଁଠି ଲିପିବା କାମ ଅଛି କି? ମଇଳା ଲୁଗା କାନିରେ ନିଜର ଝାଳୁଆ ମୁହଁକୁ ପୋଛୁ ପୋଛୁ ବୁଢୀ କହିଲା "ନାହିଁ , ଏବେ ଆଉ ଲିପିବି ନାହିଁ। ଇସ୍କୁଲ ଛୁଟି ହେଲେ ଆର ବଖରାର ଚଟାଣଟି ଆସି ଲିପି ଦେଇ ଯିବି। ଏବେ ଲିପିଲେ ପିଲାଏ କୁଦି ଦେବେ।" ପଚାରିଲି ଦିନକୁ ମଜୁରି କେତେ ମିଳୁଛି। ବୁଢୀ ମୁହଁକୁ ତଳକୁ କରି

କହିଲା, "ନିଜ ଘର କାମ ଇଏ, ଯା ପାଇଁ କଣ ପଇସା ନେବି।" ମୁଁ ଠିକ୍ ବୁଝି ପାରିଲି ନାହିଁ। ଚିନ୍ତାକଲି ଯେ ବୁଢୀର କିଏ ନାତି ନାତୁଣୀ ବୋଧେ ଏଇ ବିଦ୍ୟାଳୟରେ ପାଠ ପଢୁଛନ୍ତି। ତେଣୁ ବୁଢୀ ଗାଁର ମାତୃ- ଶିକ୍ଷକ ସଂଘ ତରଫରୁ ବିଦ୍ୟାଳୟ କାମରେ ସହଯୋଗ କରୁଛି। ହେଲେ ପଚାରିବାରୁ ବୁଢ଼ୀ ଯେତେବେଳେ କହିଲା, "ନା ଝିଅ ମୋ ବଂଶରେ କେହି ବି ନାହାନ୍ତି। ତେଣୁ ପାଠ କିଏ ପଢିବେ?" ବଡ଼ ଦ୍ୱିଧାରେ ପଡ଼ିଲି ମୁଁ, ହେଲେ ଆହୁରି କୌତୁହଳ ଜାଗିଲା ମୋ ମନରେ। ବୁଢୀ କ'ଣ ପାଇଁ ଏ ବିଦ୍ୟାଳୟ ପାଇଁ ଏତେ କାମ କରୁଛି। ଏଇ ପରିଣତ ବୟସରେ ମଧ୍ୟ କିଛି ସ୍ୱାର୍ଥ ନ ଥାଇ କାହିଁକି ବିଦ୍ୟାଳୟ ଶ୍ରେଣୀଗୃହ ସବୁ ନିୟମିତ ଲିପୁଛି ଓ ପହଁରୁଛି? କ'ଣ ପାଇଁ ତାର ବିଦ୍ୟାଳୟ ପ୍ରତି ଏତେ ଦରଦ? ଏତେ ମମତା? ଖୁବ୍ ଇଚ୍ଛା ହେଲା ବୁଢୀର କାହାଣୀ ଜାଣିବା ପାଇଁ। ବୁଢୀର ମୁଣ୍ଡକୁ ମୋ ଆଡ଼କୁ ଆଉଜାଇ ଆଣି ପଚାରିଲି କହ ମାଉସୀ କଣ ପାଇଁ ତୁ ଏଇ ବିଦ୍ୟାଳୟ ଲାଗି ଏତେ ପରିଶ୍ରମ ଅଜାଡ଼ି ଦେଉଛୁ? ନିଷ୍ପ୍ରଭ ଆଖି ଦୁଇଟି ତାର ଲୁହରେ ଭରିଗଲା। ଲୁଗା କାନିରେ ଲୁହ ପୋଛି ବୁଢୀ ଆରମ୍ଭ କଲା ତାର ମୁଠାଏ କଥା।

ଝିଅ ଏଇ ଯେଉଁ ଘରଟିକୁ ଏବେ ମୁଁ ଲିପିଲି ଏଇଟି ଥିଲା ମୋର କୁଡ଼ିଆ, ଆଉ ଏଇ ଯେଉଁ ଇସ୍କୁଲ୍ ହତା ଦେଖୁଛ ଇଏ ଥିଲା ମୋର ବଗିଚା ଓ ମକା ମାଣ୍ଡିଆର କ୍ଷେତ। ମୋର ଗେରସ୍ତ ନାଁ ବିପିନ ବହାଳ। ସେତେବେଳକା ସମୟରେ ସେ ପଞ୍ଚମ ପାସ୍ ଥିଲେ। ଆମେ ଏଇଠି କାମ ଧନ୍ଦା କରି ଚଳୁଥିଲୁ। ମୋ ଗେରସ୍ତ ସନ୍ଧ୍ୟା ବେଳେ ଗାଁର ଟିକି ଟିକି ପିଲାଙ୍କୁ ଡ଼ାକି ଏଇଠି ଚାହାଳି ଟିଏ କରି ପାଠ ପଢାଉଥିଲେ। ମୋର କିଛି ପିଲାପିଲି ହେଲା ନାହିଁ। ମୋ ମନ ଭାରି ଦୁଃଖ ହୁଏ। ହେଲେ ମୋ ଗେରସ୍ତ ମୋତେ ବୁଝାଉଥିଲେ, "ଦେଖ ସେବତୀ, ତୋର ପିଲାପିଲି ଥିଲେ ଦୁଇଟା କି ପାଞ୍ଚଟା ହୋଇଥାନ୍ତେ। ଏବେ ଆମ ପିଣ୍ଡାରେ କୋଡ଼ିଏଟି ପିଲା ବସି ପାଠ ପଢୁଛନ୍ତି। ତୋତେ କଅଣ ଏମାନେ ନିଜ ପିଲା ବୋଲି ଲାଗୁ ନାହାନ୍ତି?" ଗେରସ୍ତ କଥାରେ ମନକୁ ବୁଝାଇ ଦିଏ।

ହେଲେ ଚାହାଳି ପାଠ ପରେ ପିଲାଙ୍କ ପାଇଁ ଆଉ ପଢିବାର ସୁଯୋଗ ନ ଥିଲା। ଦି'ଟା ଗାଁ ଛାଡ଼ି ସେଇ ଜଙ୍ଗଲ ଆରପଟେ ଯାଇ ପାଞ୍ଚ କୋଶ ଦୂରରେ କୁଡୁମ୍ମା ଗାଁରେ ପ୍ରାଇମେରି ଇସ୍କୁଲ୍। ଏ ଜଙ୍ଗଲରେ ଭାଲୁର ଭାରି ଉପଦ୍ରବ। ତେଣୁ ପିଲାଏ ଜଙ୍ଗଲ ପାରି ହେଇ ଏତେବାଟ ଯାଇ ପାଠ ପଢି ପାରନ୍ତି ନାହିଁ। ବିଦ୍ୟାଳୟଟିଏ ଖୋଲିବା ପାଇଁ ମୋ ଗେରସ୍ତ ଗାଁ ମୁଖିଆକୁ ନେଇ ଦି ଚାରିଥର ବିଡ଼ିଓ ବାବୁଙ୍କୁ ଦେଖା କଲା। ଅନେକ ଦୌଡ଼ାଦୌଡ଼ି ପରେ କେବଳ ତିନି ଶ୍ରେଣୀ ପର୍ଯ୍ୟନ୍ତ ଖୋଲିବାକୁ

ଅନୁମତି ମିଳିଲା। ହେଲେ କିଛି ସରକାରୀ ଆର୍ଥିକ ସାହାଯ୍ୟ ମିଳିଲା ନାହିଁ। ମୋର ଯାହା ଖଣ୍ଡେ ଅଧେ ରୂପା ଗହଣା ଥିଲା ତା ମଧ୍ୟ ସହରକୁ ଧାଁ ଧପଡ଼ରେ ବିକା ସରିଥାଏ। ହେଲେ ବିଦ୍ୟାଳୟଟିଏ ଖୋଲା ହେବା ଆଶାରେ ଆମେ ଦୁହେଁ ଭାରି ଖୁସି ଥାଉ।

ଦିନେ ସହରରୁ ଫେରି ମୋ ଗେରସ୍ତ ମୋତେ କହିଲେ ସେବତୀ କାଲିଠୁ ଇସ୍କୁଲ୍ ଆରମ୍ଭ ହେବ। ଆମର ଟ୍ରଙ୍କ, ଲୁଗାପଟା, ବାସନକୁସନ ତୁ ପିଣ୍ଡାକୁ ବାହାର କର। ଘରଟା ଖାଲି କରି ଦେଇ ଭଲ କରି ଘରଟାକୁ ନାଲି ମାଟିରେ ଲିପି ଦେ। ସରକାରୀ ବାବୁ କାଲି ଆସି ଇସ୍କୁଲ୍ ଆରମ୍ଭ ହେବା ଦେଖିବେ। ମୁଁ ଯାଉଛି ଗାଁ ପିଲାଙ୍କର ତାଲିକା ତିଆରି କରିବି। ରାତିରେ ସେଦିନ ପୁଣି ସେ ନିଜ ହାତରେ କାଠ ଚିରି ଚୌକିଟିଏ ମଧ୍ୟ ତିଆରି କଲେ। ତାଙ୍କର ସେ ହାତ ତିଆରି ଚୌକି ଓ ବେତ ଖଣ୍ଡେକୁ ଏବେ ବି ମୁଁ ଘରେ ସାଇତି ରଖିଛି। ଅନେଇ ଦେଲେ ଦିଶିଯାଏ ସତ କି ଚୌକି ଉପରେ ବସି ବେତ ଛାଟିଆଟି ଧରି ପିଲାଙ୍କୁ ପଣିକିଆ ପଚାରୁଛନ୍ତି। କାଲିଭଳି ଝିଅ ସବୁ ଆଖିରେ ନାଚୁଛି।

ଏଇମିତି ଇସ୍କୁଲ୍ ଆରମ୍ଭ ହେଲା। ତାଳବରଡ଼ା ଯୋଡ଼ି ଆଉ ଦି ବଖରା ଝାଟିମାଟି ଘର ଆମେ ନିଜହାତରେ କଲୁ। ପିଲାଙ୍କ ସୁବିଧା ଓ ସମୟ ଦେଖି ଇସ୍କୁଲ୍ ଚାଲେ, କେତେବେଳେ ସକାଳୁଆ ତ କେତେବେଳେ ଦ୍ୱିପହରରେ। ଏଠି ଝିଅ ଆମେ ସବୁ ଆଦିବାସୀ ଓ ଚାଷୀ ମୂଲିଆ ଶ୍ରେଣୀର ଲୋକ। ତେଣୁ ପିଲାଙ୍କୁ ମଧ୍ୟ ବିଲବାଡ଼ି, ଗାଈଗୋରୁ, ମହୁଲ ଗୋଟାଇବା, ଗେଙ୍ଗୁଟି ଛେଚିବା ଇତ୍ୟାଦି କାମ କରିବାକୁ ପଡ଼େ। ଇସ୍କୁଲ୍ ବେଳ ସରିଲେ ଆମେ ମଧ୍ୟ ବିଲ ବାଡ଼ିରେ ମୂଲ ଲାଗୁ। ତେଣୁ ସବୁଆଡ଼କୁ ଚାହିଁ ଇସ୍କୁଲ୍‌ରେ ପାଠପଢା ହୁଏ। ବେଳେବେଳେ ପିଲାଏ ଅଖିଆ ଅପିଆ ବି ପାଠ ପଢ଼ିବାକୁଆସନ୍ତି। ଏଇ ହାତରେ ମାଣ୍ଡିଆ ଜାଉ ରାନ୍ଧି କେତେଥର ପିଲାଙ୍କୁ ବାଢିଥିବି।

ଏଇମିତି ଇସ୍କୁଲ୍ ପ୍ରାୟ ପାଞ୍ଚ ବରଷ ଚାଲିଲା। ତାପରେ ତିନି ଶ୍ରେଣୀରୁ ପାଞ୍ଚ ଶ୍ରେଣୀକୁ ବଢିଲା। ଏକା ମୋର ଗେରସ୍ତ ଓ ମୁଁ ମିଶି ସବୁ ସମ୍ଭାଳୁଥାଉ। ସରକାରୀ ସାହାଯ୍ୟ ମିଳିବା ଆଶାରେ ସେ ସହରକୁ ଦୌଡ଼ାଦୌଡ଼ି କରନ୍ତି। ବାବୁମାନେ କେବଳ ଆଶା ଦିଅନ୍ତି ହେଲେ କିଛି ସାହାଯ୍ୟ ମିଳେନି। ଗାଁ ଲୋକେ ଚାଉଳ, ମହୁଲ, ମାଣ୍ଡିଆ ଦେଇ ସାହାଯ୍ୟ କରନ୍ତି। ଏଇମିତି ସବୁ ଭଲରେ ଚାଲିଥିଲା। ହଠାତ୍ ଦିନେ ଦୁଇ ଚାରି ଜଣ ସରକାରୀ ଅଧିକାରୀ ଗୋଟିଏ ଗାଡ଼ିରେ ଆସି ପହଞ୍ଚିଲେ। ଆମକୁ ଡାକି କହିଲେ, "ଏ ଇସ୍କୁଲ୍ ଏଠୁ ଉଠିଯିବ। ସରକାର ନିଷ୍ପତ୍ତି ନେଇଛନ୍ତି ଯେ ପାଖ ଗାଁରେ ପ୍ରଥମ ଶ୍ରେଣୀରୁ ଆରମ୍ଭ କରି ଉଚ୍ଚବିଦ୍ୟାଳୟ ପର୍ଯ୍ୟନ୍ତ ଖୋଲିବ। କାରଣ ମିଶନାରୀ

ଲୋକ ଇସ୍କୁଲ୍ ଖୋଲିବା ପାଇଁ ସବୁ ପ୍ରାଥମିକ ଆର୍ଥିକ ସାହାଯ୍ୟ ଦେବା ପାଇଁ ଆଗେଇ ଆସିଛନ୍ତି।" ଏ କଥାରେ ଆମ ମୁଣ୍ଡରେ ଝିଅ ବଜ୍ର ପଡ଼ିଲା। ଦଶ ବର୍ଷର ପରିଶ୍ରମ କ'ଣ ଉଜୁଡ଼ି ଯିବ?

ଗାଁ ଲୋକ ସବୁ ଏକାଠି ହେଲେ। ସରକାରୀ ବାବୁମାନେ ଶେଷରେ ଗୋଟିଏ ଉପାୟ ବତାଇଲେ। ଯଦି ଇସ୍କୁଲ୍ ଟିଏ ହେଲା ଭଳି ପ୍ରାୟ ପାଞ୍ଚଗୁଣ୍ଠ ଜାଗା ତମ ଗାଁରେ କିଏ ଯୋଗାଇ ଦିଏ ତେବେ ଇସ୍କୁଲ୍ ଏଇ ଗାଁରେ ହେବ। ଗାଁରେ ବଡ଼ ବଡ଼ ଚାଷୀ ଓ ମହାଜନମାନେ ଥିଲେ। ହେଲେ ଝିଅ ଗାଁର କେହିବି ଜମି ଖଣ୍ଡେ ଇସ୍କୁଲ୍‌କୁ ଦେବା ପାଇଁ ରାଜି ହେଲେ ନାହିଁ। ମୋ ଗେରସ୍ତ ମୋ ଆଡ଼େ ଅନାଇଲା। ମୁଁ ମୁଣ୍ଡ ଟୁଙ୍ଗାରି ଦେଲି। ସେ ଛିଡ଼ା ହୋଇ ବାବୁମାନଙ୍କ ସାମନାରେ କହିଲା, "ମୋର ଘର ଓ ଜମି ଯାହା ଅଛି ମୁଁ ବିଦ୍ୟାଳୟ ହେବା ପାଇଁ ବିନା ସର୍ତ୍ତରେ ଦେଇ ଦେବି।" ସମସ୍ତେ ଖୁବ୍ ତାଳି ମାରିଲେ, ହେଲେ ମୋ ଆଖିରୁ ଖୁସିରେ ହେଉବା ଦୁଃଖରେ ହେଉ ସେଦିନ ଦି' ଟୋପା ଲୁହ ଗଡ଼ି ପଡ଼ିଥିଲା।"

ଏଇ ଯେଉଁ ଧାଡ଼ିକ ଖପର ଚାଳିଆ ଘର ଦେଖୁଛ ଝିଅ ସେଇ ଘର ଆଗ ତିଆରି ହେଲା। ପ୍ରଥମରୁ ପଞ୍ଚମ ପର୍ଯ୍ୟନ୍ତ ଆମ ଝାଟିମାଟି ଘରେ ପଢା ହୁଏ, ଆଉ ସେ ପକ୍କା ଘରେ ବଡ଼ଶ୍ରେଣୀରେ ପାଠପଢ଼ା ହୁଏ। ମୋ ଗେରସ୍ତ ତ ମାଟ୍ରିକ୍ ପାସ୍ ନ ଥିଲା । ତେଣୁ ସେ ପିଅନ ଭାବେ କାମ କଲା। ହେଲେ ସେଥିରେ ବି ତାର ଅଭିମାନ ନ ଥିଲା। ବରଂ ଭାରି ଖୁସି ଓ ଆଗ୍ରହରେ ସବୁ କାମ ସେ କରେ। ତୃତୀୟ ଶ୍ରେଣୀ ପର୍ଯ୍ୟନ୍ତ ପିଲାଙ୍କୁ ଅଙ୍କ, ସାହିତ୍ୟ ମଧ୍ୟ ପଢାଇ ଦେଉଥିଲା। ଇସ୍କୁଲ୍ ସରକାରୀ ହେଲା, ନୂଆ ନୂଆ ଶିକ୍ଷକମାନେ ଚାକିରି କଲେ। ଏଇ ଝାଟିମାଟି ଘରେ ଦିନରେ ଇସ୍କୁଲ୍ ହୁଏ ଆଉ ରାତିରେ ଆମେ ଶୋଉ। ହେଲେ ଜଣେ ଟାଣୁଆ ପ୍ରଧାନ ଶିକ୍ଷକ ଆସି ଆମକୁ ଆଉ ଏଠି ରହିବାକୁ ଦେଲେ ନାହିଁ। କୁଆଡ଼େ ତ ଆମର ଆଉ ଜମି ଜାଗା ନ ଥିଲା। ତେଣୁ ଯିବୁ କୁଆଡ଼େ? ନଈ ପଠାକୁ ଲାଗି ଚିରକାଳ ଜମିରେ ପୁଣି ବଖରାଏ ତାଳବରଡ଼ା ଛପରର ଘର କରି ସେଥିରେ ରହିଲୁ। ମୋ ଗେରସ୍ତ କେଉଁ କଥାରେ ମନ ଊଣା କରେ ନାହିଁ। ମୋତେ କହେ, "ସେବତୀ, ଆମର ଆଉ ଜମି ଜାଗା ଘର ଦ୍ୱାର କଣ ହେବ? ଆମ ଅନ୍ତେ ତ ଆଉ ଖାଇବାକୁ ଭୋଗିବାକୁ କେହି ନାହାନ୍ତି। ତେଣୁ ଆମେ ବଞ୍ଚିଥାଉ ଥାଉ ଥାଉ ଏଠି ଯେ ବିଦ୍ୟାଳୟ ଘରଟିଏ ଛିଡ଼ା ହୋଇଗଲା ଏଇଟା ଆମ ପାଇଁ ସବୁଠୁ ବଡ଼ ଭାଗ୍ୟର କଥା। ଭଗବାନ ଆମକୁ ସିନା ପିଲାଟିଏ ଦେଲେନି ହେଲେ ଦେଖିଲୁ ଆମ ବାଡ଼ି ବଗିଚା ଓ ଘରେ କେତେ ପିଲା ହସଖୁସିରେ ଡ଼େଉଁଛନ୍ତି।" ବିଦ୍ୟାଳୟକୁ ଦେଖିଦେଲେ ତାଙ୍କର ପେଟ ପୁରି ଯାଉଥିଲା। ହେଲେ

ଦିଅଁଙ୍କର ଇଛା ଥିଲା ଭିନ୍ନ। ତା' ଦି ସନ ପରେ ମେଲେରିଆ ଏ ଅଞ୍ଚଳରେ ଖୁବ୍ ମାଡିଲା। ବର୍ଷେ ଖଣ୍ଡେ ଭୋଗି ଭୋଗି ଶେଷରେ ସେ ଆଖି ବୁଜିଲେ। ମୁଁ ଆଉ ଯିବି କୁଆଡ଼େ? ଏଇ ବିଦ୍ୟାଳୟକୁ ଚାହିଁ ଚାହିଁ ମୁଁ ବି ବଞ୍ଚିଛି। ଖେଳଛୁଟିରେ ମଟର, ବାଦାମ, ଉଖୁଡ଼ା ଇତ୍ୟାଦି ପିଲାଙ୍କୁ ବିକି ଯାହା ଦି ପଇସା ପାଏ ସେଇଥିରେ ଚଳେ।

ଏତକ କହି ସାରି ବୁଢୀ ନିଶ୍ୱାସ ମାରିଲା। ମୋତେ ପଚାରିଲା ତମେ କି କାମରେ ବିଦ୍ୟାଳୟକୁ ଆସିଛ? ମୁଁ ଖୁସିରେ କହି ଉଠିଲି, "ମାଉସୀ ତୋର ଏଇ ବିଦ୍ୟାଳୟରେ ନୂଆ କୋଠା ଘର ତିଆରି ହେବ। ଏଇ ପୁରୁଣା ଘର ସବୁ ଭଙ୍ଗା ହୋଇ ନୂଆ ଡ଼ିଜାଇନ୍‌ର ପକ୍କା ଶ୍ରେଣୀ ଗୃହ ତିଆରି ହେବ। ଖେଳପଡ଼ିଆ, ପୁଅଝିଅଙ୍କ ପାଇଁ ପୃଥକ୍ ପୃଥକ୍ ଶୌଚାଳୟ ଇତ୍ୟାଦି ତିଆରି କରାଯିବ। ସବୁ ସିମେଣ୍ଟ ହୋଇଯିବ। ତେଣୁ ତୁମକୁ ଆଉ କଷ୍ଟ କରି ଲିପିବାକୁ ହେବ ନାହିଁ।"

ହେଲେ ମୋ କଥା ଶୁଣି ବୁଢୀ ଚମକି ପଡ଼ିଲା। ନିଷ୍ପ୍ରଭ ଆଖି ଦି' ଟା ତାର ହଠାତ୍ ଜଳି ଉଠିଲା। ବିସ୍ଫାରିତ ଆଖିରେ ମୋ ଆଡ଼କୁ ଅନାଇ କହିଲା, "କଣ କହୁଛ? ଏ ଘର ସବୁକୁ ଭାଙ୍ଗି ଦେବ?"

ମୁଁ ଟିକେ ବିଚଳିତ ହୋଇଗଲି। ମୁଁ ଭାବିଥିଲି ନୂଆ ପକ୍କା ବିଦ୍ୟାଳୟ ଘର ହେବାର ପ୍ରସ୍ତାବଟି ଶୁଣି ବୁଢୀ ଖୁସି ହୋଇଯିବ।

ହେଲେ ଏ କ'ଣ? ବୁଢୀ ମୋତେ କୁଣ୍ଢାଇ ପକାଇ ଭୋ ଭୋ କରି କାନ୍ଦି ଉଠିଲା। କହିଲା, "ଝିଅ ଯାହା ଭାଙ୍ଗିବ ଭାଙ୍ଗିବ ହେଲେ ଏଇ ମୋର ଝାଟିମାଟି ଘର ଦି ବଖରାକୁ ଭାଙ୍ଗିବ ନାହିଁ। ମାଟି ଘରକୁ ଭାଙ୍ଗି ଦେଲେ ମୁଁ ଲିପିବି କାହାକୁ? ମୋର ହାତ ଗୋଡ଼ ଚାଲୁଥିବା ଯାଏ ଏଇ ଇସ୍କୁଲ୍ ଘରର ମାଟି କାନ୍ଥକୁ ମୁଁ ଯେମିତି ଲିପୁଥିବି। ତା ନ ହେଲେ ମୁଁ ଝିଅ ଆଉ ବଞ୍ଚିବି କଣ ପାଇଁ?" ବୁଢିର କୋହ ଉଠିଗଲା।

ବୁଢୀର କଥା ଶୁଣି କିଛି କ୍ଷଣ ପାଇଁ ମୁଁ ମଧ୍ୟ ନିର୍ବାକ୍ ହୋଇଗଲି। ଧନ୍ୟ ଏ ଆଦିବାସୀ ନିଃସ୍ୱ ବୁଢୀ। ନିଜର ତାର କେହି ନାହିଁ। ହେଲେ ସାରା ବିଶ୍ୱ ତା'ର। ନିଜ ପିଲା ଭଳି ସେ ଏଇ ବିଦ୍ୟାଳୟଟିକୁ କାଖେଇ କୁଣ୍ଢେଇ ମଣିଷ କରିଛି। ଏହା ପଛରେ ନିଜର ସମସ୍ତ ବାତ୍ସଲ୍ୟ ମମତା ଅଜାଡ଼ି ଦେଇଛି। ପିଲାଏ ସମସ୍ତେ ତାକୁ ସେବତୀ ଆଈ ବୋଲି ଡ଼ାକନ୍ତି ବୋଲି କହୁଥିଲା। ମା' ନ ହୋଇ ପାରିଲେ ବି ସେ ହୋଇଛି ମା'ର ମା, ଆଈ। କିଛି ସମୟର ସ୍ତବଧ୍‌ତା ପରେ ବୁଢୀର ହାତ ଧରି ବୁଢୀକୁ ଆଶ୍ୱାସନା ଦେଇ କହିଲି ଯେ ମୁଁ ମୋର ସାଧ ମୁତାବକ ତାର ପୁରୁଣା ଦି'ବଖରା ମାଟି ଘରକୁ ଭଙ୍ଗା ହେବାରୁ ବଞ୍ଚାଇବାକୁ ଚେଷ୍ଟା କରିବି।

ବୁଢୀ ଲୁହ ପୋଛି ପୋଛି ତାର ହାଣ୍ଡିଟି ଧରି ନଇଁ ନଇଁ ହତା ବାହାରକୁ ଚାଲିଗଲା।

ଦଶଟା ବାଜିବାରୁ ବିଦ୍ୟାଳୟ କାର୍ଯ୍ୟ ଆରମ୍ଭ ହେଲା। ପ୍ରଧାନ ଶିକ୍ଷକ ଆସି ମୋତେ ପହଞ୍ଚି ଯାଇଥିବାର ଦେଖି ବେଶ୍ ଟିକେ ଲଜ୍ଜିତ ହୋଇଗଲେ। ମୋର ଚା', ଜଳଖିଆର ବ୍ୟବସ୍ଥା କଲେ। ସ୍କୁଲ୍ କମିଟିର ସଦସ୍ୟ, ଗାଁ ସରପଞ୍ଚ ଓ ପଞ୍ଚାୟତ ସଭ୍ୟ, ଅଭିଭାବକମାନଙ୍କୁ ଆଜିର ବୈଠକ ପାଇଁ ସେ ଆଗରୁ ସୂଚନା ଦେଇ ସାରିଥିଲେ। ଗାଁର କିଛି ବୟସ୍କ ଓ ପୁରୁଖା ଲୋକଙ୍କୁ ଡ଼ାକିବା ପାଇଁ ମୁଁ ପରାମର୍ଶ ଦେଲି। ଏଗାରଟା ବେଳକୁ ଜିଲ୍ଲା ଶିକ୍ଷା ଅଧିକାରୀ ଆସି ପହଞ୍ଚିଲେ। ପ୍ରଧାନ ଶିକ୍ଷକ ମୋତେ ବିଦ୍ୟାଳୟର ହତା ଓ ଶ୍ରେଣୀ ଘରଗୁଡ଼ିକର ଦୁରବସ୍ଥା ବୁଲି ଦେଖାଇଲେ। ତାଙ୍କର ଇଚ୍ଛା ଯେ ସବୁ ଘର ଭଙ୍ଗା ହୋଇ ନୂଆ ପକ୍କା ଘର ତିଆରି ହୋଇଯାଉ।

ବୈଠକରେ ପୁଙ୍ଖାନୁପୁଙ୍ଖନ ଭାବେ ସବୁ ଆଲୋଚନା ହେଲା। ଗ୍ରନ୍ଥାଗାର ଓ ଶିକ୍ଷକ ପ୍ରକୋଷ୍ଠ ପାଇଁ ପ୍ରସ୍ତାବ ବାଢ଼ିଲେ ପ୍ରଧାନ ଶିକ୍ଷକ। ହେଲେ ଉଦ୍ଦିଷ୍ଟ ସରକାରୀ ପାଣ୍ଠି ଥିଲା ସୀମିତ। ତେଣୁ ମୁଁ କହିଲି ଏତେ ବଖରା ପକ୍କା ଘର ଏତିକି ଟଙ୍କାରେ ସମ୍ଭବ ହେବନି। କିଛି ବଖରା ଘର ନୂଆ ତିଆରି ହେବ ଏବଂ କିଛି ଟଙ୍କାରେ ପୁରୁଣା ଘରଗୁଡ଼ିକ ମରାମତି ହେବ। ଉପରନ୍ତୁ ସବୁ ପୁରୁଣା ଘରଗୁଡ଼ିକ ଏକା ସାଙ୍ଗରେ ଭାଙ୍ଗି ଦେଲେ ବିଦ୍ୟାଳୟ ଚାଲିବ କେମିତି ? ମୂଳଦୁଆ ଖୋଳା ହୋଇ ନୂଆ ପକ୍କା ଘର ସମ୍ପୂର୍ଣ୍ଣ ହେବାକୁ ତ ଅନେକ ସମୟ ଓ ଅନେକ ଅର୍ଥ ଲାଗିବ। ଏହାଛଡ଼ା ସରକାରୀ ଟଙ୍କାରେ କିଛି ବଖରା ନୂଆ ଶ୍ରେଣୀ ଗୃହ ନିର୍ମାଣ ହୋଇଗଲେ ବିଦ୍ୟାଳୟ ପାଇଁ ସୁବିଧା ହେବ । ଘର ତିଆରି ସରଞ୍ଜାମ, ସିମେଣ୍ଟ ଇତ୍ୟାଦି ରଖିବା ପାଇଁ ମଧ୍ୟ ଦୁଇ ବଖରା ଘର ଏବେ ଦରକାର। ତେଣୁ ସବୁ ଆଲୋଚନା ଓ ତର୍ଜମା ପରେ ସ୍ଥିର ହେଲା ଯେ, ମୂଳ ଘରକୁ ଛାଡ଼ି ହତାର ପୂର୍ବ ଆଡ଼କୁ ଛଅ ବଖରା ନୂଆ କୋଠା ଘର ତିଆରି ହେବ ଏବଂ ବାକି ଦୁଇ ବଖରା ନୂଆ ଘର ତିଆରି ପାଇଁ ନିର୍ଧାର୍ଯ୍ୟ ଟଙ୍କାରେ ପୁରୁଣା ଘରଗୁଡ଼ିକ ମରାମତି ହେବ। ଅଷ୍ଟମ ଶ୍ରେଣୀ ପର୍ଯ୍ୟନ୍ତ ପ୍ରାଇମେରୀ ଶିକ୍ଷାରେ ଅନ୍ତର୍ଭୁକ୍ତ ହୋଇଥିବାରୁ ସର୍ବଶିକ୍ଷା ଅଭିଯାନ ଯୋଜନାରେ ସର୍ବୋଚ୍ଚ ଆଠ ବଖରା ଶ୍ରେଣୀ ଗୃହ ପାଇଁ ଅନୁଦାନ ଦିଆଯାଏ ବୋଲି କହିଲି।

ଗାଁର ପୁରୁଖା ଓ ବୟସ୍କ ଲୋକଙ୍କୁ ବିଦ୍ୟାଳୟଟିର ଆଦି ଅବସ୍ଥା ଓ ଏହା କିପରି ପ୍ରତିଷ୍ଠା ହୋଇଥିଲା ବୋଲି ପଚାରିଲି। ସମସ୍ତେ ବୁଢ଼ୀ କହିଥିବା କାହାଣୀଟି ଦୋହରାଇଲେ। ଯେଉଁ ଲୋକର ସ୍ୱାର୍ଥ ତ୍ୟାଗରେ ବିଦ୍ୟାଳୟଟିଏ ଠିଆ ହୋଇଛି ତାଙ୍କର ସ୍ମୃତି ସଂରକ୍ଷଣ ପାଇଁ ସେଭଳି କିଛି କରାଯାଇ ନ ଥିବାରୁ ମୁଁ ସଭାରେ ଟିକେ କ୍ଷୋଭ ମଧ୍ୟ ପ୍ରକାଶ କଲି। ବିପିନଙ୍କୁ ବିପିନ ବାବୁ ବୋଲି ସମ୍ବୋଧନ କରି କହିଲି ଯେ ତାଙ୍କର ମୂଳ ଦୁଇ ବଖରା ଘରକୁ ସେଇ ମାଟି ଘର ରଖାଯାଉ। ବିଦ୍ୟାଳୟ

ହତାରେ ବେଶ୍ କିଛି ସଂଖ୍ୟକ ତାଳଗଛ ଓ ବାଉଁଶବୁଦା ରହିଛି । ତେଣୁ ତାର ବିନିଯୋଗ କରି ଏହାର ମରାମତି ଓ ରକ୍ଷଣାବେକ୍ଷଣ କରାହେବ ବୋଲି ଉଲ୍ଲେଖ କଲି । ପ୍ରସଙ୍ଗକ୍ରମେ କହିଲି ଯେ, ମହାତ୍ମାଗାନ୍ଧୀ ପରିବେଶ ଅନୁକୂଳ ଘର ତିଆରି ପାଇଁ ଘରର ପାଞ୍ଚକିଲୋମିଟର ପରିଧି ଭିତରେ ଉପଲବ୍ଧ ଘର ତିଆରି ସରଞ୍ଜାମ ଉପରେ ଗୁରୁତ୍ୱ ଦେବାକୁ କହୁଥିଲେ । ସେ କହୁଥିଲେ ଖାଦ୍ୟ ପାଇଁ ଚାଷ କଲାଭଳି ବାସ ଗୃହ ପାଇଁ ମଧ ଚାଷ କରିବା ଉଚିତ୍ । ଲୁହା, ଚୂନ, ସିମେଣ୍ଟ ଏସବୁ ପୃଥିବୀରେ ସୀମିତ । ହେଲେ ପ୍ରାକୃତିକ ପଦାର୍ଥ ଯେପରି କାଠ, ବାଉଁଶ, ମାଟି, ତାଳ ନଡ଼ିଆ ଖଜୁରୀ ପତ୍ର ବାରମ୍ବାର ପ୍ରକୃତି ତିଆରି କରି ଦେବ । ତେଣୁ ଘର ତିଆରି ପାଇଁ ଏସବୁ ଚାଷ କରିବା ନିହାତି ଦରକାର । ସହରମାନଙ୍କରେ ଏବେ ଝୋଟି ପକା ମାଟି ଘରକୁ କିପରି ପରମ୍ପରା ଓ ଐତିହ୍ୟ ବୋଲି ବିଚାର କରାଯାଉଛି ତାର ମଧ୍ୟ ଉଦାହରଣ ଦେଲି । ସେ ଯାହା ହେଉ ଶିକ୍ଷକ, ଗାଁ ପଞ୍ଚାୟତ ଅଭିଭାବକଙ୍କ ସମ୍ମୁଖରେ ପ୍ରସ୍ତାବ ଦେଲି ଯେ, ନୂଆ ଘର ତିଆରି ସରିଲେ ବିଦ୍ୟାଳୟ ପାଇଁ ଭଲ ଫାଟକଟିଏ ତିଆରି ହେବ । ବିଦ୍ୟାଳୟଟିକୁ ବିପିନ୍ ବାବୁଙ୍କ ନାମରେ ନାମିତ କରିବାକୁ ମୁଁ ଗ୍ରାମବାସୀମାନଙ୍କୁ ପ୍ରସ୍ତାବ ବାଢ଼ିବାକୁ ଅନୁରୋଧ କଲି । ଉପରନ୍ତୁ ତାଙ୍କର ମୂଳ ଦୁଇ ବଖରା ଘରକୁ ସେଇ ମାଟି ଘର ରଖି ପ୍ରାଥମିକ ଶ୍ରେଣୀ ମାନ ସେଇଠି ଚଲାଇବାକୁ ପରାମର୍ଶ ଦେଲି । ସଭା ଶେଷରେ ନୂଆ ହୋଇ ତିଆରି ହେବାକୁ ଥିବା ଗ୍ରନ୍ଥାଗାରକୁ ବିପିନ ବାବୁଙ୍କ ସ୍ତ୍ରୀ ନାଁରେ ନାମିତ ହେବାର ଆଗ୍ରହ ଦେଖାଇଲି। ଗାଁ ଲୋକେ ସବୁ ଏଥିରେ ରାଜି ହେଲେ । ସଭା ଶେଷରେ ପ୍ରଧାନ ଶିକ୍ଷକ ଏସବୁ ପ୍ରସ୍ତାବ ଓ ସମ୍ମତି ଗୁଡ଼ିକ ଉପରେ ସମସ୍ତଙ୍କ ଦସ୍ତଖତ କରାଇ ନେଇ ମୋତେ ଦେଲେ । ମୁଁ ଓ ଶିକ୍ଷା ଅଧିକାରୀ ଏଗୁଡ଼ିକ ଅନୁମୋଦନ କଲୁ । ଚିଠିର ଗୋଟିଏ କିତା ବିଦ୍ୟାଳୟରେ ରହିଲା ଓ ଅନ୍ୟ କିତାଟି ଓପେପାରେ ଜମା ଦେବା ଲାଗି ମୁଁ ରଖିଲି ।

ସନ୍ଧ୍ୟା ପାଞ୍ଚଟା ସୁଦ୍ଧା ସବୁକାମ ସରିଲା । ପ୍ରଧାନ ଶିକ୍ଷକ ଓ ଅନ୍ୟ ଦୁଇ ଜଣ ଶିକ୍ଷକଙ୍କ ସହ ଜିଲ୍ଲା ଶିକ୍ଷାଧିକାରୀ ତାଙ୍କ ଜିପ୍‌ରେ ମୋତେ ବସଷ୍ଟାଣ୍ଡ୍‌ରେ ଛାଡ଼ିବାକୁ ଆସିଲେ । ରାତି ନଅଟା ବସ୍‌ରେ ମୋତେ ଫେରିବାକୁ ହେବ । ବସ୍ ଛାଡ଼ିଲା ପରେ ସେମାନେ ଫେରିଗଲେ । ବସ୍‌ରେ ବସି ସାରା ଦିନର ଘଟଣାବଳୀକୁ ମନେ ପକାଇଲି । ଏଇ ବାର ଘଣ୍ଟା ଭିତରେ ବିପିନ ଓ ସେବତୀର ଜୀବନ ଇତିହାସକୁ ମୁଁ ପରିକ୍ରମା କରି ଆସିଲି ବୋଲି ଭାବିଲି । ରହି ରହି ମୋ ଜେଜେବାପାଙ୍କ ଗୋଟିଏ କଥା ବାରମ୍ବାର ମୋର ମନେ ପଡୁଥିଲା । "ଜଣେ ସର୍ବହରା ଫକୀର ବା ଜଣେ ସର୍ବଜୀଣା ଅମୀର ହିଁ ବିଦ୍ୟାଳୟଟିଏ ଗଢ଼ିପାରେ ।"

■

ବ୍ୟର୍ଥ ପ୍ରଣିପାତ

ବିଦ୍ୟାଳୟରେ ଆଜି ଚାପା ଗୁଞ୍ଜରଣ ଓ ମୃଦୁ ଉତ୍ତେଜନା ଲାଗିରହିଛି। ମେଳି ମେଳି ହୋଇ ବାରଣ୍ଡାରେ ଶିକ୍ଷକମାନେ ଆଲୋଚନା ଓ ସମାଲୋଚନାରେ ମାତିଛନ୍ତି। ଶିକ୍ଷକ ପ୍ରକୋଷ୍ଠରେ ଦିଦିମାନେ ମଧ୍ୟ ତୁହାକୁ ତୁହା ଫୁସୁଫୁସୁ ହୋଇ ଗପୁଛନ୍ତି। ଖବରଟି ହେଲା ଯେ, ପାଖ ଗାଁ ପ୍ରାଇମେରୀ ବିଦ୍ୟାଳୟର ପ୍ରଧାନଶିକ୍ଷୟିତ୍ରୀ ମଧ୍ୟାହ୍ନ ଭୋଜନରେ ଦିଆଯାଉଥିବା ଅଣ୍ଡା ଯୋଗାଣ ଦୁର୍ନୀତି ଅଭିଯୋଗରେ ଚାକିରିରୁ ନିଲମ୍ବିତ ହୋଇଛନ୍ତି। ସ୍ୱୟଂ ସହାୟକ ଗୋଷ୍ଠୀର ଅଣ୍ଡା ବାବଦ ବିଲ୍ ପାସ୍ କରିବା ପାଇଁ ୨୦ ହଜାର ଟଙ୍କା ଲାଞ୍ଚ ନେଉଥିବା ବେଳେ ଭିଜିଲାନ୍ସ ହାତରେ ଧରାପଡ଼ିଛନ୍ତି। ବିଇଓଙ୍କ ସୁପାରିଶ୍‌ରେ ଜିଲ୍ଲାପାଳ ତତ୍‌କ୍ଷଣାତ୍ ତାଙ୍କୁ ଚାକିରିରୁ ନିଲମ୍ବନ କରିଛନ୍ତି। ଖବରଟି ଶୁଣିବା ପରଠୁ ରାଗ, କ୍ଷୋଭ, ଅଭିମାନରେ ମୋ ଅନ୍ତରଟା ଫାଟି ଯାଉଛି। ସ୍ତ୍ରୀ ଲୋକମାନେ ଖୁବ୍ ସତ୍ ବୋଲି ମୁଁ ଭାବିଥିଲି। ହେଲେ ଜଣେ ପ୍ରଧାନଶିକ୍ଷୟିତ୍ରୀଙ୍କ ଏଭଳି ଅଧୋଃପତନ! ଆଜି ଆଉ ବିଦ୍ୟାଳୟରେ ଠିକ୍ ଭାବରେ ମନଯୋଗ ସହକାରେ ପିଲାଙ୍କୁ ପାଠ ପଢେଇ ପାରୁନି କି ଶିକ୍ଷକମାନଙ୍କର ଗପରେ ଭାଗୀଦାର ବି ହୋଇପାରୁନି। କୌଣସି ମତେ ଶେଷ ପିରିୟଡ୍‌ର ଘଣ୍ଟି ବାଜିବାରୁ କାହାକୁ କିଛି ନ କହି ଶ୍ରେଣୀ ଗୃହରୁ ହିଁ ସିଧା ଘରକୁ ଚାଲି ଆସିଲି।

ଘରେ ପହଞ୍ଚିଲା ବେଳକୁ ସ୍ତ୍ରୀ ସୁନୀତା ଛୋଟ ପୁଅଟିକୁ କୋଳରେ ଧରି ବୁଲେଇ ବୁଲେଇ ଖୁଆଉଛି। ମୋତେ ଦେଖି କହିଲା, "ଦେଖିଲ, ଅଣ୍ଡା ଆମଲେଟ୍ କରିଛି। ହେଲେ ଖାଉନି। ସବୁ ପାଟିରୁ ବାହାର କରି ଥୁକି ଦେଉଛି।" ହଠାତ୍ ରାଗିଗଲି। ପାଟିକରି କହିଲି, "ନ ଖାଇଲେ ନାହିଁ। କେବଳ ଅଣ୍ଡା ଖାଇଲେ ହିଁ ହେବ ନ ହେଲେ ନାହିଁ। ଯାହା ଇଚ୍ଛା ହେଉଛି ଖାଉ।"

ହଠାତ୍ ମୋତେ ରାଗିଯିବାର ଦେଖି ସ୍ତ୍ରୀ ସୁନୀତା ଟିକେ ଡ଼ରିଗଲା। ମୁଁ ଧୁଆଧୁଇ

ହୋଇ ଘରକୁ ଆସି ଖଟ ଉପରେ ଶୋଇପଡ଼ିଲି। କିଛି ସମୟ ପରେ ସୁନୀତା ଚା କପେ ଓ ପରଟା ଖଣ୍ଡେ ଧରି ମୋ ପାଖକୁ ଆସିଲା। ପଚାରିଲା, "ଦେହ ଭଲ ଲାଗୁନି ?" ମୁଁ କହିଲି, "ନାଁ ମୁଣ୍ଡଟା ଖୁବ୍ ଜୋରରେ ବିନ୍ଧୁଛି। ଜ୍ୱର ଆସିଲା ଭଳି ଲାଗୁଛି।" ଏହା କହି ଚା' ଓ ପରଟାଟି ଖାଇଦେଲି। ସୁନୀତା ଟିକେ ବାମ୍ ଆଣି ମୁଣ୍ଡରେ ଘସି ଦେଲା। କହିଲି, "ଲାଇଟ୍‌ଟା ଲିଭେଇ ଦେଇଯାଅ ମୁଁ ଟିକେ ଶୋଇବି।"

ସୁନୀତା ସିନା ଲାଇଟ୍ ଲିଭେଇ ଘରଟାକୁ ଅନ୍ଧାର କରିଦେଲା। ହେଲେ ଶୈଶବର ହାହାକାର ମନରେ ଜମିଥିବା ଅନେକ କ୍ଷୋଭକୁ ଦାଉ ଦାଉକରି ଜାଳି ଦେଲା। ଶୋଇବାକୁ ଚେଷ୍ଟା କରିବି ଶୋଇ ହେଲାନାହିଁ। ମନଟା ଆପଣାଛାଏଁ ପଳାଇଗଲା ସିମିଳିଗୁଡ଼ାର ସେଇ ଆଦିବାସୀ ଅଧ୍ୟୁଷିତ ଗାଁ ସେରଡୁଙ୍ଗାକୁ। ଗୋଟେ ଅତି ଦରିଦ୍ର ଆଦିବାସୀ ପରିବାରରେ ମୋର ଜନ୍ମ। ବାପା, ମା ଗେଙ୍ଗୁଟି ଛେଚି ଯାହା ଆଣନ୍ତି କଷ୍ଟେ ମଷ୍ଟେ ଦିନ ଚଳେ। ଚାରିଆଡ଼େ ପାହାଡ଼ିଆ ଜମି ଓ ବାଘ ଭାଲୁ ଘେରା ଘଞ୍ଚ ଜଙ୍ଗଲ। ତେଣୁ ଚାଷବାସ ତ ହୁଏନି ଉପରନ୍ତୁ କଲରାପତରିଆ ବାଘ, ହେଟା ଓ ଭାଲୁଭୟରେ ଗୃହପାଳିତ ପଶୁବି ଏଠି ପାଳି ହୁଏ ନାହିଁ। ତେଣୁ ଚଳିବା ଏଠି ଖୁବ ବିଷମ। ଆମେ ଭାଇ ଭଉଣୀ ଦି ଜଣ ଅନ୍ୟର ବାଡ଼ି ବଗିଚା, ମକ୍କା, ମାଣ୍ଡିଆ କ୍ଷେତରେ ବେଳେ ବେଳେ କାମ କରୁ। ହେଲେ ମୋର ବିଦ୍ୟାଳୟକୁ ଯିବାର ଭାରି ମନ ଥାଏ। ମକ୍କା ଖୋଳା ଉପରେ ଥରେ ଅଙ୍ଗାରରେ ଅ, ଆ, ଲେଖୁଥିବାର ଦେଖି ଗାଁ ବିଦ୍ୟାଳୟର ଜଣେ ଶିକ୍ଷକ ମୋତେ ଆଣି ବିଦ୍ୟାଳୟରେ ନାଁ ଲେଖାଇ ଦେଲେ। ବାପା ମନା କରୁଥିଲେ ହେଲେ ମୋର ଆଗ୍ରହକୁ ଦେଖି ମନା କରିପାରିଲେ ନାହିଁ। ସାର୍ ଜଣଙ୍କ ବାପାଙ୍କୁ କହିଲେ କିଛି ନ ହେଲେ ମଧ୍ୟାହ୍ନ ଭୋଜନରେ ଗଣ୍ଡେ ଭାତଡ଼ାଲି ଖାଇ ପୁଅ ପିଲାଟା ଟିକେ ହୃଷ୍ଟପୁଷ୍ଟ ତ ହୋଇଯିବ। ବାପା ବୋଉ ମଧ୍ୟ ସେଇଆ ଭାବିଲେ। ପିଲାଟା ପ୍ରତ୍ୟେକଦିନ ମୁଠେ ଗରମ ଭାତ ତ ଖାଇପାରିବ। ବିଦ୍ୟାଳୟରେ ଧୀରେ ଧୀରେ ମୋର ମନ ଲାଗିଗଲା। ନୂଆ ବହିପତ୍ର ବି ମିଳିଲା। ଘର, ଦୁଆର, ବାଡ଼ିଝାଡ଼ିର ଯତ୍ନ ନେବା ପାଇଁ ଘରେ ସାନ ଭଉଣୀ ନିର୍ବାଣୀ ଏକା ହୋଇଗଲା। ମୁଁ ଛୁଟି ହେଲେ ଘରକୁ ଫେରିଲେ ମୋତେ ପ୍ରତ୍ୟେକଦିନ ପଚାରେ ଦ୍ୱିପହରରେ ବିଦ୍ୟାଳୟରେ କ'ଣ ଖାଇଲି ବୋଲି। ମୋର ହାତ ପାପୁଲିକୁ ଆସି ଶୁଙ୍ଘେ। ବୁଧବାର, ଶୁକ୍ରବାର ବିଦ୍ୟାଳୟର ମଧ୍ୟାହ୍ନ ଭୋଜନରେ ଅଣ୍ଡା ଦିଆ ହୁଏ। ମୁଁ ପ୍ରାୟ ଖାଲି ଡ଼ାଲି ଦେଇ ସେଦିନ ଭାତ ଖାଇଦିଏ। ପାଚିକା ମାଉସୀକୁ କହି ସିଝା ଅଣ୍ଡାଟି ପକେଟେ ପୁରାଇ ନିର୍ବାଣୀ ପାଇଁ ଘରକୁ ନେଇ ଆସେ। ନିର୍ବାଣୀ ଭାରି ଖୁସି ହୁଏ। ମୋର ଫେରିବା ବାଟକୁ ଅନାଇ ବସିଥାଏ। ତାକୁ ଏତେ ଖୁସି ହୋଇ ଅଣ୍ଡା ଖାଇବାର ଦେଖିଲେ ମୋତେ ଭାରି ଆନନ୍ଦ ଲାଗେ।

ଥରେ ମୁଁ ପାଚିକା ମାଉସୀଠାରୁ ଅଣ୍ଡାଟି ଆଣି ପକେଟରେ ରଖିବା ବେଳେ ଆମ ଶ୍ରେଣୀର ମଙ୍ଗଳା ଦେଖିଥିଲା। ସେଦିନ ମଧ୍ୟାହ୍ନ ଭୋଜନ ବାଢ଼ିବା ବେଳେ ପାଚିକା ମାଉସୀ ଭୁଲରେ ମୋ ଥାଳିରେ ଆଉ ଗୋଟିଏ ଅଣ୍ଡା ବାଢ଼ିଦେଲା। ମଙ୍ଗଳା ତତ୍‌କ୍ଷଣାତ୍ ଖାଇବା ପାଖରୁ ଉଠିଯାଇ ପ୍ରଧାନ ଶିକ୍ଷକଙ୍କୁ ଡ଼ାକି ଆଣିଲା। ମୋ ପକେଟ ଯାଞ୍ଚ ହେଲା। ସିଝା ଅଣ୍ଡା ବାହାରିଲା। ମଙ୍ଗଳା ମିଛରେ କହିଲା ଯେ ସବୁଦିନ ମୁଁ ଗୋଟିଏ ସିଝା ଅଣ୍ଡା ଚୋରି କରି ପକେଟରେ ପୁରାଇ ଘରକୁ ନେଉଛି। ସବୁ ଶିକ୍ଷକମାନେ ତା କଥାକୁ ବିଶ୍ୱାସ କରି ମୋତେ ବହୁତ ଗାଳିଗୁଲଜ କଲେ। ଅପମାନରେ ମୁଁ କାନ୍ଦି ପକାଇଥିଲି। ଭର୍ତ୍ସନା ଓ ଲାଞ୍ଛନାରେ ମୁହଁଟା ଲାଲପଡ଼ି ଯାଇଥାଏ। ଘରକୁ ଫେରିଲା ବେଳକୁ ସ୍ୱଭାବ ମୁତାବକ ନିର୍ବାଣୀ ଦଉଡ଼ି ଆସି ପକଟେ ଅଣ୍ଡାଳି ପକାଇଲା। ରାଗରେ ତାକୁ ଠେଲି ଦେଲି। ତଳେ ପଡ଼ିଯାଇ ବୁହେ କାନ୍ଦିଲା। କହିଲା, "ତୁ ନିଜେ ଅଣ୍ଡା ଖାଇ ଦେଇଛୁ"। ମୁଁ କହିଲି, "ହଁ, ହଁ, ମୁଁ ଅଣ୍ଡା ଖାଇ ଦେଇଛି। ଆଉ ତୋ ପାଇଁ ଅଣ୍ଡା ଆଣି ପାରିବି ନାହିଁ।" ବହୁତ ସମୟ ଧରି ରାହା ଧରି କାନ୍ଦିଥିଲା ସେଦିନ ନିର୍ବାଣୀ। ମୁଁ ସେତେବେଳକୁ ୩ୟ ଶ୍ରେଣୀରେ ପଢୁଥାଏ। ପାଠର ଅର୍ଥ ଜାଣିଲିଣି। ସରକାରୀ ସୁବିଧା ସୁଯୋଗ ମଧ୍ୟ ଅଳ୍ପ ବହୁତେ ବୁଝିଲିଣି। କିଛି ଦିନ ପରେ ନିର୍ବାଣୀକୁ ବୁଝାଇଲି "ଚାଲ ମୋ ସାଙ୍ଗରେ ବିଦ୍ୟାଳୟ ଯିବୁ। ପ୍ରତ୍ୟେକଦିନ ଭାତ ଡ଼ାଲମା ଗାଧୁଆ ବେଳକୁ ଖାଇବୁ। ଅଣ୍ଡା ମଧ୍ୟ ସପ୍ତାହକୁ ୨ ଦିନ ଖାଇବୁ।" ପ୍ରଥମେ ମୋଟେ ରାଜି ହେଲାନାହିଁ। ବିଦ୍ୟାଳୟର କଟକଣା, ପାଠ, ବହିପତ୍ର ଓ ସାର୍‌ମାନଙ୍କୁ ଡରିଲା। ହେଲେ କିଛି ଦିନ ବୁଝାବୁଝି କଲା ପରେ ଅଣ୍ଡା ଲୋଭରେ ରାଜି ହେଲା। ବାପା, ମା ମଧ୍ୟ ରାଜି ହେଲେ। କହିଲେ ଏକୁଟିଆ ଝିଅ ଛୁଆଟା ଏଣେତେଣେ ବୁଲୁଛି। ଜଙ୍ଗଲକୁ ଯାଉଛି। ଜନ୍ତୁଜାନୁଆ ହାବୁଡ଼ରେ ପଡ଼ିବ କେତେବେଳେ। ବିଦ୍ୟାଳୟ ଭିତରେ ସୁରକ୍ଷିତ ରହିବ। ସମସ୍ତଙ୍କର ସମ୍ମତିରେ ନିର୍ବାଣୀ ଆସି ପ୍ରଥମ ଶ୍ରେଣୀରେ ନାଁ ଲେଖାଇଲା। ଭାରି ଚଞ୍ଚଳ ଓ ବୁଦ୍ଧିଆ ନିର୍ବାଣୀ। ସାଙ୍ଗ ସାଥୀ ମେଳରେ ଖୁସି ଥାଏ। ମାସେ ଭିତରେ ସେ ସଫା ସୁତରା ଓ ଡ଼ଉଲ ଡ଼ାଉଲ ହୋଇ ସୁନ୍ଦର ଦେଖାଗଲା। ପାଠରେ ତାର ବି ମନ ଲାଗିଗଲା। ଶ୍ରେଣୀରେ ପ୍ରଥମ ହେବାକୁ ଲାଗିଲା। ମୋତେ ଭାରି ଖୁସି ଲାଗେ। ତାକୁ ଘରେ ଟିକେ ଟିକେ ମୁଁ ପଢେଇ ମଧ ଦିଏ।

ଅଷ୍ଟମ ପରେ ମୁଁ ଆସି ସିମିଳଗୁଡ଼ା ଆଶ୍ରମ ବିଦ୍ୟାଳୟରେ ପଢିଲି। ତା ତିନି ବର୍ଷ ପରେ ନିର୍ବାଣୀ ମଧ୍ୟ ଆଶ୍ରମ ବିଦ୍ୟାଳୟରେ ନାଁ ଲେଖାଇଲା। ଏଠି ଆହୁରି ସୁବିଧା ଲାଗିଲା। ବିଦ୍ୟାଳୟ ହତା ଭିତରେ ପୁଅ ଝିଅଙ୍କ ପାଇଁ ଅଲଗା ଅଲଗା ଛାତ୍ର-ଛାତ୍ରୀ ନିବାସ। ବିଦ୍ୟାଳୟକୁ ଯିବା ଆସିବାର ଆଉ ସମସ୍ୟା ନାହିଁ। ସମୟ ମୁତାବକ

ଖାଇବାକୁ, ଶୋଇବାକୁ ଓ ଖେଳିବାକୁ ସୁଯୋଗ ମିଳିଲା। ଭାଇ ଭଉଣୀ ଦୁହେଁ ମନ ଲଗାଇ ପାଠ ପଢ଼ିଲୁ। ନିର୍ବାଣୀ ଏଠି ମଧ୍ୟ ଏତେ ପିଲା ଭିତରେ ପ୍ରଥମ ହେଲା। ଖେଳ, ଗୀତ, ତର୍କବିତର୍କ ପ୍ରତିଯୋଗିତା, ସବୁଥିରେ ନିର୍ବାଣୀ ଆଗୁଆ। ପିଲାମାନଙ୍କ ପାଖରେ ମୋର ପରିଚୟ ନିର୍ବାଣୀର ଭାଇ ବୋଲି ହେଉଥିବାରୁ ମୋତେ ଭାରି ଗର୍ବ ଲାଗୁଥାଏ।

ମାଟ୍ରିକ ମୁଁ ପ୍ରଥମ ଶ୍ରେଣୀରେ ଉତ୍ତୀର୍ଣ୍ଣ ହେଲି। ଶିକ୍ଷକମାନଙ୍କ ପରାମର୍ଶ କ୍ରମେ ସିଟି ଟେନିଂ ନେଇ ଶୀଘ୍ର ଶିକ୍ଷକତା ଚାକିରି କରିବି ବୋଲି ଯୋଜନା କଲି। ସେତେବେଳକୁ ଗାଁରେ ବାପା ମା ବେଶ୍ ଅସୁସ୍ଥ ହେଲେଣି। କାମ ଧନ୍ଦା କରି ପାରୁ ନାହାନ୍ତି। ତେଣୁ ମୋର ଚାକିରିଟିଏ ନିହାତି ଆବଶ୍ୟକ। ମୋ ପଛେ ପଛେ ନିର୍ବାଣୀ ମଧ୍ୟ ପ୍ରଥମ ଶ୍ରେଣୀରେ ମାଟ୍ରିକ ପାସ୍ କରି ସିଟି ଟ୍ରେନିଂ ନେଲା। ତାକୁ କଲେଜରେ ପଢେଇବାର ବହୁତ ଇଛା ଥିଲେ ମଧ୍ୟ ସେତେବେଳକୁ ମୋତେ ଚାକିରି ମିଳି ନ ଥାଏ। ତେଣୁ ଆଉକିଛି ଉପାୟ ନ ଥିଲା। ଯାହା ହେଉ ଦୁଇ ଭାଇ ଭଉଣୀ ସିଟି ଟ୍ରେନିଂ ନେଇ ଆଗପଛ ହୋଇ ଓଡ଼ିଶା ସରକାରଙ୍କ ଦ୍ୱାରା ପ୍ରାଇମେରି ଶିକ୍ଷକ ଭାବରେ ନିଯୁକ୍ତି ମଧ୍ୟ ପାଇଗଲୁ। କୋରାପୁଟ ଶିକ୍ଷା ଜିଲ୍ଲାର ପାଖାପାଖି ଦୁଇଟି ପଞ୍ଚାୟତର ବିଦ୍ୟାଳୟରେ ଏକା ସାଙ୍ଗରେ ନିଯୁକ୍ତି ପାଇଲୁ। ଏହା ଭିତରେ ନିର୍ବାଣୀ ରାଜ୍ୟ କୃତି ଶିକ୍ଷକ ପୁରସ୍କାର ମଧ୍ୟ ପାଇ ସାରିଲାଣି। ନିର୍ବାଣୀ ଭାରି ସାହସୀ ଓ କର୍ମଠ। ବିଦ୍ୟାଳୟର ସବୁ କାମରେ ଆଗୁଆ। ଆଦିବାସୀ ଝିଅ ହିସାବରେ ସରକାରୀ ଯୋଜନା ଓ ସବୁ ସୁବିଧା ସୁଯୋଗକୁ ମଧ୍ୟ ସେ ସୁଉପଯୋଗ କରିପାରିଛି। ତେଣୁ ତାର ପଦୋନ୍ନତି ମଧ୍ୟ ଶୀଘ୍ର ଶୀଘ୍ର ହୋଇଛି। ସେ ମୋଠୁ ଢେର ଆଗରୁ ବିଦ୍ୟାଳୟର ପ୍ରଧାନ ଶିକ୍ଷୟିତ୍ରୀ ପଦ ପାଇ ସାରିଲାଣି। ତାର ବହୁତ ଉଚ୍ଚ ଆଶା। ଆହୁରି ବଡ଼ ହେବ, ଦେଶ ବିଦେଶ ବୁଲିବ, ଭଲ ଘର କିଣିବ, କାର ଚଢ଼ି ବୁଲିବ। ଏହା ଭିତରେ ତାର ବାହାଘର ମଧ୍ୟ ଗୋଟିଏ ସୁଯୋଗ୍ୟ ପିଲା ସହିତ ହୋଇ ସାରିଛି। ଜୋଇଁ ତହସିଲ୍ ଅଫିସରେ ସରକାରୀ କିରାଣୀ। ଗୋଟିଏ ଝିଅର ମା ଏବେ ନିର୍ବାଣୀ। ସବୁଆଡୁ ସମ୍ପୂର୍ଣ୍ଣା ନିର୍ବାଣୀ। ହେଲେ ଆଜି ଏ କ'ଣ କଲା ନିର୍ବାଣୀ। ଏଭଳି କୁକର୍ମ କଲା ବେଳକୁ ସେ କିପରି ନିଜ ଅତୀତ, ନିଜ ମୂଳଦୁଆକୁ ଭୁଲିଗଲା। ଟଙ୍କା ପଇସାର୍ ଲୋଭରେ ଗୋଟିଏ ସ୍ତ୍ରୀ ଲୋକ କଣ ଏତେ ତଳକୁ ଖସି ଯାଇପାରେ। କେଡ଼େ କେଡ଼େ ଅଭାବ ଅନାଟନକୁ ଆମେ ଭାଇଭଉଣୀ ହସି ହସି ପାରି କରି ଆସିଛୁ। ଆଜି କଣ ନା ଟଙ୍କା କୋଡ଼ିଏ ହଜାର ପାଇଁ ସବୁ ଗୌରବକୁ ପାଉଁଶ କରି ଦେଲା ନିର୍ବାଣୀ। ପ୍ରଧାନଶିକ୍ଷୟିତ୍ରୀ ଶ୍ରୀମତୀ ନିର୍ବାଣୀ ଟୁଡୁ ଆଜି ଭିଜିଲାନ୍ସ ହାତରେ ଧରାପଡ଼ି ନିଲମ୍ବିତ। ଯେଉଁ ଭଉଣୀ ପାଇଁ ମୁଁ ଦିନେ

ଗର୍ବ କରୁଥିଲି ଆଜି ତାକୁ ମୋର ଭଉଣୀ କହିବାକୁ ମୁଁ ଦ୍ୱିଧାବୋଧ କରୁଛି। ଆଜି ଦିନ ସାରା ବିଦ୍ୟାଳୟରେ ମୁଁ ଲୁଚି ଲୁଚି ରହିଲି। କାଳେ କିଏ ନିର୍ବାଣୀ ଉପରେ କ'ଣ ପଦେ ଖରାପ କରି କହିଦେବ ମୁଁ ସହି ପାରିବିନି। ମୋର ଆଖି ଝାପ୍‌ସା ହୋଇଗଲା। ଅନ୍ୟ କିଛି ବିପଦ ଥିଲେ ବଡ଼ ଭାଇ ହିସାବରେ ମୁଁ ଦୌଡ଼ି ଯାଇଥାନ୍ତି ନିର୍ବାଣୀ ପାଖକୁ। ହେଲେ ଆଜି ତାର ମୋତେ ଆଉ ଦରକାର ନାହିଁ। ଦିନ ଥିଲା ଭାଇ ପକେଟ ଅଣ୍ଡାଳି କରି ଅଣ୍ଡା ବାହାର କରି ଖାଉଥିଲା ସେ। ଆଜି ସେହି ଅଣ୍ଡା ଦୁର୍ନୀତିରେ ସେ ଲିପ୍ତ। ଇଛା ହେଉଥାଏ ତାକୁ ଥରେ ସେ ପଛ କଥା ସବୁ ମନେ ପକାଇ ଦେବାକୁ। ହେଲେ ସେ ତ ଏବେ ଏତେ ଉପରକୁ ଉଠି ସାରିଛି ଯେ ନିଜ ପରିବାର, ବାପା, ମା, ଭାଇ କେହି ତା ଆଖିକୁ ଆଉ ଦେଖା ଯାଉ ନାହାନ୍ତି।

ମୁଣ୍ଡଟା ଖୁବ୍ ଜୋରରେ ବିନ୍ଧି ଉଠିଲା। ସୁନୀତାକୁ ବି ଏଭଳି ଅପବାଦର ଖବର ଦେବାକୁ ସାହାସ ହେଉନି। କଥାରେ ଅଛି "ଅଜଗା ଘା ଦେଖି ହୁଏନି କି ଦେଖେଇ ବି ହୁଏନି "। ତେଣୁ ତକିଆରେ ମୁହଁକୁ ପୋତି ଶୋଇବାକୁ ଚେଷ୍ଟା କଲି।

■

ଅବସର ବାସରେ

୧୯୮୦ ମସିହା ନଭେମ୍ବର ୩୧ ତାରିଖ। ଶିକ୍ଷକତା ଜୀବନର ୩୨ ବର୍ଷ ସମ୍ପୂର୍ଣ୍ଣ କରି ଆଜି ମୁଁ ତରିକୁନ୍ଦ ଉଚ୍ଚବିଦ୍ୟାଳୟର ପ୍ରଧାନଶିକ୍ଷକ ପଦବୀରୁ ଅବସର ନେଲି। ଏହି କିଛି ଘଣ୍ଟା ପୂର୍ବରୁ ବିଦ୍ୟାଳୟର ଖୋଲା ବାରଣ୍ଡାରେ ପିଲାମାନେ ମୋର ବିଦାୟକାଳୀନ ସମ୍ବର୍ଦ୍ଧନା ସଭା ଆୟୋଜନ କରିଥିଲେ। ଶିକ୍ଷକ, ଶିକ୍ଷିକା ଓ ଛାତ୍ରଛାତ୍ରୀମାନେ ମୋର ଶିକ୍ଷକ ଜୀବନର ସଫଳତା ଓ କର୍ମପ୍ରବଣତା ଉପରେ ଭୂୟସୀ ପ୍ରଶଂସା କରୁଥିଲେ। ନିଜ ପ୍ରଶଂସା ନିଜେ ଶୁଣିବାକୁ ଭାରି ମାଡ଼ି ପଡୁଥାଏ। ହେଲେ ଅବସରକାଳୀନ ସଭାରେ ପ୍ରାୟ ଏମିତି ପ୍ରଶଂସାର ସୁଅ ଦେଖାଯାଏ। ମୁଁ ବି ସଂକ୍ଷେପରେ ମୋର ଭାଷଣ ରଖିଲି। ଆଖି ଛଳଛଳ ହୋଇଯାଇ କଣ୍ଠ ବାଷ୍ପରୁଦ୍ଧ ହୋଇଯାଉଥାଏ। କାଲିଠାରୁ ଏ ବିଦ୍ୟାଳୟକୁ ଆଉ ମୋତେ ଆସିବାକୁ ପଡ଼ିବ ନାହିଁ। ମୁଁ ଦିନଟିଏ ଛୁଟି ନେଲେ ଯେଉଁ ଶିକ୍ଷକ ଓ ଛାତ୍ରଛାତ୍ରୀମାନେ ବ୍ୟତିବ୍ୟସ୍ତ ହୋଇପଡୁଥିଲେ, ସେମାନେ ମୋତେ ଆସନ୍ତା କାଲିଠାରୁ ଆଉ ଖୋଜିବେ ନାହିଁ, ଲୋଡ଼ିବେ ନାହିଁ। ସଭା ଶେଷରେ ଚାହା ଜଳଖିଆର ବ୍ୟବସ୍ଥା ଥିଲା। ସବୁ ସାରି ଘରକୁ ବାହାରିବା ବେଳକୁ ଅମିୟ ସାର୍ କହିଲେ – "ଚାଲନ୍ତୁ ସାର୍। ଆପଣଙ୍କର ଫୁଲତୋଡ଼ା ଓ ଉପହାର ସାମଗ୍ରୀ ସବୁ ମୁଁ ଆପଣଙ୍କ ଘରେ ପହଞ୍ଚାଇ ଦେଉଛି।"

ଘରେ ପହଞ୍ଚିଲା ବେଳକୁ ମୁହଁ ସଞ୍ଜ। ଧୁଆଧୁଇ ହୋଇ ପିଣ୍ଡାରେ ବସିଲି। ନାତି ନାତୁଣୀମାନେ ଉପହାର ବ୍ୟାଗଟିକୁ ଆଗେ ଖୋଲି ପକାଇଲେ। ନାତି କହୁଛି- ଜେଜେ ୨୪ଟା ପେନ୍, ୯ଟା ଡାଇରି। ନାତୁଣୀ କହିଲା – ଜେଜେ ୬ଟା ଗପବହି ଓ ଗୀତା ପ୍ରବଚନ ଦୁଇଟି। ହାଲୁକା ହାଲୁକା ଭାବେ ସବୁ କଥା କାନକୁ ଆସୁଥାଏ। ମନଟା ବଡ଼ ବିଷର୍ଣ୍ଣ ଲାଗୁଥାଏ। ଯାହା ହେଉ ସ୍ତ୍ରୀକୁ ଚାହା କପ୍‌ଟେ ବରାଦ କଲି। ଚାହା ପିଇସାରିଲା ପରେ କ'ଣ ମନକୁ ଆସିଲା କେଜାଣି, ଚଦର ଖଣ୍ଡେ ଘୋଡ଼ିହୋଇ

ଟର୍ଚ୍ଚଟି ଧରି ବାହାରିଲି। ସ୍ତ୍ରୀ ମନ୍ଦିରା ପଚାରିଲେ - "ପୁଣି କୁଆଡ଼େ ଯାଉଛ ? ଶୀତ ପଡ଼ିଲାଣି ଯେ," କହିଲି, "ନାଇଁ ଟିକେ ଛକ ଆଡୁ ଆସୁଛି।"

ହେଲେ କେତେବେଳେ ଯେ ଆସି ବିଦ୍ୟାଳୟର ବଡ଼ ଫାଟକ ପାଖରେ ପହଞ୍ଚିଗଲିଣି ଜଣା ନାହିଁ। ପିଅନ କସ୍ତୁରି ଏଯାଏ ଫାଟକରେ ତାଲା ପକାଇନାହିଁ। ଫାଟକ ଖୋଲିବାର ଶବ୍ଦରେ କସ୍ତୁରି ଦୌଡ଼ି ଆସିଲା। କହିଲା - ସାର୍ ଆପଣ କ'ଣ ଛାଡ଼ିଦେଇଗଲେ କି ? କହିଲି- ନାଇଁ କସ୍ତୁରୀ। କିଛି ଜିନିଷ ଛାଡ଼ିନି। ହେଲେ କିଛିଟା ବିଶେଷ ସ୍ମୃତିକୁ ଏଠି ଛାଡ଼ିଯାଇଛି। ତାକୁ ସାଉଣ୍ଟିବାକୁ ଆସିଲି। ପଚାରିଲା - "ସାର୍, ଆପଣଙ୍କ କୋଠରୀଟି ଖୋଲିବି ?"

"ନା ନା। ସନ୍ଧ୍ୟା ୫ଟା ପରେ ଆଉ ସେ କୋଠରୀ, ସେ ଚୌକିରେ ମୋର ଅଧିକାର ନାହିଁ। ତୁମେ ଏହି ବାରଣ୍ଡାରେ ମୋତେ ନଡ଼ିଆ ଛପା ଖଣ୍ଡେ ଦିଅ। ଆଉ ତୁମେ ମୋ' ପାଖରେ ଟିକେ ବସ। ତୁମ ସହିତ କେବେ ବି ମନ ଖୋଲି ଗପିନି। ଆଜି ତ ଆଉ ମୁଁ 'ହେଡ୍ ସାର୍' ନୁହେଁ। ତେଣୁ ଆସ ନ୍ୟାୟ ନିଶାପର ଅଙ୍ଗେନିଭା କାହାଣୀ ମନେ ପକାଇବା। କସ୍ତୁରୀ, ତୁମେ ମୋ' ଶିକ୍ଷକତା ଜୀବନର ଅନେକ କାହାଣୀର ମୂକସାକ୍ଷୀ। ତୁମର ସବୁଠୁ ଭଲ ଗୁଣ ଯେ ବିଦ୍ୟାଳୟର ଜଟିଳ ପରିସ୍ଥିତିଗୁଡ଼ିକ ବିଷୟରେ ତୁମେ କେବେ କାହା ଆଗରେ ପାଟି ଖୋଲିନ। ତୁମ ଭଳି ସହକର୍ମୀ ପାଇ ମୁଁ ବିଦ୍ୟାଳୟର ମାନ ମର୍ଯ୍ୟାଦାକୁ ବହୁ ଜଟିଳ ପରିସ୍ଥିତିରେ ବି ଅକ୍ଷୁଣ୍ଣ ରଖିପାରିଛି"।

କଥା ମଝିରେ କସ୍ତୁରୀ ଉଠିଯାଇ ନାଲି ଚା'ଟିକେ କରି ଆଣିଲା। ଚାହା ପିଇଦେଇ ଟିକେ ଆରାମ ଲାଗିଲା। କସ୍ତୁରୀକୁ ପଚାରିଲି - "କସ୍ତୁରୀ, ୧୯୭୬ ମସିହାର ମାଟ୍ରିକ ପରୀକ୍ଷା ଘଟଣା ତ ତୁମ ମନରୁ ଯାଇ ନ ଥିବ? ତୁମର ମୋ ପ୍ରତି ସତ୍ୟନିଷ୍ଠତା ପାଇଁ ଏ ଘଟଣାଟି ଏ ପର୍ଯ୍ୟନ୍ତ ବି ତୁମେ ଓ ମୋ' ଛଡ଼ା ଆଉ କେହି ଜାଣିପାରିଲେ ନାହିଁ। ଗୋଟେ ନୀରବ ଗୁମର ହୋଇ ଘଟଣାଟି ରହିଗଲା।" କସ୍ତୁରୀ କହିଲା, - "ହଁ ସାର୍, ଏବେ ବି ପୁରା ଘଟଣା ମୋତେ ଜଳ ଜଳ ହୋଇ ଦେଖାଯାଉଛି।" ମୁଁ କହିଲି - "ତୁମେ ତ ଜାଣ ମୋର ବଡ଼ପୁଅଟି କୁସଙ୍ଗରେ ପଡ଼ି ମୋଟେ ପାଠ ପଢ଼ିଲାନି। କେତେ ବୁଝାଇଲି, ଚେଷ୍ଟା କଲି। ଏ ବିଦ୍ୟାଳୟରୁ ନେଇ ଜଇଶୋଳ ବିଦ୍ୟାଳୟରେ ନାଁ ଲେଖାଇଲି। ହେଲେ କିଛି ଫଳ ହେଲା ନାହିଁ। ଦୁଇଟିଯାକ ବିଦ୍ୟାଳୟ ହାଇଓ୍ୱେ ବଜାର ଉପରେ। ତେଣୁ ଖାଲି ବଜାରରେ ବସି ସାଙ୍ଗସୁଖ ହୋଇ ଗୁଣ୍ଡାଟିଏ ହୋଇଗଲା। ଏପରିକି ମୋ' ପଛରେ ଲାଗିବାକୁ ବି ପଛାଇଲା ନାହିଁ।"

ଏବେ କସ୍ତୁରୀ ପଚାରିଲା - "ସାର୍, ଏଯାଏ ବି ଜାଣିପାରିଲି ନାହିଁ ଯେ

କେମିତି ଆପଣ ସେଦିନ ମାଟ୍ରିକ ପ୍ରଶ୍ନପତ୍ର ଚୋରି ହେବ ବୋଲି ଆଗୁଆ ଖବର ପାଇଥିଲେ। କେତେ ଥର ଭାବିଛି ପଚାରିବି। ହେଲେ ସାହସ କରିନି। ଟିକିଏ ହସି କହିଲି- "ହଉ ଶୁଣ। ଆଜି କହୁଛି। ଗଣିତ ପରୀକ୍ଷାର ଆଗ ଦିନ ସବୁ ପରୀକ୍ଷାର୍ଥୀଙ୍କ ରୋଲ୍ ନମ୍ବର ଦଶଟି ଶ୍ରେଣୀର ଡେସ୍କ୍ ଉପରେ ଲେଖା କରେଇ ପ୍ରାୟ ସନ୍ଧ୍ୟା ୫ଟା ହେବ ସାଇକେଲ୍ ଧରି ଘରକୁ ବାହାରିଲି। ତିନୋଟି ବିଦ୍ୟାଳୟର ପରୀକ୍ଷାକେନ୍ଦ୍ର ଏଠି ପଡ଼ିଥାଏ। ସେତେବେଳେ ପରୀକ୍ଷାର ଗୋଟେ ଦିନ ପୂର୍ବରୁ ବ୍ୟାଙ୍କ୍ ଗାଡ଼ି ଆସି ପ୍ରଶ୍ନପତ୍ର ଦେଇ ଯାଉଥିଲା। ମୋ କୋଠରୀର ୭ ନମ୍ବର ଆଲମାରିଟି ଗୋଦ୍‌ରେଜ୍, ସେଥିରେ ମୁଁ ପ୍ରଶ୍ନପତ୍ର ରଖିଥାଏ। ତେଣୁ ଗୋଟେ ଦାୟିତ୍ୱର ଚାପରେ ଥାଏ ମୁଁ। କିଛି ବାଟ ଯିବା ପରେ ପଛରୁ ଶୁଣାଗଲା- "ସାର୍"। ପଛକୁ ଅନାଇ ଦେଖିଲି ନବମ ଶ୍ରେଣୀର କ୍ଷୀରୋଦ ଜୋର୍ ଜୋର୍‌ରେ ସାଇକେଲ୍ ଚଳେଇ ଆସୁଛି ଆଉ ମୋତେ କିଛି କହିବାକୁ ଚାହୁଁଛି। ମୁଁ ଅଟକିଗଲି। ପାଖକୁ ଆସି କ୍ଷୀରୋଦ କହିଲା- "ସାର୍ କହିବାକୁ ବେଳ ନାହିଁ। ଗୋଟେ ଗୁରୁତ୍ୱପୂର୍ଣ୍ଣ ଖବର ଏହି କାଗଜରେ ଲେଖା ଅଛି। ଘରେ ପହଞ୍ଚି ତୁରନ୍ତ ପଢ଼ି କାଗଜଟି ଚିରିଦେବେ ସାର୍। ମୋ ଜୀବନ ପ୍ରତି ବିପଦ ହୋଇପାରେ।"

ଘରେ ପହଞ୍ଚି ଧୁଆଁଧୁଇ ହୋଇ ନିଜ କୋଠରୀକୁ ଚାଲିଆସିଲି। ଅତି ସନ୍ତର୍ପଣରେ ପଢ଼ିଲି ଚିଠିଟେ। "ସାର୍, ଆଜି ୩/୪ଟା ବେଳେ ଦଳେ ଅଣଛାତ୍ର ଗୁଣ୍ଡା ବିଦ୍ୟାଳୟର ପଛପଟେ ବଣରେ ବସି କାଲିର ଗଣିତ ପ୍ରଶ୍ନପତ୍ର ଆଜି ରାତିରେ ଚୋରି କରିବାର ପରିକଳ୍ପନା କରୁଥିଲେ। ମୁଁ ଟିକେ ଦୂରରେ ପାସ୍ ବସିଥିଲି। ଚୁପ୍‌ଚାପ୍ ସବୁ ଶୁଣିଲି। ସେହି ଦଳରେ ଆପଣଙ୍କ ବଡ଼ପୁଅ ଅଛନ୍ତି। ଏବଂ ସେ ଆପଣଙ୍କ ଚାବିର ଡୁପ୍ଲିକେଟ୍ ବନାଇ ଦେଇଛନ୍ତି। ପ୍ରାୟ ରାତି ୨ଟା ୩୦ରୁ ୩ଟା ରାତିରେ ସେମାନେ ବିଦ୍ୟାଳୟ ହତାରେ ପ୍ରବେଶ କରିବେ। ସାର୍ ଦୟାକରି ମୋ ନାଁ ପ୍ରଘଟ କରିବେନି। ହୁଏତ ସେମାନେ ମୋତେ ଜୀବନରେ ମାରିଦେବେ।"

ଆପଣଙ୍କର,

କ୍ଷୀରୋଦ

"ମୋ ମୁଣ୍ଡରେ ବଜ୍ର ପଡ଼ିଗଲା। ଦୁଇଟି ବିଷୟର ପରୀକ୍ଷା ବାତିଲ ହେବ। ମୋତେ ସମସ୍ତେ ଅପରାଧୀ ଭାବି ଛି ଛାକର କରିବେ। ନିଶ୍ଚିନ୍ତ ହେଲି ଯେ କାଲି ମୋର ସସ୍‌ପେଣ୍ଡ ହେବା ନିର୍ଧାର୍ଯ୍ୟ। ଏ ବିଦ୍ୟାଳୟ, ମୁଁ, ମୋ ପରିବାର ସମସ୍ତେ ନିନ୍ଦିତ ହେବେ। ପ୍ରଶ୍ନପତ୍ର ପ୍ରଘଟ ହେଲେ ମୁଁ ସାରା ଓଡ଼ିଶାରେ ସେଦିନ ଚର୍ଚ୍ଚାର ବିଷୟ ପାଲଟିଯିବି। ଖବର କାଗଜରେ ଖବର ହୋଇ ବାହାରିବ। କିଛି ସମୟ ପାଇଁ ଚିନ୍ତାଶକ୍ତିଶୂନ୍ୟ ହୋଇପଡ଼ିଲି। ତାପରେ ଧୈର୍ଯ୍ୟ ଧରିଲି। ସ୍ତ୍ରୀ ମନ୍ଦିରାକୁ କହିଲି- ଶୀଘ୍ର

ଖାଇବା ବନାଇବା ପାଇଁ। ଶୀଘ୍ର ଖାଇକରି ଶୋଇଲେ ସକାଳୁ ଶୀଘ୍ର ପରୀକ୍ଷା ପାଇଁ ଯିବାକୁ ହେବ। ୯ଟା ଭିତରେ ଖାଇଦେଇ ଅଧଘଣ୍ଟା ଖଟରେ ଗଡ଼ିଲି। ତା'ପରେ କବାଟ ଭିତରୁ ବନ୍ଦ କଲି। ମୋ' କୋଠରୀ ସଂଲଗ୍ନ କୋଠରୀଟି ଅମାର, ଏବଂ ଅମାର ଘରର କବାଟ ଧାନଖଳାକୁ ଖୋଲିଥାଏ। ତେଣୁ ଧୀରେଧୀରେ ଟର୍ଚ୍ଚଟି ଧରି ଧାନଖଳା ଦେଇ ଘରୁ ବାହାରିଆସିଲି। ଚାଲିଚାଲି ଆସି ପହଞ୍ଚିଲି ବିଦ୍ୟାଳୟରେ। ପ୍ରଥମେ ଭାବିଲି ପ୍ରଧାନଶିକ୍ଷକଙ୍କର କାର୍ଯ୍ୟାଳୟ କୋଠରୀର ତାଲା ବଦଳାଇଦେବି।

ହେଲେ ଏମାନେ ସବୁ ଗୁଣ୍ଡା ଶ୍ରେଣୀର ପିଲା। କବାଟ ତାଡ଼ି ପଶିବେ ଏବଂ ଘଟଣାଟି ଜଣାପଡ଼ିଯିବ। କେସ୍ ହେବ। ତେଣୁ ତୁମକୁ ଆସି ମୋର ପରିକଳ୍ପନା କଥା କହିଲି। ଖୁବ୍ ସନ୍ତର୍ପଣରେ ପ୍ରଧାନଶିକ୍ଷକଙ୍କ କୋଠରୀକୁ ଆସିଲୁ। ତୁମକୁ ମନା କଲି କିଛି ବି ଆଲୁଅ ଜଳାଇବ ନାହିଁ। ବଜାର ଉପରେ ବିଦ୍ୟାଳୟଟି ତେଣୁ କାହାର ହୁଏତ ନଜର ପଡ଼ିପାରେ। ପ୍ରଥମେ ୭ ନମ୍ବର ଆଲମିରାରୁ ତା ପରଦିନ ପାଇଁ ସବୁ ପ୍ରଶ୍ନପତ୍ରଗୁଡ଼ିକୁ ଗୋଟିଏ ଖାଲି ଆଳୁବସ୍ତାରେ ଭର୍ତ୍ତି କରି ତୁମକୁ ଦେଲି ତୁମ ଚାଳିଆର ଘଷିଭାଡ଼ି ଭିତରେ ଲୁଚାଇ ରଖିବାକୁ କହିଲି। ତାପରେ ଟର୍ଚ୍ଚ ଆଲୁଅରେ ମୋର କାମ ଚାଲିଲା। ପୁରୁଣା ବର୍ଷର ପ୍ରଶ୍ନପତ୍ରଗୁଡ଼ିକ ଅବିକଳ ୧୯୭୬ ମସିହା ପରୀକ୍ଷାପାଇଁ ପ୍ରସ୍ତୁତ କରି ଯଥା ସ୍ଥାନରେ ରଖିବାକୁ ହେବ। ଦଶ ଦଶଟି ପ୍ରଶ୍ନପତ୍ରକୁ ପେପର ବ୍ୟାଣ୍ଡ ପିନ୍ଧାଇ ଖଇରିଆ ଖାମ ଭିତରେ ରଖି ଉପରେ ଲେଖିଲି ଗଣିତ ପ୍ରଶ୍ନ, ମାଟ୍ରିକ ୧୯୭୬ ଓ ଏମଆଇଏଲ ପ୍ରଶ୍ନପତ୍ର, ମାଟ୍ରିକ ୧୯୭୬। ସେଗୁଡ଼ିକୁ ଜଉମୁଦ ଦେଇ ସିଲ୍ ମଧ୍ୟ କଲି। ସେଦିନ ଦୁଇଟି ସିଟିଂ ପରୀକ୍ଷା ଥାଏ। ଏକଦମ ନିଖୁଁତ ଓ ନିର୍ଭୁଲ ଭାବରେ ଏସବୁ କାମ ସାରିବାକୁ ପ୍ରାୟ ୨ ଘଣ୍ଟା ଲାଗିଲା। ସେତେବେଳକୁ ରାତି ଗୋଟାଏ ବାଜିଲାଣି।

ତା'ପରେ ଆଲମାରି ବନ୍ଦ କଲି ଓ କୋଠରୀରେ ତାଲା ପକାଇ ବିନା ଆଲୁଅରେ ଧୀରେ ଧୀରେ ତୁମ ପାଖକୁ ଆସିଲି। ପରବର୍ତ୍ତୀ ଘଟଣା ସବୁ ତୁମେ ତ ଜାଣ।"

କସ୍ତୁରୀ ଆରମ୍ଭ କଲା, "ହଁ ସାର୍। ମଶା କାମୁଡ଼ା ଭିତରେ ଦେହକୁ କାଠ ଭଳି କରି ଘଷି ଭାଡ଼ିକୁ ଆଉଜି ବସି ପ୍ରତିଟି ମୁହୂର୍ତ୍ତ ଯେ କିପରି କଟିଛି, ଭାବିଲେ ସାର୍ ଏବେ ବି ଲୋମ ଟାଙ୍କୁରି ଉଠେ।" କିଛି ସମୟର ନୀରବତା ପରେ ପୁଣି କସ୍ତୁରୀ ଆରମ୍ଭ କଲା।

"ସାର୍, ରାତି ୨ଟା ବାଜିଲା। ଅଢ଼େଇଟା ହେଲା। ଠିକ୍ ୨ଟା ୪୫ ବେଳକୁ ଖୁଡଖାଡ୍ ଶବ୍ଦ ଶୁଭିଲା। ସେମାନଙ୍କ ପାଖରେ ଯେହେତୁ ଚାବି ଥିଲା, ତେଣୁ ତାଙ୍କ ପାଇଁ କିଛି ବି ସମସ୍ୟା ନ ଥିଲା। ତା'ପରେ ସେମାନେ ଆପଣଙ୍କ କୋଠରୀରେ ଥିବା ଏକମାତ୍ର ଗୋଦରେଜ୍ ଆଲମାରିକୁ ଖୋଲିଲେ। ଆପଣଙ୍କ ପୁଅକୁ ବେଶ୍ ଭଲ ଭାବରେ

ଜଣା ଥିଲା ଯେ ଆପଣ ପ୍ରଶ୍ନପତ୍ର କେବଳ ଗୋଦରେଜ୍‌ରେ ହିଁ ରଖନ୍ତି । ତେଣୁ ତାର ଡୁପ୍ଲିକେଟ୍ ଚାବି ଦେଇ ଆଲମାରି ଖୋଲି ଦଶଟିକିଆ ଗଣିତ ଓ ମାତୃଭାଷା ପ୍ରଶ୍ନପତ୍ରର ଦୁଇଟି ବିଡ଼ା ସେମାନେ ନେଲେ ।

ସେମାନଙ୍କୁ ଏସବୁ କରିବାକୁ ଖୁବ୍ ବେଶୀ ସମୟ ଲାଗିଲା ନାହିଁ । ଭୋର୍ ୩ଟା ୩୦ ବେଳକୁ ଖୁବ୍ ସୁରୁଖୁରୁରେ ସେମାନେ ବିଦ୍ୟାଳୟର ପଛପଟ କିଆବୁଦା ଭିତରେ ଦେଇ ଉଭାନ ହୋଇଗଲେ । ଆପଣ ମୋତେ ଇସାରା ଦେଲେ ଯେ ଆହୁରି ଘଣ୍ଟାଏ ଅପେକ୍ଷା କରିବା ପାଇଁ । ଆପଣଙ୍କର ଆଶଙ୍କା ଥିଲା ଯେ ସେମାନେ ପ୍ରଶ୍ନପତ୍ର ଖୋଲି ପୁରୁଣା ପ୍ରଶ୍ନପତ୍ର ଦେଖିବା ପରେ ରାଗରେ ପୁଣିଥରେ ଆସିପାରନ୍ତି । କିନ୍ତୁ ଭୋର୍ ୪ଟା ୩୦ ପର୍ଯ୍ୟନ୍ତ ଯେତେବେଳେ ସେମାନେ ଫେରିଲେ ନାହିଁ, ଆପଣ କିଛିଟା ଆଶ୍ୱସ୍ତ ହେଲେ । ଖରାଦିନ ହୋଇଥିବାରୁ ସେତେବେଳକୁ ସିନ୍ଦୂରା ଫାଟି ଫର୍ଚ୍ଚା ହୋଇଯାଇଥାଏ । ଚା' ଦୋକାନୀମାନଙ୍କର କୋଇଲା ଚୁଲିର ଧଳା ଧୂଆଁ ଓ ବଜାରର ଅଳ୍ପ କିଛି ଲୋକଙ୍କ ଗହଳି ଚହଳି ଭିତରେ ଆମେ ଟିକେ ସାହସ ପାଇଲୁ ।

ଘଷିଭାଡ଼ି ଭିତରୁ ପ୍ରଶ୍ନପତ୍ର ଥିବା ବସ୍ତାକୁ ଧରି ଆମେ ପୁଣି ମୁଖ୍ୟ କୋଠରିକୁ ଗଲୁ । ଆପଣ ପ୍ରଶ୍ନପତ୍ରଗୁଡ଼ିକ ଯଥା ସ୍ଥାନରେ ରଖି ଗୋଦରେଜ୍ ବନ୍ଦ କଲେ । ତା'ପରେ ମୁଖ୍ୟ କବାଟରେ ତାଲା ପକାଇ ଆସିଲେ । ମୁଁ ବଜାରର ଚା' ଦୋକାନରୁ ଗରମ ଚା' ଟିକେ ଆପଣଙ୍କୁ ଆଣି ଦେଲି । ଆପଣ ଖୁବ୍ ଦୁର୍ବଳ ଦେଖାଯାଉଥାନ୍ତି । ଚା' ଟିକେ ପିଇବାରୁ ଟିକେ ବଳ ଆସିବାରୁ ଆପଣ ଚାଲି ଚାଲି ଘରକୁ ଗଲେ ।

ମୁଁ କଥାର ଖିଅ ଧରିଲି, "ହଁ କସ୍ତୁରୀ ମୁହଁ ଅନ୍ଧାର ଭିତରେ ଧାନଖଳା ଦେଇ ନିଜ କୋଠରୀକୁ ଯାଇ ଆଗ କିଛି ସମୟ ସିଧା ହୋଇ ଅଣ୍ଟା ସଳଖି ଖଟରେ ଶୋଇଲି । ତାପରେ ଯଥାରୀତି ନିତ୍ୟକର୍ମ ସାରି ୯ଟା ବେଳକୁ ବିଦ୍ୟାଳୟରେ ପହଞ୍ଚିଲି । ୧୦ଟି ପରୀକ୍ଷା କକ୍ଷ ପାଇଁ ପ୍ରାୟ ୨୦ ଜଣ ପରୀକ୍ଷକ ଥାଆନ୍ତି । ସେମାନେ ଆସିଲେ ସକାଳ ୧୦ଟା ବେଳକୁ । ଗୋଦରେଜ ଖୋଲି ପ୍ରଶ୍ନପତ୍ର ବାହାର କରିବା ପାଇଁ ସବୁଠୁ ବରିଷ୍ଠ ଶିକ୍ଷକ କିଶୋର ବାବୁଙ୍କୁ ଚାବି ଦେଲି । କିଶୋର ବାବୁ ପ୍ରଶ୍ନପତ୍ର ବାହାର କରି କକ୍ଷ ଅନୁସାରେ ଗଣି ଗଣି ପ୍ରଶ୍ନପତ୍ର ସେ କକ୍ଷ ପାଇଁ ଉଦ୍ଦିଷ୍ଟ ପରୀକ୍ଷକଙ୍କୁ ବାଣ୍ଟିଲେ । ମୋତେ ଏତେ ହାଲୁକା ଲାଗୁଥାଏ କହିପାରିବିନି । ସମସ୍ତ ପରୀକ୍ଷକ ପରୀକ୍ଷା ହଲ୍‌ମାନଙ୍କୁ ଗଲା ପରେ ୭ ନମ୍ବର ଗୋଦରେଜରେ ଲାଗିଥିବା ଜଗନ୍ନାଥ ଛବିଟିକୁ କୁଣ୍ଢେଇ ଧରି ମୁଣ୍ଡିଆ ମାରିଲି । ଠାକୁର ମୋର ମାନ ମହତ ରଖିଦେଲେ ।

ଏହା ମଝିରେ ଶିକ୍ଷକ ବିଧାନ ବାବୁଙ୍କୁ ଡକାଇ ପଠାଇଲି । ତାଙ୍କ ଭାଇ

ଜଗତସିଂହପୁର ଥାନାରେ ପୋଲିସ ଏସ୍‌ଆଇ ଅଛନ୍ତି। ତାଙ୍କୁ ମିଛରେ କହିଲି ଆଜି ବିଦ୍ୟାଳୟକୁ ଆସିବା ବେଳେ କିଛି ଅଣଛାତ୍ର ଗୁଣ୍ଡା ଗଣ୍ଡଗୋଳ କରିବେ ବୋଲି ପରିକଳ୍ପନା କରୁଥିବାର ଶୁଣିଲି। ଆପଣ ଭାଇଙ୍କୁ କହି ଗୋଟେ ସଶସ୍ତ୍ର କନଷ୍ଟେବଲର ବ୍ୟବସ୍ଥା କରନ୍ତୁ। ଦରଖାସ୍ତଟିଏ ଲେଖି ତାଙ୍କୁ ଦେଲି। ତା' ପରଦିନଠାରୁ ପୋଲିସ୍ କାର୍ଯ୍ୟାଳୟ ପକ୍ଷରୁ ଗୋଟିଏ କନଷ୍ଟେବଲ ଓ ଗୋଟିଏ ହୋମ୍‌ଗାର୍ଡ ରାତିରେ ବିଦ୍ୟାଳୟରେ ମୁତୟନ ହେଲା।

ସେହିଦିନଠାରୁ ମାସେ ଖଣ୍ଡେ ମୁଁ ଘରେ ବଡ଼ପୁଅକୁ ଦେଖିନି। ଘରେ କେହି ବି ଏ ଘଟଣା ଜାଣନ୍ତି ନାହିଁ। ସେ ବର୍ଷ ଜିଲ୍ଲାସ୍ତରୀୟ ଶିକ୍ଷା କମିଟିର ବୈଠକରେ ପ୍ରସ୍ତାବ ଦେଲି ଯେ ମାଟ୍ରିକ ପରୀକ୍ଷାର ସେହିଦିନର ପ୍ରଶ୍ନପତ୍ର ସେହିଦିନ ସକାଳ ୧୦ଟା ସୁଦ୍ଧା ବିଦ୍ୟାଳୟରେ ପହଞ୍ଚାଇବାର ବ୍ୟବସ୍ଥା କରାଯାଉ। ସବୁ ପ୍ରଧାନ ଶିକ୍ଷକମାନେ ସହମତି ହେଲେ, ଏବଂ ତାପର ବର୍ଷଠୁ ବ୍ୟାଙ୍କ ଗାଡ଼ି ଆସି ବିଦ୍ୟାଳୟମାନଙ୍କରେ ପରୀକ୍ଷା ଦିନ ସକାଳୁ ପ୍ରଶ୍ନପତ୍ର ଦେବା ବ୍ୟବସ୍ଥା ଆରମ୍ଭ ହେଲା।"

ଘଟଣାଟିର ସ୍ମୃତିଚାରଣ କରୁ କରୁ କେତେବେଳେ ଯେ ରାତି ୧୦ଟା ବାଜିଲାଣି ଜଣାପଡ଼ିଲା ନାହିଁ। ଚଦରଟିକୁ ଭଲ କରି ଘୋଡ଼ାଇ ହୋଇ ବିଦ୍ୟାଳୟକୁ ହାତଯୋଡ଼ି ପ୍ରଣାମ କରି କହିଲି, ମା ବିଦ୍ୟାପ୍ରଦାୟିନୀ କେତେ ବେଳେ ହୁଏତ ମୁଁ ଅନ୍ୟାୟ ନିଷ୍ପତ୍ତି ନେଇ ଥାଇପାରେ। ମୋତେ କ୍ଷମା କରିବ ମା' ବିଦ୍ୟାଳୟ ଦେବୀ।" କଣ୍ଢେଇ ଟିକେ ବାଟେଇ ଦେଲା। ମୁଁ ଘର ମୁହାଁ ହେଲି।

■

ମୁଠାଏ ଅକ୍ଷର

ଖେଳଛୁଟି ସମୟରେ ଶିକ୍ଷକ କୋଠରୀରେ ବସି ଆମେ ସବୁ ଶିକ୍ଷିକାମାନେ ମଧ୍ୟାହ୍ନ ଭୋଜନ ଖାଉ ଖାଉ ଖୁସି ଗପରେ ମାତିଥାଉ। ସେଦିନ ଥାଏ ମାତୃଦିବସ। ସବୁ ଦିଦିମାନଙ୍କର ଆଖି ମୋବାଇଲ୍ ପର୍ଦ୍ଦା ଉପରେ ସ୍ଥିରଥାଏ। ବାହାରେ ରହୁଥିବା ପୁଅ ଝିଅମାନେ 'ହ୍ୟାପି ମଦରର୍ସ ଡ଼େ' ଲେଖି ଶୁଭେଚ୍ଛା ଜଣାଉଥାନ୍ତି। ହ୍ୱାଟ୍ସ୍ଆପ୍ ଓ ଇ-ମେଲର ଲେଖା ପଢ଼ି ମା'ମାନେ ଖୁସି ହେଉଥାନ୍ତି। ଏଇ ସମୟରେ ପିଅନ୍ ରାଧା ଆସି ମୋତେ ଡାକି କହିଲା, "ଦିଦି ତମ ଚିଠି ଆସିଛି। ପିଅନ ଡାକୁଛି ଦସ୍ତଖତ କରି ନେବାକୁ।" ତରତରରେ ଉଠିଆସିଲି। ସ୍ପିଡ୍ ପୋଷ୍ଟ୍‌ରେ ଆସିଥିବା ଚିଠିଟି ଧରି ହସହସ ମୁହଁରେ ପ୍ରକୋଷ୍ଠକୁ ଫେରିଲି। ସମସ୍ତଙ୍କର ଆଖି ମୋ ଉପରେ। ଏଇ ମାସେ ହେଲା ମୁଁ ଏହି ବାଳିକା ବିଦ୍ୟାଳୟକୁ ବଦଳି ହୋଇ ଆସିଛି। ତେଣୁ ମୋ ସହ ବେଶୀ ପରିଚିତ ହୋଇନାହାଁନ୍ତି ସହକର୍ମୀ ଦିଦିମାନେ। ତରୁଲତା ଦିଦି ପଚାରିଲେ, "କ'ଣ ମିନାକ୍ଷୀ ତୁମେ ଆଜି ଯାଏଁ ବି ଚିଠିପତ୍ରରେ ଯୋଗାଯୋଗ ରଖିଛ ? ଆମର ସବୁ ଇ-ମେଲ ଓ ହ୍ୱାଟ୍ସ୍ଆପ୍‌ର ଲେଖାରେ ଚିଠି।" ମୁଁ କହିଲି, "ହଁ ମୋର ଇ-ମେଲ୍ ଓ ହ୍ୱାଟ୍ସ୍ଆପ୍ ଅଛି ହେଲେ କେତେ ଜଣଙ୍କ ସହ ବିଶେଷ ଦିନମାନଙ୍କରେ ପତ୍ରାଳାପ ହୁଏ।"

ଅତ୍ୟନ୍ତ ଆଗ୍ରହରେ ଚିଠିଟି ଖୋଲିଲି। ସୁନ୍ଦର ଲଫାପାଟିଏ। ତା'ଭିତରେ ରଙ୍ଗୀନ ଓ ଚିତ୍ରିତ କାଗଜରେ ଲେଖା କବିତାଟିଏ ସହ ଚିଠିଟିଏ। କଲ୍ୟାଣୀ ଦିଦି ପଚାରିଲେ, "ବାଃ, କେତେ ରୁଚିପୂର୍ଣ୍ଣ ଚିଠି, କେଡ଼େ ସୁନ୍ଦର ଓଡ଼ିଆ ଅକ୍ଷର, କିଏ ଦେଇଛି ?" ମୁଁ କହିଲି, "ମୋ ପୁଅ ତୀର୍ଥ, ମାତୃ ଦିବସର ଅଭିନନ୍ଦନ ଜଣାଇ ଚିଠିଟିଏ ଓ କବିତାଟିଏ ପଠାଇଛି।" "ଆରେ ବାଃ, କବିତା, ମା'ପାଇଁ କବିତା ! ପଢ଼ ମିନାକ୍ଷୀ ଆମେ ସମସ୍ତେ ବି ଟିକେ ଶୁଣୁ, ଆମର ସେ ସବୁ ସୌଭାଗ୍ୟ କାହିଁ ପୁଅ ଝିଅଙ୍କର ହାତଲେଖା ଚିଠି ପାଇବାକୁ।" ଅଭିମାନର ସହ କହିଲେ କଲ୍ୟାଣୀ ଦିଦି। କବିତାଟି ପଢ଼ିଲି –

ଶତଦୁଃଖ ଯନ୍ତ୍ରଣାର ହଳାହଳକୁ,
ନୀଳକଣ୍ଠ ପରି ପାନକରି,
ତୁ ପୁଣି ବାଣ୍ଟିପାରୁ ପୀୟୁଷ;
ବାରମ୍ବାର ମରିମରି ତୁ ପୁଣି,
ମୋ ପାଇଁ ମାଗିପାରୁ ଶତାୟୁ ଆୟୁଷ। (୧)
ଆଗ୍ନେୟଗିରିର ଅନଳ ଭିତରୁ,
ତୁ ପୁଣି ସାଉଁଟିପାରୁ ମମତାର ହିମାଦ୍ରୀ,
ମୋ ଲୁହକୁ 'ଆହା' ବୋଲି ପୋଛିଦେଇ;
ମୋ ପାଇଁ ସଜାଇପାରୁ ସ୍ୱପ୍ନର ନିଳାଦ୍ରୀ। (୨)
ତୋ ସ୍ନେହର ବିକଳ୍ପକୁ ଖୋଜିବାର ଅପଚେଷ୍ଟା,
ତୋ ଋଣକୁ ଶୁଝିବାର ବ୍ୟର୍ଥ ଅହମିକା,
ମୋ ଆତ୍ମାକୁ କେବେ ନକରୁ ସ୍ପର୍ଶ, ନଦେଉ ପ୍ରଶ୍ରୟ;
ତୋ ସ୍ୱାଭିମାନର ବିତାନ ଭିତରେ ମୋର ଅସ୍ତିତ୍ୱ;
ଫୁଲଟେ ପରି ମହକୁ ଥାଉ ତୋର ମାତୃତ୍ୱ। (୩)

କବିତାଟି ପଢ଼ିସାରିଲା ବେଳକୁ ମୋର କଣ୍ଠ ବାଷ୍ପରୁଦ୍ଧ। ସବୁ ଶିକ୍ଷିକାମାନେ ଏକ ଲୟରେ ମୋତେ ଅନାଇ ରହିଥା'ନ୍ତି। ଚମତ୍କାର, ଚମତ୍କାର କବିତାଟି, କହି ପାଖରେ ବସିଥିବା ଅନୁରାଧା ଦିଦି ମୋର ପିଠି ଥାପୁଡ଼ି ଦେଲେ। ତୀର୍ଥ ବିଷୟରେ ପଚାରିଲେ। ମୁଁ କହିଲି, "ସେ ଏବେ ଆଇ.ଆଇ.ଏମ୍ କୋଲକତାରେ ପଢୁଛି। ମଝିରେ ମଝିରେ ଓଡ଼ିଆ ଓ ଇଂରାଜୀରେ କବିତା ଲେଖେ। ଓଡ଼ିଶୀ ସଂଗୀତରେ ସେ ତାଲିମ୍ ନେଇଛି। ତେଣୁ ଶାସ୍ତ୍ରୀୟ ସଂଗୀତ ମଧ୍ୟ ଗାଏ। ଛୋଟଦିନରୁ ତାର ହସ୍ତାକ୍ଷରକୁ ସୁନ୍ଦର କରିବା ପାଇଁ ମୁଁ ବହୁତ ଚେଷ୍ଟା କରିଛି। ଅନେକଥର ତା'ର କୁନିକୁନି ଆଙ୍ଗୁଠିକୁ ବାଡ଼େଇଛି ମଧ୍ୟ। ଛୋଟ ଛୋଟ ଗଳ୍ପ ଓ କବିତା ବାଛି ତାକୁ ହସ୍ତାକ୍ଷର ଭାବେ ଲେଖିବାକୁ ଦେଉଥିଲି। ତେଣୁ ଲେଖୁ ଲେଖୁ ହସ୍ତାକ୍ଷର ଅଭ୍ୟାସ ସହ ଗଳ୍ପ ଓ କବିତାର ମାଧୁର୍ଯ୍ୟକୁ ମଧ୍ୟ ଉପଭୋଗ କରିବାକୁ ଶିଖିଗଲା ତୀର୍ଥ। ଯେତେ ହ୍ୱାଟ୍ସଆପ୍, ଇ-ମେଲ୍‌ରେ ଲେଖା ଆଦାନପ୍ରଦାନ କଲେ ବି ବିଶେଷ କିଛି ଦିନମାନଙ୍କରେ ଆମେ ହାତଲେଖା ଚିଠି ଆଦାନ ପ୍ରଦାନର ଅଭ୍ୟାସ ରଖିଛୁ। ଜାଣେନି ଦିଦି, କର୍ମ ବିବ୍ରତ ଜୀବନ ଚର୍ଯ୍ୟା ଭିତରେ କେତେଦିନ ଏହା ବଜାୟ ରହୁଛି।" ଏତକ କହି ଚିଠିଟିକୁ ଯତ୍ନରେ ମୋ ବ୍ୟାଗରେ ରଖିଲି।

ଏଇ ସମୟରେ କବାଟ ପାଖରେ ପିଅନ ରାଧା ପୁଣି ଆସି ଛିଡ଼ା ହୋଇ ଡାକିଲା

'ପ୍ରତିମା ଦିଦି'। ପ୍ରତିମା ଦିଦି କହିଲେ, "କ'ଣ କହୁଥିଲୁ ରାଧା ?" ହଁ ଦିଦି କହି, ନୀଳରଙ୍ଗର ଇନଲ୍ୟାଣ୍ଡ ଲେଟର୍‌ଟିଏ ଟେକିକରି ଦେଖାଇଲା। ଦିଦି ବାରନ୍ଦାକୁ ବାହାରିଗଲେ। କିଛି ସମୟ ପରେ ଫେରିଆସି କହିଲେ, "ରାଧା ପୁଅର ଚିଠି। ରାଧା ପଢ଼ି ପାରେନି ତ, ତେଣୁ ପ୍ରତି ସପ୍ତାହରେ ତା'ର ଚିଠି ଆସିଲେ ମୋତେ ହିଁ ପଢ଼ିବାକୁ ଦିଏ। ତା' ପୁଅର ଏତେ କଦର୍ଯ୍ୟ ଅକ୍ଷର ଓ ଏତେ ତ୍ରୁଟିପୂର୍ଣ୍ଣ ବାକ୍ୟ ବିନ୍ୟାସ ଯେ ମୋତେ ଠିକ୍ ଭାବରେ ପଢ଼ି ତାର ଭାବାର୍ଥ ରାଧାକୁ ବୁଝେଇବା କାଠିକର ପାଠ ହୋଇଯାଏ। ତା'ପୁଅ ବୋଧେ ଚତୁର୍ଥ / ପଞ୍ଚମ ଖଣ୍ଡେ ପଢ଼ିଛି। ଏବେ କଟକରେ ଗୋଟେ ପରିବା ଦୋକାନ ଦେଇଛି। ପ୍ରତି ସପ୍ତାହରେ ଯାହା ହେଲେ ବି ଚିଠି ଖଣ୍ଡେ ମା'କୁ ଲେଖୁଛି। ରାଧା ମୋବାଇଲ ଚଳେଇ ପାରେନି ବୋଲି ପୁଅଟି ନିୟମିତ ଚିଠି ଦେଉଛି।"

କିଛି ସମୟର ନୀରବତା ପରେ ପୁଣି ପ୍ରତିମା ଦିଦି ମୋ ଆଡ଼କୁ ଅନାଇ କଥା ଆରମ୍ଭ କଲେ। କହିଲେ, "ଜାଣିଛ ମିନାକ୍ଷୀ, ପ୍ରତିମାସରେ ରାଧା ପୁଅର ଚିଠି ପଢ଼ିଲାବେଳେ ମୋ ମନଟା ଗୁମୁରି କାନ୍ଦେ। କଦର୍ଯ୍ୟ ଅକ୍ଷର ହେଉ ବା ଅନାବନା ବାକ୍ୟ ହେଉ, ଦି'ଧାଡ଼ି ମନର କଥା ଲେଖି ଚିଠିଟିଏ ତ ପ୍ରତି ସପ୍ତାହରେ ମା'କୁ ଲେଖୁଛି। ହେଲେ ମୋ ପୁଅ ସପ୍ତାହ ଦି' ସପ୍ତାହକୁ ଥରେ ଦୁଇ ମିନିଟ୍ ପାଇଁ ଭିଡ଼ିଓ କଲ୍ କରି ନିଶ୍ଚିନ୍ତରେ ବସିଯାଏ। ଭାବେ ତାର କର୍ତ୍ତବ୍ୟ ସରିଗଲା। ସେ ଏତେ ବ୍ୟସ୍ତ ରୁହେ ଯେ ତାକୁ ଫୋନ୍ କରିବାକୁ ଆମେ ମଧ୍ୟ ସାହସ କରୁନା, କାଳେ ତାର କାମରେ ବ୍ୟାଘାତ ହେବ। ରାଧା ଯେତେବେଳେ କାନିରେ ଗୁଡ଼େଇ ପୁଅର ଚିଠିଟିକୁ ଅଣ୍ଟାରେ ଖୋସେ, ସେତେବେଳେ ମୋର ମନେହୁଏ ଯେ ରାଧା ମୋଠୁ ଢେର୍ ସୁଖୀ।"

କଥା ମଝିରେ ମିନତୀ ଦିଦି କହିଲେ, "ସତେ ପ୍ରତିମା ହାତଲେଖା ଚିଠିର ଅନୁଭୂତି କିଛି ନିଆରା। ଯେଉଁ ପିଲାମାନଙ୍କୁ ଅକ୍ଷର ଶିଖେଇଲୁ, ଆଜି ସେମାନଙ୍କର ମୁଠାଏ ଅକ୍ଷର ଆମ ପାଇଁ ସାତ ସପନ। ପିଲାମାନେ ଦୂରରେ ରହିଲେ, ବହୁତ ପଇସା ରୋଜଗାର କଲେ। ଅନ୍ତର୍ରାଷ୍ଟ୍ରୀୟ କମ୍ପାନୀର ଚାକିରି ନିଆରା ଜୀବନର ବାସ୍ତବତାକୁ ଛଡ଼ାଇନେଲା। ଭିଡ଼ିଓ କଲିଂରେ ପିଲାଙ୍କୁ ଦେଖି ଦେଖି ବର୍ଷବର୍ଷ ଏକା ରହିବାକୁ ପଡୁଛି।" ଦୀର୍ଘଶ୍ୱାସ ନେଲେ ପ୍ରମିଳା ଦିଦି। ପଦ୍ମଜା ଦିଦି କହିଲେ, "ଠିକ୍ କଥା, ଆବେଗ ବି ଏବେ ଅବାସ୍ତବ ହୋଇଗଲାଣି। କଥା କଥାକେ ପିଲାମାନେ କହୁଛନ୍ତି ପ୍ରଗତିଶୀଳ ଓ ଯୁଗୋପଯୋଗୀ ହେବାକୁ । ସେଦିନ ଆମର ବିବାହ ବାର୍ଷିକୀରେ ପୁଅ ଅଷ୍ଟ୍ରେଲିଆରେ ଥାଇ ଏଠିକାର ଗୋଟେ କେକ୍ ଦୋକାନରୁ ଅନଲାଇନ୍‌ରେ ବରାଦ କରି ଆମ ଘରକୁ ବଡ଼ କେକ୍‌ଟିଏ ପଠେଇଦେଲା। ହେଲେ

ସେ କେକ୍‌କୁ ଦେଖି ମୋର କୋହ ଉଠିଆସିଲା। ଏସବୁ କେମିତି ଅପ୍ରାସଙ୍ଗିକ, ଅବାସ୍ତବ ଓ ଲୋକଦେଖାଣିଆ ଭଳିଆ ଲାଗିଲା। ଏହା ପରିବର୍ତ୍ତେ ଯଦି ପୁଅର ଚିଠିଖଣ୍ଡେ ପାଇଥା'ନ୍ତି ପାଞ୍ଚଥର ପଢ଼ି ଦଶଥର ଛାତିରେ ଜାକି ଧରିଥାନ୍ତି ଓ ମାସେଖଣ୍ଡେ ତକିଆ ତଳେ ସାଇତି ରଖିଥା'ନ୍ତି।" ଆଖିରେ ଆଖିଏ ଲୁହ ନେଇ ଅଟକିଗଲେ ପଦ୍ମଜା ଦିଦି।

ଏଭଳି ଗୋଟେ ସ୍ମରଣୀୟ ଦିନରେ ସମସ୍ତଙ୍କର ଏଭଳି ଅଭିମାନ, ମାତୃ ହୃଦୟର ବିଦଗ୍ଧ ହାହାକାର ଦେଖି ମୁଁ ବିଚଳିତ ହୋଇଉଠିଲି। ତୀର୍ଥର ଛୋଟ କବିତା ଆଉ ରାଧା ପୁଅର ଚିଠି ଯେ ଏମାନଙ୍କ ହୃଦୟରେ ଏମିତି ଅପ୍ରାପ୍ତିର ଆନ୍ଦୋଳନ ସୃଷ୍ଟି କରିବ କେବେବି ଭାବି ନଥିଲି। ମା' ମନ ଖୁବ୍ ଅଳ୍ପରେ ସନ୍ତୁଷ୍ଟ ହୁଏ। କେବଳ ମା' ବା ବୋଉ ଡାକଟେ କାନରେ ବାଜିଗଲେ ମନରେ ସୁଖ ଚନ୍ଦନ ଲେପି ହୋଇଯାଏ। ହେଲେ ଏବେ ପିଲାମାନେ ସେ ଅକ୍ଷର ବି ବିକଳ୍ପ ବାହାର କରି ଅଦ୍ଭୁତ ସବୁ ସାଙ୍କେତିକ ଏସ୍‌ଏମ୍‌ଏସ୍ ଭାଷା ଲେଖିବାକୁ ଶିଖି ଗଲେଣି। ଖୁବ୍ ବ୍ୟତିବ୍ୟସ୍ତ ଲାଗିଲା। ଭାବିଲି ଆମେ ସବୁ କ'ଣ ଯନ୍ତ୍ର ମାନବ ହୋଇଗଲେ। ସମ୍ବେଦନା ଓ ଅନୁଭବ ରହିତ କେବଳ ଚଲାବୁଲା କରି କର୍ମ କରୁଥିବା ଗୋଟେ ଗୋଟେ ଯନ୍ତ୍ରମାନବ ବା ରୋବର୍ଟ। ଏଇ ପିଢ଼ିରେ ତ ଆମ ଆଖପାଖରେ କିଛି ଆମ ଭଳି ଦରଦୀ ଆତ୍ମା ଓ ହୃଦୟ ଏବେ ବି ଅଛନ୍ତି। ହେଲେ ଆଗାମୀ ପିଢ଼ି? ସେମାନଙ୍କୁ ଆପଣାର ଭାବି ଆହା ପଦେ କହି ବିପଦ ଆପଦରେ ସେମାନଙ୍କର ପାଖରେ ଛିଡ଼ା ହେଲା ଭଳି କେହି ଜଣେ ବି ତ ନଥିବେ। ହ୍ୱାଟ୍‌ସଆପ୍, ଟୁଇଟର୍, ଫେସ୍‌ବୁକ୍ ଏମାନେ କ'ଣ ପାରିବେ ଏଭଳି ଶୂନ୍ୟ ହାହାକାର ଜୀବନରେ ସାହା ଭରସା ହେବାକୁ। ମା'ଟିଏ ଶିଶୁକୁ ଭୂଇଁରୁ ଉଠାଇ ସମାଜରେ ଛିଡ଼ା କରିବା ପର୍ଯ୍ୟନ୍ତ କେତେ କ'ଣ ଆପଦ ବିପଦ ସହିଥାଏ। ମାଟି ସିଲଟରେ ଅ, ଆ ଲେଖିବାଠାରୁ ଆରମ୍ଭ କରି ବର୍ଣ୍ଣବୋଧ, ହସ୍ତାକ୍ଷର, ସାହିତ୍ୟ, ଗଣିତ ସବୁ ପାଠର ଆରମ୍ଭ ମା' ହିଁ କରେଇଥାଏ। ଦୁଃଖ, ଅଭାବ ଅନାଟନ, ରୋଗ, ପରାଜୟ, ଯନ୍ତ୍ରଣା ଭିତରେ ବି ପିଲାର ପାଠକୁ ବଜାୟ ରଖି ତାକୁ ଆଗେଇବାର ସାହାସ କେବଳ ମା' ହିଁ ଯୋଗାଇଥାଏ। ହେଲେ ଏବେ ପିଲାମାନେ କମ୍ପ୍ୟୁଟର ଭାଷା ଶିଖି ଯାଇ ମାତୃଭାଷାକୁ ଭୁଲିଗଲେଣି। ବିନା ମାତୃଭାଷା ଶିଖି କେହି କ'ଣ କମ୍ପ୍ୟୁଟର ପର୍ଯ୍ୟନ୍ତ ପହଞ୍ଚିପାରିବ?

ହୃଦୟଟା ଏହିସବୁ ଭାବନାରେ ଖୁବ୍ ଭାରାକ୍ରାନ୍ତ ହୋଇଗଲା। ଭାବିଲି ତୀର୍ଥ ବି ଯଦି ବିଦେଶରେ ଚାକିରି କରି ତା'ର ଓଡ଼ିଆ ଓ ଓଡ଼ିଶୀ ସଂଗୀତକୁ ଭୁଲିଯିବ, ତେବେ, ତା' ମନବି କ'ଣ ଏମିତି ଘାଣ୍ଟି ଗୋଳେଇ ହେବନି? ଏମିତି ସବୁ ଅଛିଣ୍ଡା ଭାବନା ନେଇ ସେଦିନ ଘରକୁ ଫେରିଲି। ହେଲେ କିଛି ଗୋଟେ ପଦକ୍ଷେପ ନେବା ପାଇଁ ମନେମନେ ସଂକଳ୍ପ କଲି।

ମୋର ସହକର୍ମୀ ଦିଦିମାନଙ୍କର ପୁଅ ଝିଅଙ୍କର ମେଲ୍ ଠିକଣା, ହ୍ୱାଟ୍‌ସଆପ୍ ନମ୍ବର ଇତ୍ୟାଦି ସେମାନଙ୍କର ମା'ଙ୍କର ଅଜାଣତରେ ଅତି ଅନାୟାସରେ ଦୁଇ ତିନିମାସ ଭିତରେ ସଂଗ୍ରହ କରି ହୋଇଗଲା। ବେଶ୍ କିଛି ଜଣ ଦେଶ ବାହାରେ ଭଲ ଭଲ ପଦପଦବୀରେ ପ୍ରତିଷ୍ଠିତ। କିଛି ଦେଶ ଭିତରେ ଏବଂ କିଛି ଓଡ଼ିଶାରେ ରହୁଛନ୍ତି। ଏମାନଙ୍କ ମଧ୍ୟରୁ କିଛି ମଧ୍ୟ ବିବାହିତ। ଦିନେ ଭାବିଚିନ୍ତି ଗୋଟିଏ ସୁନ୍ଦର ସୁଚିନ୍ତିତ ସୁଖପାଠ୍ୟ ଚିଠିଟିଏ ଏଇ ପିଲାମାନଙ୍କ ପାଇଁ ଲେଖିଲି। ସେମାନଙ୍କର ମା'ଙ୍କର ସ୍ୱପ୍ନ ପ୍ରତ୍ୟାଶାକୁ ଖୁବ୍ ଆବେଗପୂର୍ଣ୍ଣ ଭାବରେ ସେମାନଙ୍କ ପାଖରେ ତୋଳି ଧରିଲି। ଜୀବନକୁ ସରସ ସୁନ୍ଦର କରିବାକୁ ହେଲେ ଚାକିରି ଓ କ୍ଷମତା ଅନୁଭବର ସୁଖ ଯଥେଷ୍ଟ ନୁହେଁ ବୋଲି ଲେଖିଲି। ପାରିବାରିକ ଓ ସାମାଜିକ ସଂପର୍କର ଗୋଟେ ଭିନ୍ନ ଶକ୍ତି ଅଛି। ସବୁଠୁ ବଡ଼ କଥା ଯେ ମା'ର ପ୍ରେରଣା ସବୁଠୁ ଶକ୍ତିଶାଳୀ। ଏହି ଶକ୍ତି ଦୁର୍ଗମ ପଥକୁ ସୁଗମ କରିଦିଏ। ତେଣୁ ମା' ମନକୁ ବୁଝିପାରୁଥିଲେ ଦୁନିଆର କୌଣସି ଜ୍ଞାନବିଜ୍ଞାନ ଅବୁଝା ହୋଇ ରହିବ ନାହିଁ। ଏମିତି ସାବଲୀଳ ଶୈଳୀରେ ଲିଖିତ ଚିଠିଟିକୁ ସମସ୍ତଙ୍କୁ ଇ-ମେଲ୍‌ରେ ପଠାଇଦେଲି। ହେଲେ, ଚିଠିଟିକୁ ଇ-ମେଲ୍ କରି ବଡ଼ ଦ୍ୱିଧାରେ ଥାଏ। ଏତେ ଉଚ୍ଚ ପଦପଦବୀରେ ଥିବା ପିଲାମାନେ ମୋ ଭଳି ଏକ ସାଧାରଣ ବିଦ୍ୟାଳୟ ଶିକ୍ଷିକାର ଇ-ମେଲ୍‌କୁ ଗୁରୁତ୍ୱ ଦେବେ ତ ?

କିଛି ସପ୍ତାହ ପରେ ଧୀରେ ଧୀରେ ପ୍ରତ୍ୟୁତ୍ତର ଆସିବାରେ ଲାଗିଲା। ସମସ୍ତଙ୍କୁ ମୋର ମନଛୁଆଁ ଚିଠିଟି ଖୁବ୍ ପ୍ରଭାବିତ କରିଛି। କୃତଜ୍ଞତା ଓ ଧନ୍ୟବାଦ ସହ ସମସ୍ତେ ମୋର ମତାମତକୁ ଖୁବ୍ ସମ୍ମାନ ଦେଇଛନ୍ତି। ନିୟମିତ ବ୍ୟବଧାନରେ ଆମ ବିଦ୍ୟାଳୟର ସତର ଜଣ ଦିଦିଙ୍କର ପ୍ରାୟ ଚବିଶଜଣ ପୁଅ ଝିଅଙ୍କ ସହ ମୁଁ ଯୋଗାଯୋଗରେ ଥାଏ। ଏ ବିଷୟରେ ସେମାନଙ୍କର ମା' ମାନଙ୍କୁ କିଛି ନ ଜଣାଇବା ପାଇଁ ତାଗିଦା କରିଥାଏ।

ସମୟ ଗଡ଼ି ଚାଲିଥାଏ। ମାତୃଦିବସର ଦୁଇମାସ ପୂର୍ବରୁ ପୁଣି ପିଲାମାନଙ୍କୁ ଗୋଟେ ଚିଠି ଲେଖିଲି। ତାଙ୍କୁ ଲେଖିଲି ଯେ ଏଥର ମାତୃ ଦିବସରେ ତୁମ ମା'ଙ୍କୁ ଚମକାଇଲା ଭଳି କିଛି ଗୋଟେ କରିବାକୁ ହେବ। ସମସ୍ତେ କିଛି ନା କିଛି ଲେଖି ବା ଆଙ୍କି ମାତୃଦିବସରେ ମା'ଙ୍କ ବିଦ୍ୟାଳୟ ଠିକଣାରେ ପଠାଇବେ। ସେଦିନ ବା ତା' ଆଗରୁ କେହିବି ମା'ଙ୍କୁ ମେଲ୍, ଏସ୍‌ଏମ୍‌ଏସ୍ ବା ହ୍ୱାଟ୍‌ସଆପ୍‌ରେ ମାତୃଦିବସର ଅଭିନନ୍ଦନ ଜଣାଇବେ ନାହିଁ। ଯାହାକୁ ଯାହା ଆସୁଛି ଗଳ୍ପ, କବିତା, ଚିତ୍ରାଙ୍କନ ଇତ୍ୟାଦି କରି ଏଭଳି ଭାବରେ ଡାକରେ ସମୟ ରଖି ପଠେଇବେ ଯେ ତାହା ମାତୃଦିବସର ଦିନେ ଦୁଇଦିନ ଆଗରୁ ବା ମାତୃଦିବସ ଦିନ ପୋଷ୍ଟ ଅଫିସ୍‌ରେ ପହଞ୍ଚିବ। ମୁଁ ପୋଷ୍ଟମାଷ୍ଟର ଓ

ପୋଷ୍ଟପିଅନଙ୍କୁ ଅନୁରୋଧ କରି ସେସବୁ ଚିଠି ମାତୃଦିବସ ଦିନ ହିଁ ବିଦ୍ୟାଳୟକୁ ନିର୍ଗମ କରିବାର ବ୍ୟବସ୍ଥା କରିବି।

ଅନେକ ଦିନ ପରେ ପିଲାମାନଙ୍କୁ ମଧ୍ୟ ସେମାନଙ୍କର ମା'ଙ୍କ ସହ ଏଭଳି ଏକ ଚମକପ୍ରଦ ଖେଳରେ ମାତିବାକୁ ଖୁବ୍ ମଜା ଲାଗିଲା। କେହି କେହି ମୋତେ ଇ-ମେଲ୍ କଲେ "ଦିଦି, ମୋ ଓଡ଼ିଆ ଅକ୍ଷର ଏତେ ଖରାପ ଯେ, ମୋ ମା ପଢ଼ି ପାରିବ ନାହିଁ।" ମୁଁ ପ୍ରତ୍ୟୁତ୍ତରରେ ଲେଖିଲି ଯେଉଁ ମା' ତୁମ ଦରୋଟି ଭଙ୍ଗାଭଙ୍ଗା କଥାରୁ ବୁଝିପାରୁଥିଲା ଯେ ତୁମେ କ'ଣ କହୁଛ, ତୁମକୁ ଭୋକ ଲାଗୁଛି କି ଶୋଷ ଲାଗୁଛି ସେଇ ମା' ତୁମ ଅଙ୍କାବଙ୍କା ଅକ୍ଷରକୁ ପଢ଼ି ତା'ର ଅର୍ଥ ବୁଝିପାରିବନି ? ତୁମେ ଚେଷ୍ଟା କର, ମା' ସବୁ ବୁଝିପାରେ। ଏମିତି ଯୋଗାଯୋଗ ରଖି ପିଲାମାନଙ୍କୁ ମାତୃଦିବସର ନିଆରା ଉପହାର ପ୍ରସ୍ତୁତି କରିବା ପାଇଁ ପ୍ରେରଣା ଓ ତାଗିଦ କରୁଥାଏ।

ଚାହୁଁ ଚାହୁଁ ମାତୃଦିବସ ଆସି ଉପସ୍ଥିତ ହୋଇଗଲା। ସମସ୍ତେ ଯଥାରୀତି ବିଦ୍ୟାଳୟକୁ ଆସି ଶିକ୍ଷାଦାନରେ ବ୍ୟସ୍ତ ଥାଉ। ଖେଳଛୁଟି ହେବାରୁ ସବୁ ଦିଦିମାନେ ଶିକ୍ଷକ ପ୍ରକୋଷ୍ଠକୁ ଆସିଲେ। ସେଦିନ ସକାଳୁ କେହି ବି ପିଲାମାନଙ୍କଠାରୁ ଫୋନ୍ ବା ମେସେଜ୍ ପାଇନଥା'ନ୍ତି। ମନେମନେ ସମସ୍ତେ ଉଦ୍‌ବିଗ୍ନ ଓ ଚିନ୍ତିତଥା'ନ୍ତି। ଭାବୁଥାନ୍ତି ପିଲାମାନେ ବ୍ୟସ୍ତତା ଭିତରେ ଏବର୍ଷ ହୁଏତ ମେସେଜ୍‌ଟିଏ ବି କରିବାକୁ ଭୁଲିଗଲେ। ହେଲେ କେହି କାହାରିକୁ କିଛି ପଚାରୁନଥା'ନ୍ତି। କେବଳ ବିଦ୍ୟାଳୟରେ ନେଟ୍‌ୱାର୍କ ଠିକ୍ ଆସୁନାହିଁ ବୋଲି ଆଲୋଚନା କରୁଥାନ୍ତି। ଜଣେ ଦୁଇଜଣ ଶିକ୍ଷିକା ବାରନ୍ଦାକୁ ବାହାରିଯାଇ ମୋବାଇଲ୍ ଫୋନ୍ ଯାଞ୍ଚ୍ କରୁଥାନ୍ତି। ମୁଁ ଚୁପ୍‌ଚାପ ଗୋଟିଏ କୋଣରେ ବସି ସମସ୍ତଙ୍କୁ ଲକ୍ଷ୍ୟ କରୁଥାଏ। ଦିଦିମାନେ ଖୁବ୍ ଅସ୍ୱାଭାବିକ୍ ବୋଧ କଲାଭଳି ମନେ ହେଉଥାଏ। ହେଲେ କେହି କାହା ଆଗରେ ନିଜର ଅସ୍ୱଚ୍ଛନ୍ଦତା କଥା ପ୍ରକାଶ କରୁନଥା'ନ୍ତି।

ଏଇ ସମୟରେ ରାଧା ଆସି ଡାକିଲା, "ଦିଦି ଚିଠି ନିଅ ଦସ୍ତଖତ କରି।" କେହି ଉଠିଲେ ନାହିଁ। ମୁଁ ଉଠି ବାହାରକୁ ଆସିଲି। ବିଦ୍ୟାଳୟକୁ ଆସିବା ବେଳେ ପୋଷ୍ଟମାଷ୍ଟରଙ୍କୁ ଭେଟି ଠିକ୍ ଗୋଟାଏ ବେଳେକୁ ପିଅନକୁ ଚିଠିଗୁଡ଼ିକ ଧରି ଯିବାକୁ କହି ଦେଇଆସିଥିଲି। ସଂଯୋଗବଶତଃ ପୋଷ୍ଟପିଅନଟି ଏଇ ବିଦ୍ୟାଳୟର ଜଣେ ପୁରାତନ ଛାତ୍ରୀର ବାପା। ତେଣୁ ସେ ମୋତେ ଏ ଦିଗରେ ଖୁବ୍ ସହଯୋଗ କରୁଥାଆନ୍ତି। ଆଗରୁ ଆସିଥିବା ଓ ସେଦିନ ପହଞ୍ଚିଥିବା ସବୁ ଚିଠି ନେଇ ଠିକ୍ ଖେଳଛୁଟି ବେଳେ ପୋଷ୍ଟ ପିଅନ ମୁରଲୀ ଆସି ପହଞ୍ଚିଥାଏ। ମୁଁ ବାହାରକୁ ଆସି ରାଧାକୁ ପୁଣି ଶିକ୍ଷକ ପ୍ରକୋଷ୍ଠକୁ ପଠାଇଲି। କହିଲି, "ରାଧା ସବୁ ଦିଦିମାନଙ୍କୁ ଡାକି

ଦେ, ସମସ୍ତଙ୍କର ଦସ୍ତଖତ ବାଲା ଚିଠି ଆସିଛି।” ସବୁ ଦିଦିମାନେ ଆସି ପିଅନ ପାଖରେ ପହଞ୍ଚି ହତବାକ୍। ସମସ୍ତଙ୍କର ଗୋଟେ ଦୁଇଟି ବଡ଼ ବଡ଼ ଲଫାପାରେ ଚିଠି ଆସିଥାଏ। ମୁଁ ଆଗ ମୋ ଚିଠିଟି ନେଇ ଶିକ୍ଷକ ପ୍ରକୋଷ୍ଠକୁ ଫେରିଆସିଲି। ରାଧାକୁ ଗରମ ଚା’ ଓ ସିଙ୍ଗଡ଼ା ଆଣିବାକୁ କହି ଅନ୍ୟ ଦିଦିମାନଙ୍କର ଫେରିବାକୁ ଅପେକ୍ଷା କଲି। ସମସ୍ତେ ଖୁବ୍ କୌତୁହଳ ସହ ଫେରିଆସି ଚିଠିଗୁଡ଼ିକ ଖୋଲୁଥାନ୍ତି। ସମସ୍ତଙ୍କର ଅଜାଣତରେ ମୁଁ ଗୋଟିଏ କଣରେ ବସି ମୋବାଇଲରେ ଏ ସବୁ ଦୃଶ୍ୟଗୁଡ଼ିକର ଚିତ୍ରତ୍ତୋଳନ କରୁଥିଲି। କାରଣ ସେମାନଙ୍କର ପିଲାମାନଙ୍କ ପାଖକୁ ଏସବୁ ନିଆରା ଦୃଶ୍ୟ ମୋତେ ହିଁ ପଠାଇବାକୁ ହେବ। ଜଣେ ଦିଦିଙ୍କର ଝିଅ ମା’ର ସୁନ୍ଦର ତୈଳଚିତ୍ରଟିଏ ନିଜ ହାତରେ ପ୍ରସ୍ତୁତ କରି ପଠାଇଥାଏ। ଆଉ ଜଣେ ଦିଦିଙ୍କ ପୁଅ ପିଲାଦିନରେ ମା’ ହାତ ରନ୍ଧା ଖାଦ୍ୟର ତାଲିକା ସହ ଖୁବ୍ ମଜାଳିଆ ଗୀତଟିଏ ଲେଖିପଠାଇଥାଏ। ପ୍ରାୟ ସବୁ ପିଲାମାନେ ନିଜନିଜ ମା’ଙ୍କ ସହ ଜଡ଼ିତ ବିଶେଷ ସୁଖଦୁଃଖର ଘଟଣାବଳୀର ଉଲ୍ଲେଖ କରି କବିତା, ଚିଠି, ଗଳ୍ପ, କାର୍ଟୁନ୍, ଡ୍ରଇଁ, ପୋଷ୍ଟର ଇତ୍ୟାଦି ପଠାଇଥାନ୍ତି। ହଠାତ୍ ନିରୋଳା ଶିକ୍ଷକ ପ୍ରକୋଷ୍ଠଟି ଏତେ ଗୁଡ଼ିଏ ଉନ୍ମୁକ୍ତ ମାତୃ ହୃଦୟର ଅନାବିଳ ଆନନ୍ଦରେ ଗୋଟିଏ ସ୍ୱର୍ଗୀୟ ଉପବନ ଭଳି ପ୍ରତୀୟମାନ ହେଉଥାଏ। ସହକର୍ମୀ ଦିଦିମାନଙ୍କର ମାତୃସୁଲଭ ରୋମାଞ୍ଚରେ ମୋ ହୃଦୟଟା ଉତୁରି ଉଠୁଥାଏ। ଯାହା ହେଉ ମୋର ବର୍ଷକର ଉଦ୍ୟମ ଆଜି ସଫଳ ହୋଇଛି। ସବୁ ଚିଠିପତ୍ର ପଢ଼ା ସରିଲା ପରେ ସମସ୍ତଙ୍କର ମନରେ ଏବେ କେବଳ ଗୋଟିଏ ପ୍ରଶ୍ନ। ଏମିତି କେମିତି ହେଲା ? ହଠାତ୍ ଏତେ ବର୍ଷ ପରେ ସମସ୍ତଙ୍କର ପିଲାମାନେ ଏକାଦିନରେ ନିଜ ହାତଲେଖା ଚିଠି, ଚିତ୍ର, କବିତା, ବ୍ୟଙ୍ଗଚିତ୍ର ଇତ୍ୟାଦି ପଠାଇଲେ କିପରି ? ନିଜ ମନକୁ ମନ ଏସବୁ କଲେ ? ସମସ୍ତଙ୍କର ଦୃଷ୍ଟି ଓ ସନ୍ଦେହ ଆସି ମୋ ଉପରେ ପଡ଼ିଲା। କାରଣ, ମୁଁ ଗୋଟେ କୋଣରେ ବସି ଏମାନଙ୍କର ଏହି ବିଶେଷ ଦୃଶ୍ୟଟିର ଶବ୍ଦ ଓ ଚିତ୍ର ଉତ୍ତୋଳନ କରୁଥାଏ। ପଦ୍ମଜା ଦିଦି ଆସି ମୋତେ କୁଣ୍ଢାଇପକାଇଲେ। କହିଲେ, ମିନାକ୍ଷୀ ମୁଁ ନିଶ୍ଚିତ ଯେ ତୁମେ ହିଁ ଏହିଭଳି ଏକ ହୃଦୟସ୍ପର୍ଶୀ କାର୍ଯ୍ୟକ୍ରମର ସୂତ୍ରଧର। ତୁମ ଛଡ଼ା ଆଉ କେହି ଏତେ କୁଶଳୀ ଚିନ୍ତକ ହୋଇପାରିବେନି। କେମିତି ଆମ ପିଲାମାନଙ୍କୁ ଏକାଠି କରି ସେମାନଙ୍କ ମନରେ ଏମିତି ଏକ ମନୋଜ୍ଞ ଭାବାନାକୁ ରୂପାୟିତ କଲ ?” ମୁଁ ହସି ଦେଲି, କହିଲି, “ଦିଦି ଆମ ପିଲାମାନେ ସେମାନଙ୍କର ପିତାମାତାଙ୍କୁ ଖୁବ୍ ଶ୍ରଦ୍ଧା ଓ ଭକ୍ତି କରନ୍ତି। ହେଲେ ଆଧୁନିକ ଇ-ଉପାଦାନଗୁଡ଼ିକ ସେମାନଙ୍କର ସ୍ନେହ ବ୍ୟକ୍ତ କରିବାର ଶୈଳୀକୁ ବଦଳାଇ ଦେଇଛି। ଆମକୁ ପୁଣିଥରେ ସେ ପୁରାତନ ପରମ୍ପରାକୁ

ପୁନଃଜୀବିତ କରିବାକୁ ହେବ। ସବୁକିଛି ସଂକ୍ଷେପରେ କରିବାକୁ ଶିଖିଯିବାରୁ ସେମାନେ ସ୍ନେହ ମମତାରେ ମଧ୍ୟ ସ୍ୱଚ୍ଛତାର ବ୍ୟବହାର ଶିଖିଯାଇଛନ୍ତି। ତେଣୁ ସେମାନଙ୍କୁ ନିୟମିତ ଚିଠିଲେଖି ତାଙ୍କ ସହ ହାତଲେଖା ଅକ୍ଷରରେ ଯୋଗାଯୋଗ ରଖିବାକୁ ହେବ। ଏହାପାଇଁ ଆମ ଆଡୁ ମଧ୍ୟ ପ୍ରୟାସ ଜାରି ରଖିବାକୁ ହେବ।"

ଅନୁରାଧା ଦିଦି ପଚାରିଲେ, "ମିନାକ୍ଷୀ ଏଥର ତୁମ ପୁଅର କବିତା ଶୁଣାଅ" ମୁଁ କହିଲି" ଏବର୍ଷ କବିତା ନୁହେଁ, ତୀର୍ଥ ନିଜ କଣ୍ଠର ଶବ୍ଦ ଗ୍ରହଣ କରି ଜନପ୍ରିୟ ମା' ଗୀତଟିଏ ପଠାଇଛି।" ଗୀତଟି ବଜାଇଲି ......।

ତୀର୍ଥର ସୁମଧୁର କଣ୍ଠରେ ଭାସି ଆସିଲା -

ସବୁଠୁ ଭଲ ସବୁଠୁ ମିଠା ଦୁନିଆରେ ଯା'ର ନାଁ
ଆକାଶଠୁ ବଡ଼ ସାଗରରୁ ବଡ଼ ସିଏତ ମୋହରି ମା'।

ସମସ୍ତେ ଭାବବିହ୍ୱଳ ହୋଇ ଗୀତଟିକୁ ଉପଭୋଗ କଲେ। ଗରମ ଚା ଓ ସିଙ୍ଗଡ଼ା ସାଙ୍ଗରେ ମାତୃଦିବସର ଉଦ୍‌ଯାପନ ମୁହୂର୍ତ୍ତ ଖୁବ୍ ଉପଭୋଗ୍ୟ ଥିଲା।

■

BLACK EAGLE BOOKS

www.blackeaglebooks.org
info@blackeaglebooks.org

Black Eagle Books, an independent publisher, was founded as a nonprofit organization in April, 2019. It is our mission to connect and engage the Indian diaspora and the world at large with the best of works of world literature published on a collaborative platform, with special emphasis on foregrounding Contemporary Classics and New Writing.